# 원더랜드 에서의 앨리스의 모험

 주해를 통한 영어학습 프로그램2

# 원더랜드에서의 앨리스의 모험 Alice's Adventures in Wonderland

지은이 루이스 캐럴
그림 존 테니얼
주해 정남영

펴낸이 장민성, 조정환
책임운영 신은주  편집부 오정민  마케팅 정현수

용지 화인페이퍼  인쇄·제본 한영문화사  출력 경운출력
펴낸곳 도서출판 갈무리  등록일 1994. 3. 3.  등록번호 제17-0161호
초판인쇄 2007년 8월 28일  초판발행 2007년 9월 19일

주소 서울 마포구 서교동 375-13호 성지빌딩 101호
전화 02-325-1485  팩스 02-325-1407
website http://galmuri.co.kr  e-mail galmuri@galmuri.co.kr

ISBN 978-89-86114-35-5 04800 / 978-89-86114-88-1(세트)
도서분류 1. 영어주해  2. 영문학  3. 영어독해  4. 영문법  5. 영어문고

값 14,000 원

이 도서의 국립중앙도서관 출판시도서목록(CIP)은 e-CIP 홈페이지(http://www.nl.go.kr/cip.php)에서 이용하실 수 있습니다(CIP제어번호: CIP2007002566).

주해를 통한 영어학습 프로그램2

# 원더랜드에서의 앨리스의 모험

## Alice's Adventures in Wonderland

루이스 캐럴(Lewis Carrol) 지음

정남영(경원대 영문과 교수) 주해

# 차례

일러두기

이 작품의 영어텍스트는 초기본보다 저자 자신의 수정을 거친 텍스트를 기준으로 하였으며, 현재 출판된 여러 판을 참조하였으나 마틴 가드너(Martin Gardner)가 해설과 주석을 단 *The Annotated Alice*와 가장 가깝게 되었다.

독자의 편의를 위해서 왼쪽 면에 본문을 놓고 오른쪽 면의 주석에서 설명을 제시하는 방식을 취했다. 주석에서는 주로 단어나 어구의 주어진 맥락에서의 의미, 혹은 일반적인 의미를 설명하거나, 문장의 구조를 설명하였으며 간혹 특정 부분에 대한 번역을 제시하기도 하였다. (이 번역은 여러 가능한 번역들 중의 하나일 뿐이며, 결코 가장 좋은 번역이라고 주장할 수 없다.)

그리고 본문과 주석의 내용의 양적 차이로 생긴 빈 공간에는 가외로 영어공부를 위한 부가적 설명, 작품과 관련된 참고사항들, 이 작품에 대한 발언들 등을 특별한 순서 없이 자유롭게 삽입하였다. 책의 맨 뒤에는 학습의 편의를 위하여 주석에서 다룬 단어들을 모아서 알파벳 순서로 배열해 놓았다.

품사를 표시할 필요가 있는 경우에는 예컨대 '동사'의 경우 ① 영어단어 뒤에 붙이는 경우에는 '(v)'와 같은 식으로 표시하였고 ② 우리말 앞에 붙이는 경우에는 '[동사]'와 같은 식으로 표시하였다.

단어, 어구, 문장이 맥락에서 갖는 의미를 우리말로 옮겨 제시하는 경우에는 작은따옴표 안에 넣었다. 하나로 된 단어나 (예컨대 'take A out of B'처럼) 맥락 바깥으로 빼내어 일반화한 어구의 의미를 적시할 때에는 아무 표시도 하지 않았다. 그러나 설명하는 가운데에서 단어나 어구의 의미를 적시할 때에는 무조건 작은따옴표 안에 넣었다. 예) relate: 여기서는 '관계시키다'가 아니라 '이야기하다'의 의미이다.

설명은 하나의 문장으로 보아 마침표로 완료하였으며, 단어나 어구의 의미는 문장이 아닌 것으로 보아 마침표로 완결하지 않았다.

주석에서 또다시 2차적으로 설명이 필요한 경우에는 아래처럼 글자체를 달리하여 표시하였다.


예)

**1 burning with curiosity:** '호기심에 불타서'

뒤에 걸리는 분사구문이다.


소괄호와 대괄호를 구분하여 사용하였다. ① 대괄호는 앞의 표현을 대체할 수 있는 경우 — 예) '황홀할 정도로[마법처럼] 효력을 나타냈다' — 나 우리말로 품사를 표시하는 경우, 혹은 소괄호 안에서 또 괄호가 필요한 경우에 사용하였다. ② 그 밖의 경우들, 즉 옮김이나 보충설명의 경우, 혹은 그 위치에 추가될 수 있음을 나타내는 경우 — 예) '(황홀할 정도로) 효력을 나타냈다' — 등등에는 소괄호를 사용하였다.

나머지는 일반적인 편집의 관행에 따랐다.

주석에서는 편의를 위하여 여러 개의 기호들을 사용하였는데 대체로 특별한 설명이 없이도 이해할 수 있는 것들이다. 그 중 몇 개만 설명하자면 다음과 같다.

| = | 의미가 같은 단어나 어구를 소개하는 경우 |
|---|---|
| ≒ | 의미가 유사한 단어나 어구를 소개하는 경우 |
| ☞ | 다른 주석 등을 참고하기를 권하는 경우 |
| ✍ | 파생, 본딧말(줄기 전의 말)을 소개하는 경우 |
| ↔ | 반대말을 소개하는 경우 |
| * | 괄호 안에서 설명을 할 때 |

# 책을 내며

이 주해서는 『바틀비』에 이어서 '영소설을 통해 영어 공부하기'라는 동일한 취지로 두 번째 내는 책이다. 『바틀비』를 내고 나서 어떤 독자로부터, 비록 고전적인 작품이지만 텍스트가 너무 어려웠으며, 따라서 설명이 더 많았으면 좋았을 것이라는 아쉬움의 말을 들었다. 내 생각에도 앞으로 설명을 더 추가할 수 있는 기회를 갖게 되면 좋을 것 같다. 그리고 텍스트의 어려움은 영어를 공부하겠다는 의지가 있는 사람에게는 영어공부에 도움이 되면 되었지 해가 될 일은 아니므로 이것이 그 자체로 큰 문제는 아니다.

그러나 텍스트의 어려움으로 인해서 아예 『바틀비』에 도전하기도 힘든, 그런 의미에서 외면당한(?) 사람들이 많은 것은 사실이다. 점점 더 많은 학생들이 속성화된 패스트후드식 영어공부 말고는 알지 못하게 되는 풍토에서, 영소설로 진득하게 영어공부를 하는 것은 극히 소수에게만 가능하다는 허상을 본의 아니게 조장해서는 안되겠다는 생각이 들었다. 따라서 나는 두 번째 작품으로 원래 생각했던 것을 잠시 접어두고 비교적 쉬우면서도 영어공부에 도움이 되고 또 생각할 거리도 적잖게 들어있는 작품을 찾아야만 했다.

그런데 바틀비에 대해서 논평을 해 준 독자가 『원더랜드에서의 앨리스의 모험』(*Alice's Adventures in Wonderland*) (1865) 주해서를 내면 많은 사람들이 읽을 수 있을 것이라고 귀띔을 해주었다. 묘하게도 내가 속해 있는 다중네트워크센터(http://waam.net)에서 많이들 공부하고 있는 프랑스 철학자 들뢰즈의 주요 저작 중에는 『앨리스』를 통하여 자신의 철학을 전개한 『의미의 논리』(*The Logic of Sense*)가 있었다. 나는 이런 배경을 감안하여 우선 다중네트워크센터의 특강에서 『앨리스』를 다룸으로써 일차적으로 들뢰즈 공부를 보완하게 하고 나중에 그 결과물로 주해서를 내야겠다고 생각했다. 물론 그 전체 과정은 나 자신도 공부하는 과정이 될 것이었다. (사실 멜빌의 단편 「바틀비」를 첫 주해서의 대상으로 선택한 배경에도 부분적으로 들뢰즈의 존재가 있다.)

특강의 결과 『앨리스』는 여러 모로 만족스러운 것으로 판명되었다. 비교적 쉬운 편이고, 구어적 표현들 사이에 자주 등장하는 말놀음을 즐기는 사이에 영어에 대한 감각을 익히기도 좋고, 어린 아이의 상상력에 상응하는 환상적 요소에서 (앨리스와 함께) 어린애 같은 즐거움과 재미를 맛볼 수도 있으며, 더 나아가서 많은 사람에게 바라기는 힘들지만 어린이 동화 같은 짜임새를 뚫고 들어가 무언가 철학적 사유의 광맥을 직접 캐낼 수 있으면 금상첨화일 것이었다.

그 뒤로 이 책을 주해서로 내는 데 주저함이 있을 수 없었으며, 더 나아가 『원더랜드에서의 앨리스의 모험』의 속편인 『거울을 지나 앨리스가 그곳에서 발견한 것』(*Through the Looking-Glass and What Alice Found There*)(1872)도 특강을 거쳐 주해서로 내기로 스스로 약속하였다.

지난번 『바틀비』 주해서의 서문에서도 말했지만, 문학공부란 우선 자신이 직접 작품을 읽고 그 과정에서 생긴 느낌과 촉발된 생각들을 바탕으로 하여 이루어져야 한다. 더군다나 영어로 이 작품을 대하게 되고 영어공부를 우선적 관심사로 놓을 이 책에서 처음부터 이 작품에 대한 비평적 견해를 늘어놓음으로써 독자들의 작품과의 만남을 훼손할 필요는 없을 것이다. 다만, 독자의 작품과의 만남을 방해하지 않는 선에서 (물론 도울 수 있다면 더욱 좋을 것이다) 이 작품에 대한 간략한 논평은 필요할 듯하다.

한 영문학자에 따르면 『앨리스』는 20세기까지는 거의 전적으로 아동문학으로 여겨져 왔다가 1920년대와 30년대에 이르러서야 시작되어 그 이후로 정신분석, 맑스주의, 논리학에 이르기까지의 다양한 영역에서 해석이 제시되어왔다고 한다.(한혜정, 「고유명사의 의미에서 동사의 무의미로 ― 루이스 캐럴의 『앨리스』」, 『영미문학연구 SESK』 제5호) 특히 들뢰즈의 『의미의 논리』는 이 책에 담긴 철학적 요소가 어느 정도일 수 있는가를 알려주는 지표이다. 들뢰즈는 이 작품에는 "직접적인 즐거움에 덧붙여 무언가 다른 것 즉 의미와 무의미의 놀이, 카오스모스가 있다"고 한다. 다시 말해서 단순한 말장난을 넘어서는 것이 들어있다는 것이다.

들뢰즈는 『앨리스』에 들어있는 무의미(nonsense)를 의미(sense)와 대립되는 것, 혹은 의미의 결핍으로 보지 않고, 오히려 의미를 생성하는 것으로 본다. 그리고 이 소설에 등장하는 다음과 같은 테마들을 모두 이 (무)의미론으로 통합한다.

두 방향으로의 진행('Which way? Which way?' 1장), 탈정체성('I'm not myself' 혹은 'I'm never sure what I'm going to be, from one minute to another!' 5장), 고유명사의 상실(앨리스 말고는 고유명사를 가진 등장생물이 없다), 기억의 상실('It is wrong from beginning to end.' 5장, 혹은 'It all came different!' 10장), '미치게 되기'('Everything is so out-of-the-way down here.' 2장 혹은 'We're all mad here.' 6장), 전도된 인과성('Sentence first ― verdict afterwards.' 12장), 주어와 목적어, 능동과 수동의 전도('Do cats eat bats? Do cats eat bats?'), 주체와 객체가 없는 사건('A grin without a cat!' 1장), 속성(attribute)과 고유성(properties)의 차이 ('You're looking for eggs, I know that well enough; and what does it matter to me whether you're a little girl or a serpent?' 5장), 기표(記標, the signifier)의 계열과 기의(記意, the signified)의

계열 사이에 존재하는 소급(regression)의 법칙에서 일탈('I mean what I say.' 7장), 유목적 분포 ('They don't seem to have any rules in particular.' 8장) 등등.

비록 텍스트의 구절들을 실례(實例)로서 제시하였지만 어려운 철학적 주제들을 이렇게 별다른 설명도 없이 불쑥 던져놓은 것이 독자들에게 부담을 주는 것이 될지도 모르겠다. 내가 말하고 싶은 것은, 이 작품에는 아이들을 위한 쉽고 재미있는 환상문학으로 보이는 측면 말고도 무언가가 있다는 점이다. 그러니 우선은 읽고 재미있어 하면서 영어를 배우자. 만일 그러고도 힘의 여유가 있다면 철학적인 주제들에 대해 조금씩 생각해보자. ♠

A Prefatory Poem[1]

All in the golden afternoon[2]
Full leisurely we glide;
For both our oars, with little skill,
By little arms are plied,[3]
While little hands make vain pretence[4]
Our wanderings to guide.

Ah, cruel Three! In such an hour
Beneath such dreamy weather,
To beg a tale of[5] breath too weak
To stir the tiniest feather![6]
Yet what can one poor voice avail[7]
Against three tongues together?

Imperious[8] Prima flashes forth
Her edict[9] 'to begin it':
In gentler tone Secunda hopes
'There will be nonsense in it!'
While Tertia interrupts the tale
Not *more* than once a minute.

Anon, to sudden silence won[10]
In fancy they pursue

1    이야기의 탄생 경위를 알려주는 시이다. 1862년 7월 4일 금요일 캐럴은 친구인 로빈슨 덕워스 목사(Reverend Robinson Duckworth)와 함께 세 리들(Liddell) 자매들(당시 옥스퍼드 학장인 헨리 리들Henry Liddell의 딸들)을 데리고 템즈 강에 노젓기를 하러 갔다. 'Prima'는 첫째인 로리나 샬로트(Lorina Charlotte, 13살)이고 'Secunda'는 둘째인 앨리스 플레전스(Alice Pleasance, 10살)이며 'Tertia'는 셋째인 에디스(Edith, 8살)이다. 앨리스는 『앨리스의 모험』에서는 7살로 나온다.

2    **All in the golden afternoon** : '황금빛의 오후 내내'
'all through the night'가 이와 비슷한 사용사례이다.

3    **ply one's oars** : 부지런히 노를 젓다

4    **make vain pretence + to**부정사 : ~하는 척 하지만 잘 안 되다, 헛되이 ~하는 척 하다

5    **beg A of B** : B에게 A를 요구하다

6    **breath too weak / To stir the tiniest feather** : '가장 가벼운 깃털도 움직일 수 없을 만큼 엄엄핸(약핸) 숨'
사실은 숨쉬기가 현재 미약한 사람 즉 캐럴 자신을 가리킨다.

7    **avail** : [자동새] 쓸모가 있다, 소용이 있다

8    **imperious** : 도도한, 오만한

9    **edict** : 명령

10    **to sudden silence won** : 이런 경우에 'win'은 상대를 자기가 원하는 행동이나 상태로 끌어온다는 의미를 갖는다. 여기서 'win'은 과거분사(수동태)로 사용되었으며, 맨 뒤로 도치되었다. 보통의 어순으로 하면 'won to sudden silence' 이며 그 뒤에 이어지는 부분에 덧붙여지는 분사구문이다. 세 자매가 이야기를 듣느라고 조용해졌다는 말이다.

The dream-child moving through a land
Of wonders wild[1] and new,
In friendly chat with bird or beast —
And half believe it true.

And ever, as the story drained
The wells of fancy dry,[2]
And faintly strove that weary one[3]
To put the subject by,
'The rest next time —' 'It *is* next time!'[4]
The happy voices cry.

Thus grew the tale of Wonderland :
Thus slowly, one by one,
Its quaint events were hammered out —
And now the tale is done,
And home we steer, a merry crew,
Beneath the setting sun.

Alice! a childish story take,
And, with a gentle hand,
Lay it where Childhood's dreams are twined
In Memory's mystic band,[5]
Like pilgrim's wither'd wreath of flowers
Pluck'd in a far-off land.

1  wild : 여기서는 '별난, 신기한' 정도의 의미가 가장 적절할 듯하다. ≒ fantastic

2  drained / The wells of fancy dry : '상상의 샘물을 마르게 했다'

3  that weary one : 이야기하느라고 지친 캐럴 자신을 가리킨다.

4  It *is* next time! : '지금이 바로 다음 번이예요!'
지금 바로 나머지 이야기를 해달라는 말이다.

5  Childhood's dreams are twined/In Memory's mystic band : 어린 아이들의 꿈들이 엮여서 기억의 신비로운 띠의 형태를 이룬다는 말이다. 여기서 'in'은 '형태'를 나타낸다. 결과를 나타내는 'into'와는 조금 다르지만 여기서는 상황에 의해 거의 같은 의미가 되었다. 'twine'이 'into'와 함께 사용되는 예와 비교해보라. 예) to twine flowers into a wreath (꽃을 엮어서 화환을 만들다.)

리들 자매의 사진이다.
사진 오른쪽이 앨리스이다.

# CHAPTER I

# Down the Rabbit-Hole

Alice was beginning to get very tired of sitting by her sister on the bank,[1] and of[2] having nothing to do: once or twice she had peeped[3] into the book her sister was reading, but it had no pictures or conversations in it, 'and what is the use of a book,' thought Alice, 'without pictures or conversations?'[4]

So she was considering,[5] in her own mind[6] (as well as she could,[7] for the hot day made her feel very sleepy and stupid),

1 **bank** : 여기서는 강가나 시냇가 등의 '둑'을 의미한다.

2 **of** : 앞의 'tired'에 이어진다. 'to get very tired of having nothing to do'는 아무런 할 일이 없어서 진력이 난다는 말이다.

3 **peep** : 엿보다, 들여다보다

'look'처럼 at, into, through, out of, over 등의 전치사와 함께 사용된다.

4 **"and what is the use of a book," thought Alice, "without pictures or conversations?"** : 대사 혹은 생각의 중간에 'thought Alice' 같은 말이 들어가서 대사나 생각을 형태상으로 나누고 있더라도 실제로는 대사나 생각을 잠깐 멈추었다는 내용이 없다면 대사나 생각이 원래 이어진 것으로 즉 "and what is the use of a book without pictures or conversations?"(그림이나 대화가 없는 책이 무슨 소용이 있어?)로 파악해야 한다.

5 **considering** : 'consider'는 맥락에 따라 '고려하다,' '간주하다,' '생각하다, 숙고하다' 등의 서로 조금씩 다른 의미로 사용된다. 여기서는 '생각하다, 숙고하다'의 의미로 사용되었다.

괄호 뒤에 이어지는 'whether the pleasure of making a daisy-chain would be worth the trouble of getting up and picking the daisies'가 그 목적어에 해당한다.

6 **in her own mind** : 이 경우 'mind'는 (몸의 능력과 대조되는) 뇌의 정신적 능력을 의미한다. 즉 앨리스가 자신의 정신적 수준에 상응하여 '무엇'인가를 하고 있다는 의미이다. 'in her own mind'는 'she was considering'을 꾸며주는 부사구이므로 'considering'이 바로 이 '무엇'이다.

7 **as well as she could** : 괄호에 넣어져 있지만 앞의 'she was considering'에 걸린다. 가능한 한 열심히 생각을 하고 있다는 말이다.

whether the pleasure of making a daisy-chain[1] would be worth[2] the trouble of getting up and picking the daisies, when suddenly a White Rabbit with pink eyes ran close by her[3].

There was nothing so *very* remarkable in that[4]; nor did Alice think it[5] so *very* much out of the way[6] to hear the Rabbit say[7] to itself 'Oh dear![8] Oh dear! I shall be too late!' (when she thought it over[9]

1   **a daisy-chain** : 마치 우리나라의 토끼풀 시계처럼 데이지꽃들을 묶어서 팔찌 모양으로 연결한 것을 말한다.

2   **worth** : 'worth'는 형용사인데도 마치 타동사처럼 뒤에 명사나 아니면 명사에 상당하는 어구가 꼭 와야 한다. 쉬운 예를 들면 'be worth 5 dollars'(5달러의 가치가 있다)처럼 '5 dollars'가 뒤에 와야 한다. 여기서는 'the trouble of getting up and picking the daisies'(일어나서 데이지꽃들을 따는 수고)가 바로 그 어구이다. 'worth'는 서술적으로만 즉 'be'동사 뒤에서만 쓰인다.

3   **close by her** : '그녀의 바로 곁을'

'곁을'이라고 옮긴 것은 'ran'이라는 동사에 맞춘 것이다. 다른 동사라면 '곁에'로 될 수도 있다. 여기서 'close'는 부사이다. 'by'는 전치사인데, 'by'를 부사로 쓴 'close by'(바로 곁에)라는 표현도 있다.

4   **that** : 흰 토끼가 바로 곁을 달려간 것을 말한다.

5   **it** : 가목적어이다. 뒤의 부정사구 'to hear the Rabbit say to itself "Oh dear! Oh dear! I shall be too late!"'가 진목적어이다.

6   **out of the way** : '이상한, 상례를 벗어난, 이례적인' = unusual

이런 표현은 하나의 형용사로 간주하여 익히면 된다. 앞의 'so very much'는 'out of the way'를 꾸며주는 강조 기능의 부사이다. 그런데 'so very much'는 부정의 의미를 지닌 'nor'의 뒤에 쓰였으므로 '(매우) 대단히'와 같은 식으로 옮기면 안 되고 '그다지 ~ 않다'와 같은 식으로 옮겨야 우리말로 자연스럽다.

7   **say** : 그 앞에 나온 동사 'hear'가 지각동사이므로 원형부정사로 사용되었다.

8   **Oh dear!** : '아이고!' 혹은 '이런!' 정도의 의미이다.

9   **think A over = think over A** : 여기서 'over'는 부사로서 일반적으로 두 가지 의미가 가능하다. 하나는 '다시' 혹은 '반복해서'(again)의 의미이고, 다른 하나는 '처음부터 끝까지, 완전히, 자세히'의 의미이다. 후자가 'think'와 결합되면 '숙고하다'의 의미가 된다. 현재의 맥락에서는 전자로 보면 안전하지만, 두 의미가 결합된 것으로 보아도 무방할 듯하다. 따라서 'when she thought it over afterwards'는 '앨리스가 나중에 다시 곰곰이 생각해 보았을 때'라고 옮길 수도 있을 것이다. (*우리말에서는 성이 여성일지라도 어린 아이인 경우 '그녀'라고 하지 않으므로 이 작품에서 'she'가 앨리스를 가리키는 경우에는 그냥 '앨리스'라고 옮길 것이다.)

afterwards, it occurred to her that[1] she ought to have wondered at[2] this,[3] but at the time[4] it all seemed quite natural); but, when the Rabbit actually *took a watch[5] out of its waistcoat-pocket[6]*, and looked at it, and then hurried on, Alice started to her feet,[7] for it flashed across her mind that[8] she had never before seen a rabbit with either a waistcoat-pocket, or a watch to take out of it, and, burning with curiosity,[9] she ran across the field after it,[10] and was just in time to see it pop down a large rabbit-hole[11] under the hedge.[12]

In another moment[13] down went Alice[14] after it, never once

이 책의 삽화는 모두 초판본 삽화가인 존 테니얼(John Tenniel, 1820년 2월 28일~1914년 2월 25일)의 그림이다. 그는 영국 런던에서 태어났으며, 1893년 빅토리아 여왕으로부터 기사작위를 받았다. 그는 잡지 『펀치』(*Punch*)의 삽화가로도 유명했으며, 캐럴의 작품 외에 토마스 제임스의 『이솝 우화』, 찰스 디킨즈의 『귀신들린 사람』(*The Haunted Man*) 등 많은 작품의 삽화를 그렸다.

1  it occurred to A that ~ : 'A에게 ~라는 생각이 들었다'

2  ought to +have + 동사의 과거분사 : ~했어야 했다 : wonder at A ; A에 놀라워하다

3  this : 토끼가 지나가며 말을 한 것을 들은 것을 말한다.

4  at the time : '그 당시에는'

5  watch : 여기서는 '시계'의 의미로 사용되었다.

6  take A out of B : B로부터 A를 꺼내다

7  start to one's feet : 놀라서 벌떡 일어나다

8  it flashed across her mind that ~ : '그녀에게 ~라는 생각이 번개 같이 들었다'

  'it'은 가주어이고 that절이 진주어이다.

9  burning with curiosity : '호기심에 불타서'

  뒤에 걸리는 분사구문이다.

10  after it : '그것을 쫓아서'

  여기서 'it'은 앞에서처럼 조끼의 호주머니를 가리키지 않고 흰 토끼를 가리킨다. 동물은 특별히 암수를 가려야 하는 경우가 아니면 'it'으로 받을 수 있다.

11  was just in time to see it pop down a large rabbit-hole : '그 토끼가 큰 토끼굴로 쏙 들어가는 것을 간신히 놓치지 않고 보았다'

  'be just in time + to부정사'는 시간에 간신히 맞추어 무언가를 하게 되는 것, 즉 조금만 더 늦었더라면 하지 못했을 시점에 도착한 것을 의미한다. 만일 'just'가 없으면 그냥 제 시간(늦지 않은 시간)에 도착하여 무언가를 하게 되는 것을 말한다.

12  hedge : 키가 작은 관목들을 일렬로 심어서 울타리의 역할을 하게 만든 것을 말한다. 몇몇 사전에 '산울타리'라고 되어 있으나 산에 있다는 말이 아니라 살아있다(生)는 말이다. = hedgerow

13  In another moment : 'in a moment'에 비추어 이해하면 된다. 흰 토끼가 순간적으로 사라졌고 (그래서 'pop'이라는 동사를 사용하였다) 그 다음 순간 앨리스도 토끼굴로 재빨리 뛰어들었다는 말이다.

14  down went Alice : 'down'이라는 부사가 맨 앞에 옴으로써 주어와 동사가 도치된 문장이다.

considering how in the world[1] she was to get out again.[2]

The rabbit-hole went straight on like a tunnel for some way,[3] and then dipped[4] suddenly down, so suddenly that[5] Alice had not a moment to think about[6] stopping herself before[7] she found herself falling[8] down what seemed to be a very deep well [9]

Either the well was very deep, or she fell very slowly,[10] for

··· 'and what is the use of a book,' thought Alice, 'without pictures or conversations?'

(p.20)

1   in the world : 이렇게 'how'나 'what'과 쓰이면 '도대체 ~ '이라는 의미가 된다.

2   never once considering how in the world she was to get out again
    : '도대체 어떻게 다시 빠져 나올지는 생각도 해보지[한 번도 생각해보지] 않고'

3   for some way : '일정한 거리를'
    여기서 'way'는 '길'의 의미가 아니라 '거리'의 의미이다. 만일 'some'을 더 크게 보면 '상당한 거리를' 혹은 '꽤 되는 거리를' 혹은 '한참을'이라고 옮길 수도 있다.

4   dip : 'dip'은 타동사로는 주로 '담그다'의 의미로 사용되는데, 여기서는 자동사로서 땅 등이 쑥 꺼지듯이 경사져 내려가는 것을 의미한다.

5   so suddenly that : 'so ~ that' 용법이다. 'suddenly'가 처음 쓰였을 때는 그냥 놔두고, 다시 반복하면서 'so ~ that ~ '을 걸었다.

6   had not a moment to think about ~ : '~에 대해 생각할 틈이 없었다'

7   before ~ : 이 경우에는 '~하기 전에'라고 접속사 'before'가 이끄는 절을 먼저 옮기고 나서 앞부분을 옮기면 우리말로 어색하기 쉽다. 앞을 먼저 옮기고 마치 관계대명사의 계속적 용법처럼 뒤로 자연스럽게 넘어가면 되며, 'before'를 꼭 우리말로 옮기지 않아도 된다. 예컨대 'It was not long before he came'이라는 문장을 '그가 오기 전에 오래지 않았다'라고 옮기면 이상하지만 '얼마 안 있어 그가 왔다'라고 옮기면 자연스러운 것과 같다. 'You must practice hard before you can do something well'와 같은 문장도 '무언가를 잘 할 수 있기 전에 열심히 연습해야 한다'고 옮기는 것보다 '무언가를 잘 하려면 열심히 연습해야 한다'로 옮기는 것이 더 자연스럽다. 여기서는 (간이 형태로 옮겨보면) '너무 갑작스럽게 ~해서 ~할 틈이 없었는데, 보니까 자기가 ~하고 있더라' 정도이다.

8   find A[oneself] ~ing : A가[자신이] ~하고 있는 것을 발견하다
    'find'는 직역하면 우리말로 자연스럽지 못한 경우가 많다. '보니까 ~하고 있었다'와 같은 식으로 옮기는 것이 우리말로 자연스럽게 하는 한 방법이다.

9   what seemed to be a very deep well : '매우 깊은 우물처럼 보이는 것'
    이 전체가 앞의 전치사 'down'의 목적어이다.

10   either + 문장A, or + 문장B : A이거나, B이다
    여기서 A, B는 하나의 완전한 문장이므로 수와 시제 등을 그 주어와 동사에 맞추어야 한다.

she had plenty of time as she went down to look about her,[1] and to wonder what was going to happen next.[2] First, she tried to look down and make out[3] what she was coming to, but it was too dark to see anything: then she looked at the sides of the well, and noticed that they were filled with cupboards and book-shelves: here and there she saw maps and pictures hung upon pegs.[4]

She took down a jar[5] from one of the shelves as she passed: it was labeled[6] 'ORANGE MARMALADE,'[7] but to her great disappointment it was empty: she did not like to drop the jar, for fear of killing[8] somebody underneath, so managed to[9] put it into one of the cupboards as she fell past[10] it.

'Well!' thought Alice to herself 'After such a fall as this, I shall think nothing of tumbling down-stairs![11] How brave they'll all

'After such a fall as this, I shall think nothing of tumbling down-stairs!'

(p.28)

1  **to look about her** : ‘주위를 둘러보다’

이 부정사구는 앞의 'plenty of time'을 꾸며주는 형용사적 용법에 해당한다. 따라서 양자를 연결하여 옮기면 ‘주위를 둘러볼 많은 시간’이 된다. 중간에 낀 'as she went down'(내려가면서)의 방해를 받아 양자의 관계를 놓치면 안 된다.

2  **to wonder what was going to happen next** : 이 부분 역시 앞의 'plenty of time'을 꾸며주는 부정사구이다.

3  **make out A** : 여기서는 ‘A를 판별[식별]하다, A가 무엇인지 알아내다’의 의미로 사용되었다.

4  **she saw maps and pictures hung upon pegs** : ‘앨리스는 지도들과 그림들이 못에 걸려있는 것을 보았다’

‘지각동사 + 목적어 + 과거분사로 된 목적보어’의 패턴이다. 'see'가 지각동사이고 'hang'이 자동사(‘걸려있다’의 의미)로도 사용되므로 'hung' 자리에 'hang'이나 'hanging'이 와도 의미는 동일하다.

5  **jar** : (입구가 넓은) 병, 단지

6  **label A (as) B** : A에 B라는 표시(라벨 등)를 붙이다

7  **marmalade** : 마멀레이드 (과일에 설탕을 넣고 끓여서 만든 설탕절임)

8  **for fear of ~ing** : ~할까봐 겁이 나서

9  **manage + to부정사** : 간신히[용케, 가까스로, 어떻게든] ~해내다

10  **past** : 여기서는 전치사로 사용되었다.

11  **After such a fall as this, I shall think nothing of tumbling down-stairs!** : ‘이렇게 떨어지고 나서는 (앞으로) 계단에서 구르는 것 정도는 아무 것도 아니게 생각될 거야!'; **think nothing of A** : A가 아무 것도 아니라고 생각하다 ↔ **think much[highly] of A** : A가 대단하다고 생각하다, A를 크게 보다, A를 존중하다

이 이외에 think well[ill, badly] of ~, think little of ~, think a lot[a great deal] of ~ 등의 표현이 쓰인다.

think me at home! Why,[1] I wouldn't say anything about it, even if I fell off the top of the house!' (which was very likely[2] true.)

Down, down, down. Would the fall *never* come to an end? 'I wonder how many miles I've fallen by this time?' she said aloud.[3] 'I must[4] be getting somewhere near the centre of the earth. Let me see: that would be four thousand miles down, I think — ' (for, you see, Alice had learnt several things of this sort[5] in her lessons in the school-room, and though this was not a *very* good opportunity for showing off[6] her knowledge, as there was no one to listen to her, still[7] it was good practice to say it over[8]) ' — yes, that's about[9] the right distance — but then I wonder what Latitude[10] or Longitude[11] I've got to?'[12] (Alice had not the slightest idea[13] what Latitude was, or Longitude either, but she thought they[14] were nice grand words to say.)

Presently[15] she began again. 'I wonder if I shall fall right *through* the earth! How funny it'll seem to come out among the people that walk with their heads downwards![16] The

1  **Why** : 여기서 'why'는 의문대명사가 아니라 감탄사이다. 감탄사 'why'는 다음
과 같은 의미를 갖는다. ① 가볍게 놀랐을 때 (mild surprise): 아니, 저런 ② 항의
의 의미로 (disapproval): 뭐라고, 뭐야. ③ 인정의 의미로 (approval): 그야 물론,
물론이지 (why, of course) ④ 대답하기 전에 머뭇거릴 때 (hesitation): 에, 저, 글
쎄요 ⑤ 조건문의 귀결절의 도입부로서: 그럼, 그때엔

2  **very likely** : '십중팔구' = probably

3  **said aloud** : '소리 내서 말했다' ≠ said loudly : '큰 소리로 말했다'

4  **must** : 여기서는 확신에 찬 추측을 나타내준다. '틀림없이 ~할 것이다~일 것
이다'

5  **several things of this sort** : '이러한 종류의 것들 여러 개'

6  **show off** : 과시하다

7  **still** : 여기서는 '그렇다고 하더라도, 그럼에도 불구하고' 정도의 의미를 갖는 접
속사적 부사이다.

8  **over** : 여기서는 '반복해서'의 의미가 가장 적절할 듯하다. 23쪽 주석 9 참조.

9  **about** : 여기서는 전치사가 아니라 '대략'이라는 의미의 부사이다.

10  **latitude** : 위도

11  **longitude** : 경도

12  **get to A** : A에 도달하다

13  **have not the slightest idea of A** : A에 대해서 조금의 생각도 없다, A를
조금도 모른다

  만일 A가 절이면 of가 생략될 수 있다. 여기서는 'what Latitude was, or Longitude either'(위
  도가 무엇인지도, 또 경도가 무엇인지도)가 A에 해당한다. 'not the slightest[least, faintest] ~'
  는 부정을 강조하는 표현들 중 하나이다.

14  **they** : 'Latitude'와 'Longitude'의 두 단어를 받는다.

15  **presently** : 곧

16  **the people that walk with their heads downwards** : 앨리스는 지구
반대편에서는 사람들이 거꾸로 걸어 다닌다고 생각하고 있다.

antipathies,[1] I think — ' (she was rather glad there *was* no one listening, this time, as it didn't sound at all the right word) ' — but I shall have to ask them what the name of the country is, you know. Please, Ma'am, is this New Zealand? Or Australia?' (and she tried to curtsey as she spoke — fancy, *curtseying* as you're falling through the air![2] Do you think you could manage it?[3]) 'And what an ignorant little girl she'll think me for asking! No, it'll never do to ask[4]: perhaps I shall see it written up[5] somewhere.'

Down, down, down. There was nothing else to do, so Alice soon began talking again. 'Dinah'll miss me very much to-night, I should think!'[6] (Dinah was the cat.) 'I hope they'll remember her saucer of milk at tea-time.[7] Dinah, my dear! I wish you were down here with me! There are no mice in the air, I'm afraid, but you might catch a bat, and that's very like a mouse, you know. But do cats eat bats, I wonder?' And here Alice began to get rather[8] sleepy, and went on saying to herself, in a dreamy sort of way, 'Do cats eat bats? Do cats eat bats?' and sometimes 'Do bats eat cats?' for, you see, as she couldn't answer either question, it didn't much matter which way she put it.[9] She felt that she was dozing off,[10] and had just begun to dream that she was walking hand in hand with Dinah,[11] and was saying to her, very earnestly, 'Now, Dinah, tell me the truth: did you ever eat a bat?' when suddenly, thump! thump![12] down she came upon a heap of sticks and dry

1 antipathies : 'antipathy'의 복수형인데, 여기서는 'antipodes'(대척점)를 잘못
안 것이다. 앨리스 스스로도 이 말이 맞는 말인지 자신이 없다.

2 fancy, *curtseying* as you're falling through the air! : '허공으로 떨어져
내리면서 절을 하는 것을 상상해보라!'

3 Do you think you could manage it? : '절을 제대로 해낼 수가 있다고 생
각하느냐?'

여기서 'manage'는 그냥 명사를 목적어로 받아서 그것을 '(용케) 해내다'의 의미이다.

4 No, it'll never do to ask : '아냐, 물어봐서는 안 될 것 같아'

여기서 'do'는 보통 '도움이 되다, 쓸 만하다, 족(足)하다, 충분하다, 좋다'의 의미를 갖는다고 설명되
는데, 실제로는 지금처럼 '(~면, ~으로) 되다'로 옮겨지면 무난한 경우가 많다.

5 write up : 게시하다, 공시하다, (벽보 등을) 써 붙이다

6 I should think! : 이럴 때의 'should'는 완곡한 표현의 기능을 한다. 즉 '(나로
서는) ~하고 싶지만, ~합니다만, (나라면) ~하(겠)는데'와 같은 의미를 갖는다.
실제로 옮길 때는 우리말에 적절하게 맞추면 된다. 본문의 문장 'Dinah'll miss
me very much to-night, I should think!'은 '아무래도 다이너는 오늘밤 나를 무
척 보고 싶어 할 것 같아!' 혹은 '다이너는 오늘밤 나를 무척 보고 싶어 할 테지!'
등으로 옮길 수 있다.

7 tea-time : 'tea-time'은 차만 마시는 것이 아니라 간단한 식사를 포함한다. 점심
이 만찬(dinner)인 경우 저녁식사에 해당한다.

8 rather : 여기서는 '다소'의 의미이다.

9 which way she put it : '어떤 식으로 말하느냐는'

이는 명사절이며 앞에 나온 동사 'matter'(중요하다)의 진주어이다. 문장 처음의 'it'은 가주어이
다. 'put'은 여기서는 '말하다, 표현하다'의 의미이다.

10 doze off : 꾸벅꾸벅 졸다

11 hand in hand with A : A와 손을 잡고

12 thump : 무언가에 부딪치는 소리를 나타내는 의성어이다. '쿵' 혹은 '탁' 정도
로 옮기면 되는데, 여기서는 나뭇가지와 나뭇잎들의 더미에 떨어지면서 내는
소리를 나타낸다.

leaves, and the fall was over.

Alice was not a bit hurt, and she jumped up on to her feet[1] in a moment: she looked up, but it was all dark overhead: before her was another long passage,[2] and the White Rabbit was still in sight,[3] hurrying down it.[4] There was not a moment to be lost: away went Alice like the wind, and was just in time to hear it[5] say, as it turned a corner,[6] 'Oh my ears and whiskers, how late it's getting!'[7] She was close behind it[8] when she turned the corner, but the Rabbit was no longer to be seen : she found herself in a long, low hall, which was lit[9] up by a row of lamps hanging from the roof.

There were doors all round the hall, but they were all locked; and when Alice had been all the way down one side and up the other,[10] trying every door,[11] she walked sadly down the middle, wondering how she was ever to get out again.[12]

Suddenly she came upon a little three-legged table,[13] all made of solid glass: there was nothing on it but a tiny golden key, and Alice's first idea was that this might belong to one of the doors of the hall; but, alas! either the locks were too large, or the key was too small, but at any rate it would not open any of

1 **to one's feet** : 'jump, spring, leap'등의 동사와 함께 쓰여서 '벌떡 일어서다'의 의미가 된다. 25쪽 주석 7 참조.

2 **before her was another long passage** : '앨리스의 앞에는 또 하나의 긴 통로가 놓여있었다'

부사구가 먼저 나오고 동사와 주어가 도치되었다. 부사(구)가 먼저 나올 때 주어와 동사가 도치되는 일은 영어에서 흔하다.

3 **be in sight** : 보이다, 시야에 들어오다

4 **hurrying down it** : '통로를 따라 서둘러 가고 있는'

5 **it** : 'the White Rabbit'을 받는다.

6 **as it turned a corner** : '모퉁이를 돌면서, 모퉁이를 돌 때에'

7 **Oh my ears and whiskers** : 그냥 큰 의미 없이 투덜거리는 말(expletive)이다. 'whisker'는 여기서는 고양이나 쥐 등의 수염을 말한다.

8 **be close behind A** : A의 뒤를 바짝 따르다, A의 바로 뒤에 있다

9 **lit** = 'light'(비추다)의 과거, 과거분사형이다. 물론 'light'는 'lighted, lighted'로도 변화한다.

10 **when Alice had been all the way down one side and up the other** : '앨리스가 한쪽 끝까지 갔다가 다른 쪽으로 되돌아왔을 때'

11 **trying every door** : '문을 모두 열어보면서'

실제로 문을 연 것이 아니라 열리는지 안 열리는지 확인해보는 것을 말한다.

12 **how she was ever to get out again** : 여기서 'was to'는 'be to' 용법 중 가능성을 나타낸다. ≒ how she could ever get out again

13 **come upon** : 이 경우에 'come upon'은 저 앞의 'down she came upon a heap of sticks and dry leaves'에서처럼 어떤 것 위에 떨어지거나 놓인다는 의미가 아니라 '(우연히) 만나다, (우연히) 보게 되다'의 의미이다.

them. However, on the second time round,[1] she came upon a low curtain she had not noticed before, and behind it was a little door about fifteen inches high:[2] she tried the little golden key in the lock,[3] and to her great delight it fitted!

Alice opened the door and found that it led into a small passage, not much larger than a rat-hole: she knelt down and looked along the passage into the loveliest garden you ever saw.[4] How she longed[5] to get out of that dark hall, and wander about among those beds[6] of bright flowers and those cool

1   on the second time round : '두 번째로 (문이 열리나 확인하며) 돌 때에'

'on the + 서수 + time + 부사'의 패턴이다. 다른 예들로 다음과 같은 것들이 있다. 예) ①
Some things you only see on the second time through. ('당신은 어떤 것들은 두 번째로 거칠
때에만 보게 된다.') ② On the second time around, Stevie was able to look at things more
clearly. (* 'around'는 위 텍스트에서와 같이 '특정의 일을 하면서 돌다'라는 의미를 가질 수도
있고 아니면 그냥 두 번째 횟수의 도래를 나타낼 수도 있다. 따라서 이런 경우에는 두 번째로
무엇을 하는 것인지는 맥락에서 찾아야 한다. 만일 예문이 이런 경우라면 '스테비는 두 번째로
사물을 볼 때에는 더 명확하게 볼 수 있었다' 정도로 옮길 수 있다.)
'on the second time' 다음에는 부사만 오는 것은 아니다. 다음과 같이 전치사구가 올 수도 있
다. (여기에는 'of'로 다른 명사와 연결되는 것도 속한다.) 예) ① "On the second time up the
climb" she said, "everyone took it steady and then after that we worked together to catch
the German girl." ② On the second time through the velodrome, the hundreds of fans in
the bleachers witnessed what will go down as one of the most spectacular sights in U.S. ③
His proposal was accepted on the second time of consideration.

2   about fifteen inches high : '약 15인치 높이의'

'high'가 형용사로서 앞의 명사 'door'를 꾸며주고 'fifteen inches'는 'high'를 꾸며주는 ('얼마나'
높은지를 말해주는) 부사어구이며 'about'은 다시 부사어구 'fifteen inches'를 꾸며주는 부사이
다. 'fifteen inches'는 그 자체로는 명사어구이지만 현재의 문장 속에서는 이렇게 형용사를 꾸
며주는 부사어구의 기능을 한다.

3   she tried the little golden key in the lock : 황금열쇠가 자물쇠에 맞는지
넣어보았다는 말이다.

4   looked along the passage into the loveliest garden you ever saw :
통로를 따라 보니 저 바깥에 지금까지 본 것 중에 가장 예쁜 정원이 보이더라는
말이다.

5   long : 동사로서 '열망하다, 갈망하다'의 의미이다. 지금처럼 to부정사와 함께 쓰
이거나 'long for + 목적어'의 형태로 쓰인다.

6   bed : 화단

fountains, but she could not even get her head through the doorway; 'and even if my head *would* go through,' thought poor Alice, 'it would be of very little use without my shoulders.[1] Oh, how I wish I could shut up like a telescope![2] I think I could,[3] if I only knew how to begin.' For, you see, so many out-of-the-way[4] things had happened lately, that Alice had begun to think that very few things indeed were really impossible.

There seemed to be no use in waiting[5] by the little door, so she went back to the table, half hoping she might find another key on it, or at any rate a book of rules for shutting people up like telescopes: this time she found a little bottle on it ('which certainly was not here before,' said Alice), and tied round the neck of the bottle was a paper label,[6] with the words 'DRINK ME' beautifully printed on it in large letters.[7]

It was all very well to say 'Drink me,' but the wise little Alice was not going to do *that* in a hurry.[8] 'No, I'll look first,' she said, 'and see whether it's marked *'poison'* or not';[9] for she had read several nice little stories about children who had got burnt, and eaten up by wild beasts, and other unpleasant things,[10] all[11] because they *would* not remember the simple rules their friends had taught them: such as, that a red-hot poker[12] will burn you if you hold it too long; and that, if you cut your finger *very* deeply with a knife, it usually bleeds; and she had never forgotten that, if you drink much from a bottle

1  **it would be of very little use without my shoulders** : '(머리가 빠져나간다고 해도) 어깨가 빠져나가지 못한다면 별 소용이 없을 거야'

2  **Oh, how I wish I could shut up like a telescope!** : '오, 망원경처럼 접혀질 수 있으면 얼마나 좋을까!'

3  **could** : 이 뒤에 'shut up like a telescope'가 생략되었다.

4  **out-of-the-way** : 'be'동사와 함께 서술적으로 사용되지 않고 명사를 앞에서 수식하는 형용어로 사용하는 것을 분명히 하기 위해서 단어들을 하이픈으로 연결하였다. 의미는 23쪽 주석 6에 설명된 바와 같다.

5  **there's no use in ~ing** : ~해 봐야 소용이 없다
여기서는 'be'동사가 'seem'과 함께 사용되었다.

6  **tied round the neck of the bottle was a paper label** = a paper label was tied round the neck of the bottle

7  **in large letters** : 큰 글자로

8  **in a hurry** : 서둘러서, 급하게

9  **whether it's marked *poison* or not** : ' "독약"이라고 표시가 되어있는지 아닌지'
mark A B : A에 B라고 표시하다, A가 B라고 표시하다 (*여기서는 수동태로 사용되었다.)

10  **other unpleasant things** : 여기서 'things'는 사물이나 일이 아니라 동물이나 생명체를 나타낸다.

11  **all** : 여기서는 'because 절'을 꾸며주는 부사로 사용되었다.

12  **poker** : 부지깽이

marked 'poison,' it is almost certain to disagree with you,[1] sooner or later.

However, this bottle was *not* marked 'poison,' so Alice ventured to taste it,[2] and, finding it very nice (it had, in fact, a sort of mixed flavour of[3] cherry-tart,[4] custard, pine-apple, roast turkey, toffy,[5] and hot buttered toast), she very soon finished it off.

******

'What a curious feeling!' said Alice. 'I must be shutting up like a telescope!'[6]

1 disagree with A : 여기서는 'A에게 중독을 일으키다'의 의미이다.

2 venture + to부정사 : 과감히 ~하다

3 mixed flavour of A, B, C, and D : A, B, C, D가 섞인 맛

4 tart : (과일)파이

5 toffy : 설탕을 조려서 얇은 종이 모양으로 식힌 과자

6 I must be shutting up like a telescope! : '나는 망원경처럼 접혀지고 있는 게 틀림없어!'

앨리스는 이 소설에서 12번 몸의 크기가 바뀌는 데 이것이 그 첫 번째이다.

캐럴은 사진술에서도 일가를 이룰 정도로 수준이었다고 한다. 그는 여러 개의 사진첩을 내었는데, 이 사진첩들은 정교하게 만들어져 있었다.

And so it was indeed:[1] she was now only ten inches high, and her face brightened up at the thought that[2] she was now the right size for[3] going through the little door into that lovely garden. First, however, she waited for a few minutes to see if she was going to shrink any further: she felt a little nervous about this; 'for it might end, you know,' said Alice to herself; 'in[4] my going out altogether, like a candle.[5] I wonder what I should be like then?'[6] And she tried to fancy what the flame of a candle looks like after the candle is blown out,[7] for she could not remember ever having seen such a thing.[8]

After a while, finding that nothing more happened, she decided on[9] going into the garden at once; but, alas for poor Alice! when she got to the door, she found she had forgotten the little golden key, and when she went back to the table for it, she found she could not possibly[10] reach it: she could see it quite plainly through the glass, and she tried her best to climb up one of the legs of the table, but it was too slippery;[11] and when she had tired herself out[12] with trying,[13] the poor little thing sat down and cried.

'Come, there's no use in crying like that!' said Alice to herself rather sharply. 'I advise you to leave off[14] this minute!' She generally gave herself very good advice (though she very seldom followed it), and sometimes she scolded herself so severely[15] as to[16] bring tears into her eyes; and once she remembered trying to box her own ears[17] for having cheated

1 **so it was indeed** : '실로 그랬다'

'it'은 전반적인 상황을 나타내는 대명사이며 'so'는 망원경처럼 접혀지고 있는 것을 받는다.

2 **her face brightened up at the thought that ~** : '~라는 생각에 앨리스의 얼굴이 밝아졌다'

3 **be the right size for ~** : ~하기에 딱 알맞은 크기이다

4 **end in A** : A로 끝나다

'in'이 전치사이므로 A에는 명사나 그에 해당하는 말이 온다. 'end'와 'in'사이에 다른 말들이 끼어들었다고 해서 둘을 분리해서 파악하면 안 된다.

5 **my going out altogether** : '내가 완전히 꺼져[없어져] 버리는 것'

'my'는 동명사의 의미상의 주어이다. 여기서 'go out'은 '꺼지다, 사라지다'의 의미이고 'altogether'는 '완전히'(completely, entirely)의 의미이다.

6 **I wonder what I should be like then?** : '그때 내가 어떨지 궁금해' ; to be like A ≒ to look like A ; what A is like ≒ what A looks like

7 **blow out a candle** : 촛불을 (불어서) *끄다*

8 여기서 앨리스는 자신이 본 적이 없을 뿐만 아니라 실제 현실에 존재하지 않는 것—촛불이 꺼진 후의 촛불—을 상상하려고 하고 있다.

9 **decide on ~ing** : ~하기로 결정하다

10 **possibly** : 여기서는 'can'과 함께 부정문에 쓰여서(cannot possibly +동사) '아무리 해도 ~ 않다, 도저히 ~못한다'의 의미가 된다.

11 **slippery** : 미끄러운

12 **tire oneself out** : 지치다, 힘을 소진하다

13 **trying** : 책상 다리를 타고 올라가려고 하는 것을 말한다.

14 **leave off** : leave off crying(울음을 멈추다 = stop crying)에서 'crying'이 생략되어 있다.

15 **severely** : 여기서는 '가혹하게, 심하게' 정도의 의미이다.

16 **so + 부사 + as to부정사** : ~ 할 정도로 ~하게

17 **box one's ears** : ~의 따귀를 때리다

herself in a game of croquet[1] she was playing against herself,[2] for this curious child was very fond of pretending to be two people. 'But it's no use now,' thought poor Alice, 'to pretend to be two people! Why,[3] there's hardly enough of me left to make *one* respectable person.'[4]

Soon her eye[5] fell on a little glass box that was lying under the table: she opened it, and found in it a very small cake, on which the words 'EAT ME' were beautifully marked in currants.[6] 'Well, I'll eat it,' said Alice, 'and if it makes me grow larger, I can reach the key; and if it makes me grow smaller,[7] I can creep under the door: so either way[8] I'll get into the garden, and I don't care which happens!'

She ate a little bit, and said anxiously to herself 'Which way? Which way?',[9] holding her hand on the top of her head to feel which way it was growing; and she was quite surprised to find that she remained the same size. To be sure, this is what generally happens when one eats cake; but Alice had

1   croquet : 크로케(잔디 위에서 하는 공놀이)

2   play against oneself : 혼자 양편을 다 하면서 놀이를 하는 것을 말한다.

3   why : 여기서도 의문사가 아니라 감탄사이다. 31쪽 주석 1 참조.

4   there's hardly enough of me left to make *one* respectable person : 'there's A left'는 'A가 남아있다'의 의미이다. 따라서 'there's hardly A left'는 'A 가 거의 남아있지 않다'의 의미이다. 여기서 A에 해당하는 부분은 'enough of me to make one respectable person'(어엿하게 한 사람이 되기에 충분한 만큼의 나) 이다. 따라서 'there's hardly enough of me left to make *one* respectable person!'은 직역하자면 '어엿하게 한 사람이 되기에 충분만 만큼의 나도 거의 남 아 있지 않네!'이고 이것을 조금 의역하자면 '남아있는 나는 어엿하게 한 사람이 되기에도 부족하네!' 정도로, 조금 더 의역하자면 '지금의 나는 어엿하게 한 사람 이 되기에도 부족하네!' 정도로 옮겨질 수 있을 것이다. 보통 때에는 두 사람으로 분신하여 놀았지만, 지금은 조그마해졌기 때문에 한 사람이 되기에도 부족하다 는 말이다. 이 소설에서 앨리스는 몸의 크기가 여러 번 변화하기도 하지만, '분 신'의 양태 및 몸의 각 부분이 나누어져 별도의 존재로 간주되는 '분열'의 양태도 보인다. 물론 이 경우의 '분열'은 병적인 것이 아니라 어린아이의 상상력에 부합 하는 자연스러운 종류의 것이다.

5   eye : 이런 경우에는 '시선, 눈길'의 의미이다.

6   in currants : '건포도로'

여기서 전치사 'in'은 표시의 매체를 나타내는 기능을 한다. 가장 대표적인 경우가 'in Korean' (한국말로)과 같이 언어매체를 나타내는 경우이다.

7   grow smaller : 작아지는 쪽인데도 'grow'라는 동사를 쓴 것이 흥미롭다. 이렇 게 되면 'grow'의 의미는 '자라다'라기 보다는 '크기가 변하다'가 된다.

8   either way : '어느 쪽이든'

9   Which way? : '어느 쪽이지'

키가 커지는 쪽인지 아니면 작아지는 쪽인지를 궁금해 하고 있다.

got so much into the way of[1] expecting nothing but out-of-the-way things to happen,[2] that[3] it seemed quite dull and stupid for life to go on in the common way.

So she set to work,[4] and very soon finished off the cake.

1  **get into the way of ~ing** : ~하는 습관을 갖게 되다, ~하는 데 익숙해지다

2  **expect A to happen** : A가 일어나리라고 기대[예상]하다

여기서는 'nothing but out-of-the-way things'가 A에 해당한다.

3  **that** : 앞의 'got so much into the way'의 'so'와 함께 'so ~ that~' 패턴을 이

룬다.

4  **set to work** : 일하기 시작하다, 일에 착수하다

이 문맥에서는 케이크를 먹는 일을 말한다. 'to'는 전치사이고 따라서 'work'는 명사이다.

# CHAPTER II

# The Pool of Tears

'Curiouser and curiouser!' cried Alice (she was so much surprised, that for the moment she quite forgot how to speak good English).[1] 'Now I'm opening out[2] like the largest telescope that ever was! Good-bye, feet!' (for when she looked down at her feet, they seemed to be almost out of sight, they were getting so far off). 'Oh, my poor little feet, I wonder who will put on your shoes and stockings for you now, dears? I'm sure I

1 **she quite forgot how to speak good English** : 형용사 'curious'를 일반 적으로 사용되는 비교급 형태인 'more curious'라고 하지 않고 'curiouser'라고 했기 때문에 'good English'를 말하는 법을 잊었다고 한 것이다. 영어에서는 일반적으로 세 음절로 된 형용사의 비교급은 앞에 'more'를 붙인다. 그러나 이는 절대적인 것은 아니다. 'curious'의 비교급으로 때로 'curiouser'가 사용된다고 설명하는 사전도 있다. 여기서 'curious'는 '호기심이 있는'의 의미가 아니라 '신기한, 기묘한'의 의미이다. 따라서 'Curiouser and curiouser!'는 '점점 더 신기해지네!' 정도로 옮길 수 있다.

2 **open out** : 마치 망원경의 접힌 부분이 나오면서 길어지는 것처럼 몸의 각 마디가 길어지고 있는 모습을 묘사한 말이다. 이런 경우 'open'은 창문이 열리는 것과 같이 열려서 틈이 생기는 모습을 나타내는 것이 아니라 꽃봉오리가 활짝 펴지는 것 같은 모습을 나타낸다(unfold, expand).

'Do cats eat bats? Do cats eat bats?' and sometimes 'Do bats eat cats?'

(p.32)

*sha'n't* be able! I shall be a great deal too far off to trouble myself about you:[1] you must manage[2] the best way you can — but I must be kind to them,' thought Alice, 'or perhaps they wo'n't walk the way I want to go![3] Let me see. I'll give them a new pair of boots every Christmas.'

And she went on planning to herself how she would manage[4] it. 'They must go by the carrier,'[5] she thought; 'and how funny it'll seem, sending presents to one's own feet! And how odd the directions[6] will look!

Alice's Right Foot, Esq.[7]

Hearthrug,[8]

Near the Fender,[9]

(with Alice's love).

Oh dear, what nonsense I'm talking!'

Just at this moment her head struck against the roof of the hall: in fact she was now rather more than nine feet high, and she at once took up the little golden key and hurried off to the garden door.

Poor Alice! It was as much as she could do, lying down on one side, to look through into the garden with one eye;[10] but to get through was more hopeless than ever:[11] she sat down and began to cry again. 'You ought to be ashamed of yourself,' said

1   I shall be a great deal too far off to trouble myself about you : '너희
    들에 대해서 신경을 쓰기에는 너무 멀리 떨어진 것 같구나'
    이른바 'too~ to부정사'용법이다. 'a great deal'(=much)은 'too'에 걸리는 부사어이다. 타동사
    'trouble'을 재귀대명사를 목적어로 해서 쓰면 자기가 자기에게 귀찮음이나 수고 혹은 폐를 끼
    친다는 말이 되므로, 주어에 해당하는 사람이 신경을 쓰거나 수고를 한다는 말로 옮기면 된다.
    물론 최종적인 것은 맥락에 따른다.

2   manage : 여기서는 (앨리스가 돌보지 않더라도 두 발들이 알아서) '잘 해나가다' 정
    도의 의미이다.

3   or perhaps they won't walk the way I want to go! : '아니면 내가 원하
    는 방향으로 가지 않을지도 몰라!'

4   manage : 이 경우에는 (두 발에게 선물을 주는 일을) '잘 해내다'의 의미이다.

5   the carrier : 우편배달부

6   the directions : 우편물에 적는 수취인의 주소와 성명

7   Esq. : Esquire의 준말로서 편지의 수신인 및 공식 문서에서 성명 위에 붙이는
    경칭이다. 우리말로 하면 '~님' 혹은 '~귀하'에 해당한다.

8   Hearthrug : 'hearthrug'은 벽난로 앞의 깔개를 말한다. 여기서는 앨리스의 발이
    거주하는 주소의 일부이다. 그래서 첫 글자가 대문자로 쓰였다.

9   Fender : 'fender'는 벽난로 앞의 난로망을 말한다. 역시 앨리스의 발이 사는 주
    소의 일부로 쓰였다.

10  It was as much as she could do, lying down on one side, to look
    through into the garden with one eye : '앨리스가 할 수 있는 것이라고
    는 한 쪽으로 몸을 뉘어서 한 쪽 눈으로 정원을 들여다보는 것이 고작이었다'
    'It'은 가주어이며 부정사구 'to look through into the garden with one eye'가 진주어이다. 'as
    much as one could do'(자신이 할 수 있는 만큼)은 'only'와 같은 단어들이 갖는 제한의 기능을
    갖는다. 즉 최선을 다해도 그 이상은 할 수 없다는 말이다. 여기서 'much'는 명사이다.

11  비교급 + than ever : 이전보다 더 ~한[하게]

Alice, 'a great girl like you,' (she might well say this),[1] 'to go on crying in this way![2] Stop this moment, I tell you!'[3] But she went on all the same, shedding gallons of tears, until there was a large pool all round her, about four inches deep, and reaching half down the hall.[4]

After a time she heard a little pattering[5] of feet in the distance, and she hastily dried her eyes to see what was coming. It was the White Rabbit returning, splendidly dressed, with a pair of white kid-gloves[6] in one hand and a large fan in the other: he came trotting[7] along in a great hurry, muttering to himself, as he came, 'Oh! the Duchess,[8] the Duchess! Oh! Wo'n't she be savage[9] if I've kept her waiting!'[10] Alice felt so desperate that she was ready to ask help of any one: so, when the Rabbit came near her, she began, in a low, timid voice, 'If you please, sir —'[11] The Rabbit started[12] violently, dropped the

For, you see, so many out-of-the-way things had happened lately, that Alice had begun to think that very few things indeed were really impossible.

(p.38)

1 **she might well say this** : '앨리스는 충분히 이렇게 말할 수 있었다' 혹은 '앨리스는 이렇게 말할 수 있는 이유가 충분했다'

이 부분이 앨리스의 말 사이에 삽입되었지만, 작가의 논평이 들어간 것이지 앨리스의 말이 실제로 끊긴 것은 아니다. 따라서 다음 번 주석처럼 앨리스의 말은 이어진 것으로 읽어야 한다.

2 **a great girl like you to go on crying in this way!** : '너 같이 대단한 아이가 이렇게 계속 울다니!'

앞에 나온 말 'You ought to be ashamed of yourself'(부끄러워해야 해)의 이유를 설명해준다. 'a great girl like you'가 전치사 'for'를 동반하지는 않았지만 부정사구 'to go on crying in this way'의 의미상의 주어이다.

3 **Stop this moment, I tell you** : 지금 앨리스는 자신을 둘로 분신하여 하나의 자기가 또 다른 자기에게 울음을 멈추라고 말하고 있다. 'this moment'는 '당장' 정도로 옮기면 될 것이다.

4 **reaching half down the hall** : '홀의 중간까지 이르는'

5 **patter** : 가벼우면서도 빠르게 이어지는 토끼의 발걸음이 내는 소리를 나타내는 동사(의성어)이다. 뒤의 'trotting'과 연관된다. ☞ pat

6 **kid-gloves** : 키드 가죽으로 된 장갑

7 **trot** : 빠른 걸음(총총걸음)으로 가다

8 **Duchess** : 공작부인 ☞ Duke

9 **savage** : 여기서는 '노발대발한, 몹시 화내는'의 의미이다.

10 **keep A waiting** : A를 기다리게 하다

11 **If you please, sir** : 'if you please'는 '제발, 부디; 죄송하지만' 등으로 옮겨지며 'please'보다 공손한 표현이다.

12 **start** : 이런 경우에는 '놀라다'의 의미이다. 갑작스럽게 몸을 움직이는 (움찔, 흠칫, 화들짝 등등) 형태로 놀라는 경우에 사용된다. 예컨대 놀라서 멍하게 있게 되는 'stun' 같은 동사와는 대조된다. 다만, 여기서 'start'는 자동사로 사용되었고, 'stun'은 보통 'surprise'처럼 타동사로 사용된다(즉 'be stunned'라고 해야 우리말로 '놀라다'가 된다).

white kid-gloves and the fan, and scurried[1] away into the darkness as hard as he could go.[2]

Alice took up the fan and gloves, and, as the hall was very hot, she kept fanning herself all the time she went on talking.[3] 'Dear, dear! How queer everything is to-day! And yesterday things went on just as usual.[4] I wonder if I've been changed in the night? Let me think: *was* I the same when I got up this morning? I almost think I can remember feeling[5] a little

1 **scurry** : (종종걸음으로) 급히 가다, 서두르다

2 **as hard as he could go** : 자신에게 가능한 최고의 속도로 달려가는 것을 표현하는 어구이다. 맥락에 따라서는 우리말의 '걸음아 나 살려라'라든가 아니면 '젖 먹던 힘을 다하여'라는 어구로 옮길 수 있는 표현이다. 여기서 'hard'는 '열심히, 힘을 다하여'라는 의미이다

3 **all the time she went on talking** : '계속해서 말하고 있는 동안 내내'
'time'과 'she' 사이에 관계부사가 생략된 것으로 보면 된다.

4 **yesterday things went on just as usual** : '어제는 그냥 보통 때처럼 지나갔어' 혹은 '어제는 그냥 보통 때와 같았어'
여기서 'things'는 전반적인 상황이나 상태를 나타내는 단어로서, 맥락에 따라서는 굳이 우리말로 옮기지 않아도 된다.

5 **remember feeling~** : 'remember' 다음에 이렇게 동명사가 오면 과거에 일어난 일을 기억하는 것을 말한다.

'I must be shutting up like a telescope!'

(p.40)

different. But if I'm not the same, the next question is, "Who in the world am I?" Ah, *that's* the great puzzle!'[1] And she began thinking over[2] all the children she knew that were of the same age as herself, to see if she could have been changed for any of them.[3]

'I'm sure I'm not Ada,' she said, 'for her hair goes in such long ringlets,[4] and mine doesn't go in ringlets at all; and I'm sure I ca'n't[5] be Mabel,[6] for I know all sorts of things, and she, oh! she knows such a very little! Besides, *she's* she, and *I'm* I, and — oh dear, how puzzling it all is! I'll try if I know all the things I used to know. Let me see: four times five is twelve,[7] and four times six is thirteen, and four times seven is — oh

··· what the flame of a candle looks like after the candle is blown out ···

(p.42)

1 **puzzle** : 수수께끼, 풀기 어려운 문제

2 **thinking over** : 'think over'가 'think of'나 'think about'와 다른 점은 '죽 훑어가듯이,' 혹은 '하나하나 짚어가며'라는 의미가 추가된다는 점이다. 여기서는 '하나하나 생각해 보다'로 옮기는 것이 좋을 것 같다. 23쪽 주석 9 참조.

3 **to see if she could have been changed for any of them** : '그들 중 어느 하나로 바뀐 것은 아닌지 알아보려고'

change A for B(A를 B와 바꾸다, A를 B로 갈다)를 수동태로 사용한 것이다. 앨리스가 A에 해당한다. 조동사 'can'은 예컨대 'Such a thing cannot be'(그런 일은 있을 수 없어)에서처럼 어떤 일이 일어나는 것이 가능한가 아닌가를 나타내는 기능을 한다. 주석에서 예시한 번역사례에서는 우리말의 간결한 자연스러움을 위해 이 'can'의 의미를 굳이 노출하지는 않았다. 만일 굳이 노출한다면 '그들 중 어느 하나로 바뀔 수 있었던 것은 아닌지 알아보려고' 혹은 '그들 중 어느 하나로 바뀌는 일이 가능했던 것은 아닌지 알아보려고' 정도가 될 것이다.

4 **her hair goes in such long ringlets** : '에이더의 머리는 아주 길게 늘어진 곱슬머리야'

여기서 'go'는 상태(의 계속)를 나타내고, 전치사 'in'은 모양이나 형태를 나타내는 기능을 한다. 둘을 합하여 머리가 어떤 모양을 하고 있음을 나타낸다.

5 **ca'n't** : 캐럴의 텍스트에서는 이 철자를 사용한다. 실상 지금의 'can't'보다 더 정확한 표기라고 할 수 있다. 'cannot'의 준말이므로 첫째 'n'과 'o'가 줄었다고 보고 그 자리에 생략부호(')를 넣었기 때문이다. 'sha'n't'와 'wo'n't'도 마찬가지이다.

6 **I can't be Mabel** : '내가 메이블일 리도 없어'

7 **four times five is twelve** : '4 곱하기 5는 12'

여기서 'times'는 명사이다.

dear! I shall never get to twenty at that rate![1] However, the Multiplication-Table doesn't signify:[2] let's try Geography. London is the capital of Paris, and Paris is the capital of Rome, and Rome — no, *that's* all wrong, I'm certain! I must have been changed for Mabel! I'll try and say[3] "*How doth the little — ,*" ' and she crossed her hands on her lap, as if she were saying lessons,[4] and began to repeat it, but her voice sounded hoarse[5] and strange, and the words did not come the same as they used to do:[6] —

> 'How doth the little crocodile
>   Improve his shining tail,
> And pour the waters of the Nile
>   On every golden scale![7]
>
> 'How cheerfully he seems to grin,
>   How neatly spread[8] his claws,
> And welcome little fishes in[9]
>   With gently smiling jaws!'

'I'm sure those are not the right[10] words,' said poor Alice, and her eyes filled with tears again as she went on,[11] 'I must be Mabel after all,[12] and I shall have to go and live in that poky[13] little house, and have next to no toys to play with,[14] and oh, ever so many lessons to learn![15] No, I've made up my mind about it;

1  **I shall never get to twenty at that rate!** : ‘이런 비율로는 20까지 도달할
수가 없겠네!’

여기서 ‘이런 비율로는’이라고 옮겼긴 하지만 'at that rate'의 'that rate'는 증가되는 수치인 ‘1’을
말한다. 따라서 ‘이렇게 1씩 증가해서는’이 자세한 번역이다. 왜 앨리스가 20까지 도달하지 못
하는지에 대해서 마틴 가드너(Martin Gardner)가 제시하는 해석 중 하나는 이렇다. 당시에 곱
셈표는 12까지 있는데 지금 앨리스는 4단에서 하나씩 올라갈 때마다 4가 아니라 1씩 증가시
키고 있다. 따라서 4×5=12, 4×6=13, 4×7=14, 4×8=15, 4×9=16, 4×10=17, 4×11=18, 4×12=19가
되어 12까지 가도 20에 도달하지 못한다. 또 다른 해석들도 있는데 이에 대해서는 마틴 가드
너의 주석판 23쪽을 참조하라.

2  **Multiplication Table doesn't signify** : ‘곱셈표는 중요하지 않아’

동사 'signify'는 여기서는 ‘중요하다’라는 자동사로 사용되었다. = matter (v)

3  **say** : 아래 주석 참조.

4  **say one's lessons** : (선생 앞에서) 배운 것을 암송하다.

5  **hoarse** : (목소리가) 쉰

6  **the words did not come the same as they used to do** : ‘단어들이 예전
(에 나오던 것)처럼 나오지 않았다’

7  **scale** : 여기서는 ‘비늘’의 의미이다.

8  'spread'와 'welcome' 앞에 'seems to'가 생략되어있다고 보아야 한다.

9  **welcome little fishes in** : ‘작은 물고기들을 환영하며 받아들이다’

'in'은 동사 'welcome'에 붙은 부사로서 사용되었다. 먹이를 삼키는 것을 이렇게 표현하였다.

10  **right** : 여기서는 'correct'의 의미이다.

11  **as she went on** : ‘말을 계속할 때에’

12  **I must be Mabel after all** : ‘역시 나는 메이블임에 틀림없어’; after all: 역
시, 결국 ☞ after all is said and done

13  **poky = pokey** : (장소가) 비좁은, 갑갑한, 보잘 것 없는, 지저분한

'little'과 함께 'poky little'의 형태로 종종 쓰인다.

14  **have next to no toys to play with** : ‘가지고 놀 장난감도 거의 없을 것이고’

여기서 'next to'는 부정어 앞에서 쓰여서 ‘거의 ~이 없는, 거의 ~하지 않는’의 의미로 사용
되었다. = almost

15  **ever so many lessons to learn** : 앞의 동사 'have'에 걸린다고 보면 된다.
'have'는 더 앞의 조동사 'shall'에 걸린다.

if I'm Mabel, I'll stay down here! It'll no use their putting their heads down and saying[1] "Come up again, dear!" I shall only look up and say "Who am I, then? Tell me that first, and then, if I like being that person,[2] I'll come up: if not, I'll stay down here till I'm somebody else"[3] — but, oh dear!' cried Alice, with a sudden burst of tears,[4] 'I do wish they *would* put their heads down! I am so *very* tired of being all alone here!'

As she said this she looked down at her hands, and was surprised to see that she had put on one of the Rabbit's little white kid-gloves while she was talking. 'How *can* I have done that?' she thought. 'I must be growing small again.' She got up and went to the table to measure herself by it, and found that, as nearly as she could guess, she was now about two feet high, and was going on shrinking rapidly: she soon found out that the cause of this[5] was the fan she was holding, and she dropped it hastily, just in time to avoid[6] shrinking away[7] altogether.[8]

'That *was* a narrow escape!'[9] said Alice, a good deal frightened at the sudden change,[10] but very glad to find herself still in existence.[11]

1 **their putting their heads down and saying ~** : 'their'가 동명사 'putting'과 'saying'의 의미상의 주어이다. 주어 'they'는 앨리스를 찾는 가족들이라고 보면 무난할 것이고, 앨리스가 토끼굴로 떨어져 내렸으므로 굴 밖에서 굴 안을 들여다보면서 말하는 것을 가정해서 'putting their heads down and saying ~'이라고 한 것이다.

2 **if I like being that person** : 'being that person'(그 사람이 되기)이 동사 'like'의 목적어이다.

3 **till I'm somebody else** : '다른 사람이 될 때까지'
'be'동사이지만 '이다'보다는 '되다'로 옮겨야 우리말로 자연스럽다.

4 **with a (sudden) burst of tears** : '(갑자기) 울음을 터뜨리며'

5 **this** : 앞의 'going on shrinking rapidly'(계속해서 급속하게 줄어들고 있는)를 받는다.

6 **just in time to avoid** : 25쪽 주석 11 참조.

7 **shrink away** : 줄어들어 사라져버리다

8 **altogether** : 여기서도 '완전히'(completely, entirely)의 의미이다.

9 **That was a narrow escape!** : 어떤 좋지 않은 일을 가까스로 피했을 때 쓰는 표현이다. '간신히 피했네!' 혹은 '간신히 모면했네!' 등등 여러 가지로 옮길 수 있다. '하마터면 큰일 날 뻔했네!'로 의역할 수도 있다. 현재의 미국 영어에서는 'That was close!'가 비슷한 의미로 자주 사용된다.

10 **a good deal frightened at the sudden change** : '갑작스런 변화에 매우 두려워서'
'a good deal'은 많은 양을 나타내는 명사구이지만 이 경우에는 'frightened'를 꾸며주는 부사어이다. 부사 'much'로 바꾸어 보면 된다.

11 **very glad to find herself still in existence** : 이런 경우에는 부정사구 부분을 먼저 '아직 살아있다는 것을 알고는'이라고 조건절처럼 옮겨준 다음 '매우 기뻐서'라고 이어주어야 한다. be in existence : 살아있다, 생존해있다 ↔ be[get] out of existence
'a good deal ~ to find herself still in existence' 부분은 모두 'said Alice'에 걸리는 분사구문이다.

'And now for the garden!'[1] And she ran with all speed back to the little door; but, alas! the little door was shut again, and the little golden key was lying on the glass table as before, 'and things[2] are worse than ever,' thought the poor child, 'for I never was so small as this before, never! And I declare it's too bad, that it is!'[3]

As she said these words her foot slipped, and in another moment, splash![4] she was up to her chin in salt water.[5] Her first idea was that[6] she had somehow fallen into the sea, 'and in that case I can go back by railway,' she said to herself. (Alice had been to the seaside once in her life, and had come to the general conclusion that, wherever you go to on the English coast, you find a number of bathing-machines[7] in the sea, some children digging in the sand with wooden spades, then a row of lodging houses,[8] and behind them a railway station.) However, she soon made out that[9] she was in the pool of tears which she had wept[10] when she was nine feet high.

'I wish I hadn't cried so much!' said Alice, as she swam about, trying to find her way out.[11] 'I shall be punished for it[12] now, I suppose,[13] by being drowned in my own tears![14] That *will* be a queer thing, to be sure! However, everything is queer to-day.' Just then she heard something splashing about[15] in the pool a little way off,[16] and she swam nearer to make out what it was: at first she thought it must be a walrus[17] or hippopotamus, but then she remembered how small she was now, and she

1  and now for the garden! : ‘자 이제 정원으로!’

여기서 전치사 ‘for’는 ‘~로 향하여’의 의미이다.

2  things : 55쪽 주석 4 참조.

3  that it is! : ‘that’은 바로 앞의 ‘too bad’를 받는 지시대명사이다. 이런 ‘that’은

이렇게 도치하는 경우가 많다. 그리하여 ‘that it is’ → ‘it is that’ → ‘it is too

bad’ ☞ 103쪽 주석 8.

4  splash! : ‘풍덩!’

5  she was up to her chin in salt water : ‘짠 물 속에 턱까지 빠졌다’

‘chin’은 비유적으로 ‘깊이’의 의미로도 사용된다. 예) He is up to his chin in debt. (그는 빚에
서 헤어 나오지 못하고 있다.) ‘up to the armpits’라는 표현도 있다.

6  He first idea was that ~ : ‘앨리스의 머릿속에 처음 든 생각은 ~였다’

7  bathing machines : ‘bathing machine’은 바퀴달린 작은 개인용 라커룸과 같

은 것으로서 말이 일정 깊이까지 바다로 끌고 들어가면 수영할 사람이 바다 쪽

으로 난 문을 통해 나오게 되어있는 도구이다. 탈의실로도 사용되었다고 한다.

(이상 마틴 가드너의 주석을 참조하였음.)

8  lodging houses : 숙박소들

9  made out that ~ : 여기서도 ‘make out’은 ‘이해하다, 알다’의 의미로 사용되

었다.

10  wept : ‘weep’을 ‘tears’를 목적어로 하는 타동사로 사용하였다.

11  trying to find her way out : ‘탈출구를 찾으려고 애를 쓰면서’

12  for it : ‘너무 많이 울었기 때문에, 너무 많이 운 일에 대해서’

13  I suppose : 이 부분은 삽입된 것이다. ‘now’에서 ‘by being ~’로 이어진다.

14  by being drowned in my own tears! : ‘내 눈물에 빠져 죽음으로써’

15  splashing about : ‘이리저리 풍덩거리며 헤엄치고 있는’

16  a little way off : ‘조금 떨어져서’ ↔ a long way off ‘멀리 떨어져서’

이런 경우 ‘way’는 거리(距離)를 나타낸다. 27쪽 주석 3 참조.

17  walrus : 해마

soon made out that it was only a mouse, that had slipped in like herself.[1]

'Would it be of any use, now,' thought Alice, 'to speak to this mouse? Everything is so[2] out-of-the- way down here, that I should think very likely it can talk:[3] at any rate,[4] there's no harm in trying.' So she began: 'O Mouse, do you know the way out of this pool? I am very tired of swimming about here, O Mouse!' (Alice thought this must be the right way of speaking to a mouse: she had never done such a thing before, but she remembered having seen, in her brother's Latin Grammar, 'A mouse — of a mouse — to a mouse — a mouse — O mouse!') The Mouse looked at her rather inquisitively,[5] and seemed

1 **that had slipped in like herself** : '앨리스처럼 미끄러져 빠진'

2 **so** : 조금 뒤의 that절로 이어진다.

3 **very likely it can talk**  = it is very likely that it can talk

4 **at any rate** : '어쨌든'

5 **inquisitively** : '호기심 있는 표정으로[태도로]'

to her to wink with one of its little eyes, but it said nothing.

'Perhaps it doesn't understand English,' thought Alice. 'I daresay[1] it's a French mouse, come over with William the Conqueror.'[2] (For, with all her knowledge of history,[3] Alice had no very clear notion how[4] long ago anything had happened.) So she began again: 'Où est ma chatte?'[5] which was the first sentence in her French lesson-book. The Mouse gave a sudden leap out of the water, and seemed to quiver all over with fright.[6] 'Oh, I beg your pardon!' cried Alice hastily, afraid that[7] she had hurt the poor animal's feelings.[8] 'I quite forgot you didn't like cats.'

'Not like cats!' cried the Mouse, in a shrill,[9] passionate[10] voice. 'Would *you* like cats, if you were me?'

'Well, perhaps not,' said Alice in a soothing[11] tone: 'don't be angry about it. And yet I wish I could show you our cat Dinah. I think you'd take a fancy to[12] cats, if you could only see her. She is such a dear quiet thing,' Alice went on, half to herself,[13] as she swam lazily about in the pool, 'and she sits purring[14] so nicely by the fire, licking her paws and washing her face — and she is such a nice soft thing to nurse[15] — and she's such a capital[16] one for catching mice — oh, I beg your pardon!' cried Alice again, for this time the Mouse was bristling[17] all over, and she felt certain it must be really offended.[18] 'We wo'n't talk about her any more, if you'd rather not.'

1  I daresay ～ : 아마도 ～일 것이다

2  come over with William the Conqueror : '정복자 윌리엄과 함께 온'
일반적으로 과거분사는 분사구문으로 쓰이면 수동태가 되지만 여기서 과거분사 'come'는 수동태가 아니라 완료형이며 앞의 'a French mouse'에 분사구문으로 걸린다. ('come'은 자동사라서 수동태가 될 수 없다.) 위치이동이나 상태변화를 나타내는 자동사는 종종 이렇게 완료형이 분사구문으로 쓰인다. 정복자 윌리엄은 영국의 왕 윌리엄 1세(世)로 1056년부터 1100년까지 재위하였다.

3  with all A : A에도 불구하고

4  notion how : 이 두 단어 사이에 전치사 'of'가 있는 것으로 보면 된다. have no notion of A : A에 대해서 모르다, A에 대해서 아는 게 없다
여기서 A는 how절이다.

5  'Où est ma chatte?' : 불어로 '내 고양이는 어디에 있나?'의 의미이다.

6  seemed to quiver all over with fright : '두려움으로 온몸이 떠는 것처럼 보였다'
'all over'는 '온통, 온몸이' 등의 의미이다.

7  afraid that ～ : '～했을 까봐 (걱정이 되어서)'

8  hurt one's feelings : 감정을 상하게 하다, 기분 나쁘게 하다

9  shrill : (목소리가) 날카롭고 높은

10  passionate : 여기서는 '화난, 흥분한' 정도의 의미이다.

11  soothe : 위로하다

12  take a fancy to A : A를 좋아하게 되다 = take a liking to A
전치사는 'to' 말고 'for'도 쓰인다.

13  half to herself : '반쯤은 혼자말로'

14  purr : (고양이가) 목을 가르랑거리다

15  nurse : [동사] 돌보다, 키우다

16  capital : [형용사] 우수한, 훌륭한

17  bristle : (짐승이) 털을 곤두세우다

18  offend A = hurt A's feelings
위 주석 8 참조.

'We indeed!' cried the Mouse, who was trembling down to the end of his tail.[1] 'As if *I* would talk on such a subject![2] Our family always *hated* cats: nasty, low,[3] vulgar things! Don't let me hear the name again!'

'I wo'n't indeed!' said Alice, in a great hurry to change the subject of conversation. 'Are you — are you fond — of — of dogs?' The Mouse did not answer, so Alice went on eagerly: 'There is such a nice little dog near our house I should like to show you! A little bright-eyed terrier, you know, with oh, such long curly brown hair! And it'll fetch things when you throw them, and it'll sit up[4] and beg for its dinner, and all sorts of things — I ca'n't remember half of them[5] — and it belongs to a farmer, you know, and he says it's so useful, it's worth a hundred

1  who was trembling down to the end of his tail : '꼬리 끝까지 떨고 있는'

2  여기서 생쥐는 앨리스가 주어를 '우리'라고 한 것에 대해서 항의하고 있다. 앨리스가 마치 생쥐도 (생쥐의 입장에서는 말하기도 두려운) 고양이라는 주제에 대해서 같이 말을 하고 있었다는 식으로 말을 한 셈이기 때문이다.

3  low : 여기서는 '저급한, 저열한' 정도의 의미이다.

4  sit up : 개가 앞발을 들고 상체를 세우는 것을 말한다.

5  I can't remember half of them : '반도 기억이 안 나네'
   개가 보이는 재주가 이외에도 아주 많다는 말이다.

『의미의 논리』(*Logique du sens, The Logic of Sense*, 1969)는 프랑스 철학자 질 들뢰즈(Gilles Deleuze)의 대표적 중기 저작으로서, 『차이와 반복』(*Différence et répétition, Difference and Repetition*, 1968)과 짝을 이룬다. 이 두 저작을 보고 푸꼬는 '아마 언젠가 금세기는 들뢰즈의 세기라고 불릴 것이다'라고 말했다. 『의미의 논리』에서 들뢰즈는 루이스 캐럴의 『원더랜드에서의 앨리스의 모험』에 들어있는 '의미와 무의미의 놀이'를 자신의 존재론 — 이는 특이성(singularity)과 사건(event)의 철학, 잠재성(virtuality)의 철학이다 —으로 연결시킨다.

pounds! He says it kills all the rats and — oh dear!' cried Alice in a sorrowful tone, 'I'm afraid I've offended it again!' For the Mouse was swimming away from her as hard as it could go, and making quite a commotion in the pool[1] as it went.

So she called softly after it,[2] 'Mouse dear! Do come back again, and we wo'n't talk about cats or dogs either, if you don't like them!' When the Mouse heard this, it turned round and swam slowly back to her: its face was quite pale (with passion, Alice thought)[3], and it said in a low trembling voice, 'Let us get to the shore, and then I'll tell you my history, and you'll understand why it is I hate cats and dogs.'[4]

It was high time to go,[5] for the pool was getting quite crowded with the birds and animals that had fallen into it: there were a Duck and a Dodo,[6] a Lory[7] and an Eaglet,[8] and several other curious creatures.[9] Alice led the way,[10] and the whole party[11] swam to the shore.

1  making quite a commotion in the pool : '물웅덩이의 물이 크게 출렁거리게 하며'

2  call after A : 여기서는 'A의 등 뒤에서 부르다'의 의미이다.

3  (with passion, Alice thought) : '(화가 나서 그렇다고 앨리스는 생각했다)'

'with passion'을 앞의 'pale'에 부사구로 붙여보면 된다. 'passion'은 열정적이거나 흥분한 상태를 말하는 데 붉게 달아오르는 경우만이 아니라 하얘지는 경우(white-heat)와도 종종 연결되어 사용된다. 'pale with passion'은 자주 사용되는 관용구이다. 'red with passion'도 마찬가지로 사용된다.

4  why it is I hate cats and dogs : 'is' 다음에 'that'이 생략된 것으로 보면 된다.

5  it is (high) time + to부정사 : ~할 때이다

to부정사 대신에 절을 사용해도 되는데, 다만 동사의 과거형을 사용한다. 예) It's time we were going.

6  Dodo : 여기서는 고유명사로 나와 있지만, 보통명사 'dodo'는 도도새 즉 지금은 멸종된, 비둘기 비슷한 큰 새이다.

7  Lory : 보통명사 'lory'는 빛깔이 선명한 앵무새의 총칭이다.

8  Eaglet : 'eaglet'은 'eagle'에 지소사(指小辭, diminutive) '—let'가 붙은 것이다. 지소사는 원래의 뜻보다 더 작은 개념이나 친밀함을 나타내는 접사이다.

9  creature : 여기서는 '생물' 혹은 '동물'의 의미이다.

10  lead the way : 앞장서다, (길을) 안내하다

11  party : 여기서는 '일행, 한 무리'의 의미이다.

# A Caucus-Race and A Long Tale

They were indeed a queer-looking[1] party that assembled on the bank — the birds with draggled feathers,[2] the animals with their fur clinging close to them, and all dripping wet,[3] cross,[4] and uncomfortable.

The first question of course was, how to get dry again: they had a consultation[5] about this, and after a few minutes it[6] seemed quite natural to Alice to find herself talking familiarly

1  queer-looking : '이상하게(queer) 보이는(looking)'

2  draggled feathers : 질질 끌어 더럽혀진 깃털

'with'와 함께 부대(附帶)상황을 나타내는 전치사구가 된 것을 우리말로 옮길 때에는 '질질 끌어 더럽혀진 깃털을 가지고'라고 하면 어색하고 '깃털이 질질 끌려 더럽혀진'이라고 해야 자연스럽다. draggle : [타동사] 질질 끌어 더럽히다

3  dripping wet : '(물방울이 뚝뚝 떨어질 만큼) 흠뻑 젖은'

4  cross : 여기서는 형용사로서 기분이 틀어져 있거나 화난 상태를 나타낸다. Showing ill humor; annoyed

5  consultation : 여기서는 '상담'보다는 '의논, 협의'가 더 적절하다.

6  it : 가주어로서 'to find herself talking ~' 부분이 진주어이다.

'Which way? Which way?'

(p.44)

with them, as if she had known them all her life.[1] Indeed, she had quite a long argument with the Lory, who at last turned sulky,[2] and would only say 'I'm older than you, and must know better'.[3] And this[4] Alice would not allow,[5] without knowing how old it was, and, as the Lory positively[6] refused to tell its age, there was no more to be said.

At last the Mouse, who seemed to be a person of some authority among them, called out,[7] 'Sit down, all of you, and listen to me! *I'll* soon make you dry enough!' They all sat down at once, in a large ring,[8] with the Mouse in the middle.[9] Alice kept her eyes anxiously fixed on it,[10] for she felt sure she would catch a bad cold[11] if she did not get dry very soon.

'Ahem!'[12] said the Mouse with an important air.[13] 'Are you all ready? This is the driest thing I know. Silence all round, if you please!'[14]

고유명사의 상실은 앨리스의 모험 전체에 걸쳐서 반복적으로 나오는 모험이다.

―질 들뢰즈

1  **as if she had known them all her life** : '마치 지금까지 살아온 내내 그들을 알아온 것처럼'

2  **turned sulky** : 여기서 동사 'turn'은 상태의 변화를 나타낸다. 'sulky'하게 되었다는 말이다. sulky : 실쭉한, 뚱한, 골난, 부루퉁한

3  **must know better** : 'know better'는 사태를 분별하는 지혜가 더 많다는 정도의 의미로 보면 되고, 'must'는 '필연적으로 또는 당연하게도 ~하다'라는 의미를 갖는다. 나이가 많으니 당연하게도 더 지혜롭다는 말이다.

4  **this** : 바로 앞에 로리가 한 말의 내용('나이가 많으니 당연하게도 더 지혜롭다')을 받으며, 뒤의 동사 'allow'의 목적어이다.

5  **allow** : 여기서는 '인정하다, 승인하다'의 의미이다.

6  **positively** : 여기서는 '단호하게' 정도의 의미가 가장 적절할 듯하다.

7  **called out** : 여기서는 '큰 소리로 부르다'의 의미이다.

8  **in a large ring** : '큰 원모양으로'

여기서 전치사 'in'은 형태를 나타내는 기능을 한다.

9  **with the Mouse in the middle** : '생쥐를 가운데에 두고'

10  **keep one's eyes fixed on A** : 계속해서 A를 응시하다

시선을 A에게 고정한 채로 계속 있다는 말이다. 여기서는 앨리스가 크게 집중하고 있다는 말이다.

11  **catch a (bad) cold** : (심한) 감기에 걸리다

12  **Ahem** : 주의를 환기하거나, 의문을 나타낼 때 혹은 말이 막혔을 때 내는 소리로서 '으흠!, 으음!, 에헴!, 에에!' 등으로 옮길 수 있다. → clear one's throat (헛기침하다)

13  **with an important air** : '젠체하는 태도로'

여기서 'important'는 '중요하다'의 의미가 아니라 '젠체하다, 잘난 체하다'의 의미이고, 'air'는 '공기'가 아니라 '태도'의 의미이다.

14  **Silence all round, if you please!** : '좌중은 모두 (제발) 조용해 주세요!'

'if you please!'에 대해서는 53쪽 주석 11 참조.
여기서 생쥐는 가장 무미건조하다(dry)고 생각되는 역사이야기를 하려고 한다. 무미건조한 이야기를 하면 몸의 물기가 마를 것이라는 전제이다.

"William the Conqueror, whose cause[1] was favoured[2] by the pope, was soon submitted to[3] by the English, who wanted leaders, and had been of late[4] much accustomed to[5] usurpation[6] and conquest. Edwin and Morcar, the earls[7] of Mercia[8] and Northumbria[9] — " '

'Ugh!'[10] said the Lory, with a shiver.

'I beg your pardon!' said the Mouse, frowning,[11] but very politely. 'Did you speak?'

'Not I!' said the Lory, hastily.

'I thought you did,' said the Mouse. 'I proceed. "Edwin and Morcar, the earls of Mercia and Northumbria, declared for him;[12] and even Stigand, the patriotic archbishop of Canterbury,[13] found it advisable— " '[14]

'Found *what*?' said the Duck.

'Found *it*,' the Mouse replied rather crossly: 'of course you know what "it" means.'

'I know what "it" means well enough, when *I* find a thing,' said the Duck: 'it's generally a frog, or a worm. The question is, what did the archbishop find?'[15]

The Mouse did not notice[16] this question, but hurriedly went on, ' " — found it advisable to go with Edgar Atheling to meet William and offer him the crown. William's conduct at first was moderate. But the insolence[17] of his Normans — " How are

1  cause : 여기서는 ‘원인’의 의미가 아니라 ‘주장, 대의(大義), 명분’의 의미이다.

2  favour = favor : 여기서는 ‘~에 찬성하다, ~를 지지하다’의 의미로 사용되었다.

3  submit to  A : A에 굴복(항복)하다
여기서는 수동태로 사용되었으므로 영국인들이 정복자 윌리엄에게 항복한 것이 된다.

4  of late : 최근에

5  be accustomed to  A : A에 익숙해지다

6  usurpation : 찬탈, 강탈

7  earl : 백작
영국의 백작을 이렇게 부르며 유럽의 백작은 ‘count’라고 부른다. 백작부인은 영국에서도 ‘countess’이다.

8  Mercia : 잉글랜드 중부의 옛 왕국

9  Northumbria : 중세기 영국의 북부에 있었던 왕국

10  ugh : 혐오 · 경멸 · 공포 따위를 나타내는 감탄사이다.

11  frown : 눈살을 찌푸리다, 얼굴을 찡그리다

12  declared for him : ‘그에게 찬성을 표명했다, 그를 지지한다고 선언했다’

13  archbishop of Canterbury : 켄터베리 대주교
켄터베리 대주교는 영국의 국교인 성공회의 수장이다.

14  advisable : 권할 만한, 적당한; 현명한

15  여기서 지시대명사 ‘it’을 두고 대립하는 생쥐와 오리의 견해는 각각 어떤 단어가 다른 단어의 의미를 지칭하는 경우(생쥐)와 단어가 어떤 사물을 지칭하는 경우(오리)를 나타낸다. 생쥐의 ‘it’은 저 뒤의 ‘to go with Edgar Atheling to meet William and offer him the crown’ 부분의 의미를 받은 것이고, 오리의 ‘it’은 ‘a frog or a worm’을 지칭하는 것으로 쓰인다.

16  did not notice : 여기서 ‘notice’는 ‘인지하다, (인지의 결과로) 주목하다’의 의미이다. 앞의 ‘not’과 결합하여 ‘무시하다’의 의미가 된다. 질문을 받아들이지 않고 무시했다는 것이다.

17  insolence : 오만, 무례

you getting on now,[1] my dear?' it continued, turning to Alice as it spoke.

'As wet as ever,' said Alice in a melancholy tone: 'it doesn't seem to dry me at all.'

'In that case,'[2] said the Dodo solemnly, rising to its feet, 'I move that the meeting adjourn,[3] for the immediate adoption[4] of more energetic[5] remedies[6] —'

'Speak English!' said the Eaglet. 'I don't know the meaning of half those long words,[7] and, what's more,[8] I don't believe you do either!' And the Eaglet bent down[9] its head to hide a smile: some of the other birds tittered[10] audibly.[11]

'What I was going to say,' said the Dodo in an offended tone,[12] 'was, that the best thing to get us dry would be a Caucus-race.'[13]

'What *is* a Caucus-race?' said Alice; not that she wanted much to know,[14] but the Dodo had paused as if it thought that *somebody* ought to speak, and no one else seemed inclined to say anything.

'Why,' said the Dodo, 'the best way to explain it is to do it.' (And, as you might like to try the thing yourself,[15] some winter day, I will tell you how the Dodo managed it.)

1 How are you getting on? : 이는 일반적으로는 '어떻게 지내십니까?'라는 인
  사말로 사용되지만, 여기서는 몸의 물기가 얼마나 말랐는지를 물어보는 말로 사
  용되었다.

2 In that case : '그런 경우라면, 그렇다면'

3 I move that the meeting adjourn : '휴회할 것을 제안합니다'

동사 'move'는 회의 등에서 토의할 안건을 제기하는 경우에 사용하며 '~을 제안하다, ~라고
제안하다, ~의 동의(動議)를 내다, ~라고 동의(動議)하다'라고 옮겨질 수 있다. '동의(動議)하
다'의 발음이 '동의(同意)하다'(agree)와 같음에 주의해야 한다. 'move'는 that절을 목적어로 삼
기 쉬우며 that절 내에서는 'should'가 생략된 동사의 원형을 사용한다. adjourn'이 현재 원형으
로 사용되었다. adjourn : ~을 휴회하다, (심의 등을) 연기하다

4 adoption : 채택  ☞ adopt (v)

5 energetic : 보통 사람에게 사용될 때에는 '정력적인, 원기왕성한, 활동적인'의
  의미들을 갖지만 이 경우에는 '강력한, 효과적인'의 의미가 적절하다.

6 remedy : 여기서는 '구제책, 개선책'의 의미이다.

7 I don't know the meaning of half those long words : 바로 앞에서 도
  도가 어려운 회의(會議)언어를 구사한 것에 대해서 불평을 털어놓는 것이다.

8 (and) what's more : 그 위에 또, 더군다나

9 bend down A = bend A down : A를 숙이다, A를 구부리다

10  titter : 킥킥거리다, 소리를 죽이고 웃다

11  audibly : 소리가 들릴 만큼

'titter'는 소리를 죽이며 웃는 것인데, 소리가 잘 죽여지지 않은 것이다.

12  in an offended tone : '감정이 상한 어조로'

13  caucus : 이는 미국에서 어떤 당이나 당의 분파의 구성원들의 개인적인 회합
  을 지칭하는 정치적 용어로서 영국에서는 경멸을 함축하는 말이 되었다고 한
  다. (노턴판 주석 참조)

14  not that she wanted much to know : '앨리스가 많이 알고 싶었다는 말
  은 아니다'

15  try the thing oneself : 여기서는 '그 일을 직접 해보다'의 의미이다.

First it marked out a race-course,[1] in a sort of circle,[2] ('the exact shape doesn't matter,' it said,) and then all the party were placed along the course, here and there. There was no 'One, two, three, and away,'[3] but they began running when they liked, and left off when they liked, so that it was not easy to know when the race was over. However, when they had been running half an hour or so,[4] and were quite dry again, the Dodo suddenly called out 'The race is over!' and they all crowded round it, panting,[5] and asking, 'But who has won?'[6]

This question[7] the Dodo could not answer without a great deal of thought, and it stood for a long time with one finger pressed upon its forehead[8] (the position in which you usually see Shakespeare,[9] in the pictures of him),[10] while the rest waited in silence. At last the Dodo said, '*everybody* has won, and *all* must have prizes.'

'But who is to give the prizes?' quite a chorus of voices[11] asked.

'Why, *she*, of course,' said the Dodo, pointing to Alice with one finger; and the whole party at once crowded round her,

1  marked out a race-course : '경주로를 구획하여 표시하였다'

여기서 'mark out'은 선을 긋든지 하는 방법으로 특정 영역을 다른 영역으로부터 분리 혹은 구분하여 표시하는 것을 말한다. To stake out, trace out, plot, demarcate (옥스퍼드 사전). 여기서 부사 'out'은 'single out'에서의 그것과 같은 기능을 한다. 'mark out'의 다른 예들은 다음과 같다. ① The Circle is marked out on the floor. ② A few days ago we marked out a small football field on some waste scrubland a mile to the west of our house. ★주의 : 현재의 문맥에서는 적용될 수 없으나 'mark out'에는 '지우다'라는 의미도 있으므로 조심해야 한다.

2  in a sort of circle : '일종의 원 모양으로'

전치사 'in'에 대해서는 75쪽 주석 8 참조.

3  One, two, three, and away : '하나, 둘, 셋, 출발'

출발시킬 때 하는 말이다. 이 이외에 'On your mark, Get set, Go'; 'Ready, Steady, Go'; 'One, Two, Three, Go'; 'Ready, Go' 등이 있다. 지금은 일반적으로 'ready, set, go'라고 한다.

4  half an hour or so : '약 반시간' = about half an hour

'or so'를 ' or more'라고 하면 '남짓'이라는 말이 되고, 'or less'라고 하면 대략 비슷하지만 조금 부족하다는 말이 된다.

5  pant : (숨이 차서) 헐떡거리다

6  But who has won? : 여기서 'win'은 자동사로 '이기다, 일등을 하다'의 의미이다. 'win'은 'win the race'처럼 타동사로 사용되어 같은 의미를 나타낼 수 있다.

7  This question : 뒤에 나오는 'answer'의 목적어인데 문두로 도치되었다.

8  with one finger pressed upon its forehead : '손가락 하나로 이마를 누르면서'

9  the position in which you usually see Shakespeare ☜ you usually see Shakespeare in the position (당신은 셰익스피어가 항상 그런 자세를 하고 있는 것을 본다)

10  인터넷을 검색해 보았으나 셰익스피어의 유명한 초상화를 비롯하여 그를 그린 그림들 중에는 이런 자세를 한 모습을 찾을 수 없었다. 아마 앨리스가 보았던 셰익스피어의 그림은 거의 남아있지 않는 것으로 추측된다.

11  quite a chorus of voices : 'a chorus of voices'는 여러 목소리가 합창(chorus)에서처럼 일제히 합해져서 말하는 것을 말한다. 'quite'는 강조하는 말이다.

calling out, in a confused way,[1] 'Prizes! Prizes!'

Alice had no idea what to do, and in despair she put her hand in her pocket, and pulled out a box of comfits[2] (luckily the salt water had not got into it), and handed them round as prizes.[3] There was exactly one a-piece,[4] all round.[5]

'But she must have a prize herself,[6] you know,' said the Mouse.

'Of course,' the Dodo replied very gravely. 'What else have you got in your pocket?' it went on,[7] turning to Alice.[8]

'Only a thimble,'[9] said Alice sadly.

'Hand it over here,' said the Dodo.

Then they all crowded round her once more, while the Dodo solemnly presented the thimble, saying 'We beg your acceptance of[10] this elegant thimble'; and, when it had finished this short speech, they all cheered.[11]

Alice thought the whole thing very absurd, but they all looked so grave that she did not dare to laugh; and, as she could not think of anything to say, she simply bowed,[12] and took the thimble, looking as solemn as she could.

1  **in a confused way** : 직역하자면 '혼란스런 방식으로'이다. 이것은 우리말로는 좀 부자연스러우니, 적당히 자연스런 표현으로 고치면 된다. 대체로 'way'를 사용한 부사구는 'way' 앞에 붙은 형용어의 부사어와 의미가 유사하다. 그래서 in a confused way = confusedly

2  **comfit** : 속에 과일이나 호두 조각 등이 들어있는 사탕

3  **handed them round as prizes** : '모두에게 사탕을 상으로 주었다' ; hand round : 차례로 돌리다, 전체에게 나누어주다

여기서 'round'는 부사로서 '고루 미쳐, 차례차례'의 의미이다.

4  **one a-piece** : '하나 당 한 개'

'a-piece'가 '하나 당'을 의미하는 부사이고 'one'이 'there was'의 주어인 '한 개'이다. 'a-piece'의 'a'는 예컨대 'four hours a week'(일주일 당 네 시간)라고 할 때의 그 'a'이다.

5  **all round** : 여기서 'round'는 위 주석 61에서와 같다. 'all'는 강조이다.

6  **she must have a prize herself** : 여기서 'herself'는 강조를 나타내는 부사적인 기능을 하는 대명사이다. 우리말로는 맥락에 따라 여러 가지로 옮기는 것이 가능한 데 이 경우에는 '도'를 붙여서 '앨리스도 상을 받아야 해' 정도로 옮기면 된다. 여기서 '도'는 특수보조사이다. 특수보조사에는 '도' 이외에 '는/은, 만'이 있다.

7  **went on** : 말을 계속했다는 의미이다. 'go on'은 맥락에 따라 무엇을 계속 진행하는지가 결정된다.

8  **turning to Alice** : '앨리스에게로 몸을 돌리며, 앨리스를 향하며'

여기서는 단순히 'to'의 방향으로 몸을 돌리는 것이지만 'turn to A'는 다른 맥락에서는 'A에게 의지하다'가 될 수 있다.

9  **thimble** : 골무

10  **beg A's acceptance of B** : A가 B를 받기를 바라다

11  **cheer** : 환호하다, 갈채하다

'cheer'는 명사로도 많이 쓰인다.

12  **bow** : 절을 하다, 머리를 숙이다

The next thing was to eat the comfits: this caused some noise and confusion, as the large birds complained that[1] they could not taste theirs,[2] and the small ones[3] choked[4] and had to be patted on the back.[5] However, it was over at last, and they sat down again in a ring, and begged the Mouse to tell them something more.

'You promised to tell me your history, you know,' said Alice, 'and why it is you hate — C and D,' she added in a whisper, half afraid that it[6] would be offended again.

'Mine[7] is a long and a sad tale!' said the Mouse, turning to Alice, and sighing.

1 complain that ~ : ~라고 불평하다

2 they could not taste theirs : '(자기의) 사탕 맛을 볼 수가 없었다'

아마 사탕에 비해 부리가 너무 커서 그랬으리라고 추측된다. 'theirs'는 'their comfits'이다. 이런 경우 소유격을 옮기지 않는 것이 우리말로 자연스러운 경우가 많다.

3 ones : 앞의 명사 'birds'를 받은 대명사이다.

4 choke : [자동사] 목이 막히다

5 pat A on the back : A의 등을 두드리다

여기서는 'had to'와 연결된 수동태로 사용되었다. ▷ pat A on the back → A was patted on the back → A had to be patted on the back

6 it : the Mouse

7 Mine : My tale

'Oh, my poor little feet, I wonder who will put on your shoes and stockings for you now, dears?'

(p.48)

'It *is* a long tail, certainly,' said Alice, looking down with wonder at the Mouse's tail'; 'but why do you call it sad?'[1] And she kept on puzzling about it[2] while the Mouse was speaking, so that her idea of the tale was something like this: —[3]

'Fury[4] said to
a mouse, That
he met in the
house, "Let
us both go
to law:[5] I
will prose-
cute *you*. —
Come, I'll
take no de-
nial:[6] We
must have
the trial;
For really
this morn-
ing I've
nothing
to do."
Said the
mouse to
the cur,[7]
"Such a
trial, dear
sir, With
no jury
or judge,
would

1   'tale'과 'tail'은 발음이 같으므로 앨리스는 생쥐가 '내 꼬리는 길고도 슬픈 꼬리야'라고 말한 것으로 이해한 것이다.

2   **puzzle about A** : A에 대하여 이리저리 생각해보다

'puzzle'은 여기서 자동사이다. 자동사이든 타동사이든 'puzzle'은 '어리둥절하다, 당황하다'의 의미가 될 수도 있으므로 맥락을 잘 살펴야 한다.

3   **her idea of the tale was something like this** : '생쥐의 이야기에 대한 앨리스의 생각은 다음과 같은 것이었다'

'this'는 뒤에 나오는 것을 가리킨다. 'something[anything, nothing] like'는 명사(상당어구)가 아니라 동사나 형용사(혹은 보어) 앞에 붙어서 부사적으로도 사용된다. '좀 ~와 비슷하다, 그것에 근접하다'라는 의미를 전달한다. 예) Often have I heard you something like blamed for these voluntary labours. (나는 이 자발적인 수고로 인해 자네가 비난 같은 것을 좀 받았다는 말을 종종 들었네.) 또한 'like'의 목적어가 생략되고 그냥 완결된 표현처럼 사용되기도 한다. 예) This is something like! (이거 근사하군!)

4   **Fury** : 'fury'는 보통명사로는 '분노'의 의미이고, 고유명사로는 그리스·로마 신화에서 복수의 여신을 의미하는데(보통 복수로 사용된다), 여기서는 개의 이름이다. 캐럴의 한 친구가 길렀던 폭스테리어종의 이름이 'Fury'였는데, 이 작품에서 따왔다고 한다. (가드너의 주석 참조)

5   **go to law with[against] A** : A에 대해 법적 조치를 취하다, A를 고소[기소]하다 = prosecute A

6   **take no denial** : 싫다는 말이나 부인(denial)을 받아들이지 않다

무조건 어떤 행동 등을 취하겠다는 말이다.

7   **cur** : 잡종개

'Fury'를 말한다.

be wast-

ing our

breath."

"I'll be

judge,

I'll be

jury,"

said

cun-

ning

old

Fury:

"I'll

try

the

whole

cause,[1]

and

con-

demn

you to

death." , , [2, 3]

'You are not attending!'[4] said the Mouse to Alice, severely. 'What are you thinking of?'

'I beg your pardon,' said Alice very humbly: 'you had got to the fifth bend,[5] I think?'

'I had *not!*' cried the Mouse, sharply and very angrily.

'A knot!' said Alice,[6] always ready to make herself useful, and looking anxiously about her. 'Oh, do let me help to undo it!'[7]

1   **try the whole cause** : 사건 전체의 심리를 담당하다

'cause'는 '(소송)사건'의 의미이고, 'try'는 판관으로서 소송사건을 조사하고 결정한다는 의미이다.

2   **condemn A to death** : A에게 사형선고를 내리다

3   생쥐의 이야기가 앨리스에게는 꼬리의 모양으로 다가오기 때문에, 캐럴은 이야
기를 텍스트에서 꼬리 모양으로 배열했다. 원본에서는 글자크기가 뒤로 갈수록
점점 작아지는 형태로 인쇄되어 있다. 텍스트를 일반적인 시의 형태로 다시 써
보면 다음과 같다. (맨 마지막 행이 꼬리가 긴 모양이 된다.) (가드너 주석 참조)

> Fury said to a mouse,
>
> That he met in the house,
>
> "Let us both go to law:  I will prosecute you. —
>
> Come, I'll take no denial;
>
> We must have the trial:
>
> For really this morning I've nothing to do."
>
> Said the mouse to the cur,
>
> "Such a trial, dear Sir,
>
> With no jury or judge, would be wasting our breath."
>
> "I'll be judge, I'll be jury,"
>
> Said cunning old Fury:
>
> "I'll try the whole cause, and condemn you to death."

4   **attend** : 주목하다, 집중하다 = pay attention (to ~)

5   **the fifth bend** : '다섯 번째 구비'

꼬리 모양으로 배열된 본문의 시를 보면 'and condemn' 부분에서 다섯 번째로 구부러지고 있다.

6   **A knot!** : 'tale'을 'tail'로 들은 것처럼 'not'을 'knot'(매듭)으로 잘못 들은 것이다.
생쥐는 단지 아니(not)라고 했을 뿐인데, 앨리스는 이것을 다섯 번째 구비에서
꼬리가 매듭처럼 묶인 것으로 이해한 것이다.

7   **undo it → undo the knot → untie the knot** : 매듭을 풀다

'I shall do nothing of the sort,' said the Mouse, getting up and walking away. 'You insult me by talking such nonsense!'

'I didn't mean[1] it!' pleaded[2] poor Alice. 'But you're so easily offended, you know!'

The Mouse only growled in reply.[3]

'Please come back and finish your story!' Alice called after it. And the others all joined in chorus 'Yes, please do!' But the Mouse only shook its head[4] impatiently, and walked a little quicker.

'What a pity it wouldn't stay!'[5] sighed the Lory, as soon as it was quite out of sight. And an old Crab took the opportunity of saying to her daughter[6] 'Ah, my dear! Let this be a lesson to you never to[7] lose *your* temper!'[8] 'Hold your tongue,[9] Ma!' said the young Crab, a little snappishly.[10] 'You're enough to try the patience of an oyster!'[11]

'I wish I had our Dinah here, I know I do!' said Alice aloud, addressing nobody in particular.[12] '*She'd* soon fetch it back!'

'And who is Dinah, if I might venture to ask the question?' said the Lory.

Alice replied eagerly, for she was always ready to talk about her pet: 'Dinah's our cat. And she's such a capital one[13] for catching

1 **mean** : 여기서는 '의도하다'의 의미이다.

2 **plead** : 주장하다, 변명하다

3 **only growled in reply** : '대답으로 으르렁거렸을 뿐이었다'

말로 대답을 안 하고 그 대신에 으르렁거림으로 대답을 했다는 말이다. 이런 경우에 전치사 'in'은 '목적'(object, aim, or purpose)을 나타내는 기능을 한다. 'reply' 이외에 'affirmation, answer, denial, memory, honour, proof, quest, recompense, return, reward, scorn, search, testimony, token, witness, worship'과 같은 단어들이 이런 기능의 'in'과 같이 쓰인다. growl : 으르렁거리다

4 **shake one's head** : (부정 · 거절 · 의심 · 불인정 · 실망 · 비난 · 슬픔 · 경멸 따위의 표시로서) 머리를 가로 젓다 ↔ nod one's head

5 **what a pity (that) 절** : ~하다니, 애석하다, 유감이다

6 **took the opportunity of saying to her daughter** : '그 기회를 틈타서 자신의 딸에게 말했다'

7 **a lesson never to부정사** : 결코 ~하지 말라는 교훈

8 **lose one's temper** : 화를 내다

9 **hold one's tongue** : 입을 다물다

10 **snappishly** : 퉁명스럽게

11 **You're enough try the patience of an oyster!** : '엄마는 굴의 인내심을 시험하기에도 충분해요!'

'as dumb[silent] as an oyster'라는 말에서 보듯이 굴은 과묵함을 나타낸다. 따라서 'the patience of an oyster'란 상당한 인내심을 뜻한다. 'try one's patience'(인내심을 시험하다)는 상대방이 화를 낼 정도로 상대방을 긴장시키고 자극한다는 말이다. ('인내심을 시험하다'라는 표현은 우리말에도 있다.) 여기서 'patience' 대신에 'the patience of an oyster'를 사용하면 그 정도가 더 높은 것이 된다. 굴의 인내심 즉 더 높은 인내심을 자극하는 것이 되기 때문이다. 이 문장은 조금 센 방향으로 바꾸어서 '엄마는 굴도 화가 터지게 할 사람이예요'라고 옮길 수도 있다. 아마 엄마 게는 상대방의 복장이 터지게 하는 유형이었던 모양이다. 다른 예) My patience was severely tried. (울화통 터지는 것을 간신히 참았다)

12 **addressing nobody in particular** : '특별히 누구에게랄 것 없이'

막연하게 전체에 대해서 말을 할 때 쓸 수 있는 표현이다. 'address A'는 'A에게 말을 건네다'라는 의미이다. 'nobody in particular'를 어떤 동사와 함께 그 목적어로 사용하면 특별히 누구를 집어서 ~하지는 않는다는 의미가 된다.

13 **one** : 'cat'을 받은 대명사이다. 'capital'에 대해서는 67쪽 주석 16 참조.

mice, you ca'n''t think![1] And oh, I wish you could see her after the birds![2] Why, she'll eat a little bird as soon as look at it!'[3]

This speech caused a remarkable sensation among[4] the party. Some of the birds hurried off at once: one old Magpie[5] began wrapping itself up[6] very carefully, remarking 'I really must be getting home:[7] the night-air doesn't suit my throat!'[8] And a Canary called out in a trembling voice, to its children, 'Come away, my dears![9] It's high time you were all in bed!'[10] On various pretexts[11] they all moved off, and Alice was soon left alone.[12]

'I wish I hadn't mentioned Dinah!'[13] she said to herself in a melancholy tone. 'Nobody seems to like her, down here, and I'm sure she's the best cat in the world! Oh, my dear Dinah! I wonder if I shall ever see you any more!' And here poor Alice began to cry again, for she felt very lonely and low-spirited.[14] In a little while,[15] however, she again heard a little pattering of footsteps in the distance, and she looked up eagerly, half hoping that the Mouse had changed his mind,[16] and was coming back to finish his story.

1   **you c'an't think** : 여기서 'think'의 목적어는 앞 'she's such a capital one for catching mice'이다. 다이너가 대단히 쥐를 잘 잡는다고 해 놓고는 '이건 생각도 못할 걸요'라는 식으로 아이들답게 덧붙이는 말이다.

2   **see A after B** : A가 B를 쫓는 것을 보다

3   **as soon as look at it** : 'as soon[quick] as look at you[it, him]'은 '매우 재빠르게, 매우 신속하게' 등의 의미를 갖는 관용구이다. 아마 'as soon as' 다음에 원래 있었던 주어와 조동사가 자주 사용되는 과정에서 생략되게 된 것 같다.

4   **cause a sensation among ~** : 어떤 사람들(집단, 청중, 관중 등)에게 흥분된 감정, 동요, 강한 인상 등을 불러일으키는 것을 말한다. 동사 'cause' 대신에 비슷한 의미를 가진 동사 'produce, create' 등을 사용하기도 한다.

5   **magpie** : 까치

6   **wrap oneself up** : 옷이나 목도리 같은 것으로 몸을 감싸다

까치는 밤공기가 차서 목에 안 좋다고 하면서 이렇게 하고 있다.

7   **I really must be getting home** : '정말로 집에 가야겠어'

'be getting home'은 현재진행형이지만 이 현재진행형은 'be going to'처럼 앞으로 어떤 일을 하려고 작정할 때 사용되는 것이다.

8   **the night-air doesn't suit my throat!** : '밤공기가 내 목에 안 좋군!'

'suit'은 그 자체로는 '적합하다, 맞다'의 의미이다. 여기서는 타동사로 사용되었다.

9   **Come away, my dears!** : '가자, 애들아!'

10   **It's high time you were all in bed!** : 71쪽 주석 5 참조.

11   **On various pretexts** : '이런 핑계 저런 핑계를 대면서'

새 한 마리가 여러 혹은 다양한 핑계를 댄 것이 아니라 각기 하나씩 핑계를 댄 것이 모여서 여러 가지라는 말이다. 전치사로 'on'을 사용한 것을 기억하자.

12   **be left alone** : 혼자 남다

13   **I wish I hadn't mentioned Dinah!** : '다이너를 언급하지 않았으면 좋았을 것을!'

14   **low-spirited** : 기가 죽은, 풀이 죽은

15   **in a little while** : 얼마 후에, 곧

16   **change one's mind** : 생각, 견해 등을 바꾸다

A Caucus-Race and A Long Tale  **93**

# The Rabbit Sends in a[1] Little Bill

It was the White Rabbit, trotting slowly back again, and looking anxiously about as it went, as if it had lost something; and she heard it muttering to itself, 'The Duchess! The Duchess! Oh my dear paws! Oh my fur and whiskers![2] She'll get me executed,[3] as sure as ferrets are ferrets![4] Where can I have dropped them,[5] I wonder?' Alice guessed in a moment that it was looking for the fan and the pair of white kid-gloves, and

1 a : 여기서는 고유명사 앞에 붙어서 '~라는 동물'의 의미로 사용되었다.

2 **Oh my dear paws! Oh my fur and whiskers!** : 35쪽 주석 7 참조. paw : 동
물의 발

3 **get A executed** : 'A를 처형시키다'
'get(사역동사) + 목적어 + 과거분사'의 패턴이다.

4 **ferret** : 담비

5 **Where can I have dropped them** : 여기서 'can'은 '가능성'을 나타낸다. 긍
정문일 때는 ' … 일 수 있다'로, 부정문일 때는 ' … 일 리가 없다'로, 그리고 의문
문일 때는 ' … 일 수 있을까, 도대체 … 일까'로 보통 옮겨진다. 여기서는 의문문
이므로 '도대체 어디에 떨어뜨렸을까?'로 옮기면 무난하다.

'Oh! the Duchess, the Duchess! Oh! *Wo'n't* she be savage if I've kept her waiting!'

(p.52)

she very good-naturedly[1] began hunting about for them,[2] but they were nowhere to be seen — everything seemed to have changed since her swim in the pool; and the great hall, with the glass table and the little door, had vanished completely.

Very soon the Rabbit noticed[3] Alice, as she went hunting about, and called out to her in an angry tone, 'Why, Mary Ann, what *are* you doing out here? Run home this moment,[4] and fetch me a pair of gloves and a fan! Quick, now!' And Alice was so much frightened that she ran off at once in the direction it pointed to,[5] without trying to explain the mistake that it had made.[6]

'He took me for his housemaid,'[7] she said to herself as she ran. 'How surprised he'll be when he finds out who I am! But I'd better take him his fan and gloves[8] — that is, if I can find them.' As she said this, she came upon a neat little house, on the door of which was a bright brass plate[9] with the name 'W. RABBIT' engraved upon it.[10] She went in without knocking, and hurried upstairs, in great fear lest she should meet the real Mary Ann,[11] and be[12] turned out of the house before she had found the fan and gloves.

'How queer it[13] seems,' Alice said to herself, 'to be going messages for a rabbit![14] I suppose Dinah'll be sending me on messages[15]

1  good-naturedly : '착하게(도)'

2  began hunting about for them : '그것들을 이리저리 찾아다니기 시작했다'
'이리저리'의 의미를 가진 부사 'about'가 이 텍스트에는 자주 등장하고 있다. 무언가를 찾을 때
에는 찾는 대상 앞에 보통 전치사 'for'를 붙인다.

3  notice : 여기서는 어떤 사람이나 사물이 있는 것을 알아차린다는 의미의 동사
로 사용되었다. 'notice'에는 이 이외에 '주목하다, 통지하다' 등등의 의미가 있다.

4  Run home this moment : '당장 집으로 뛰어가라'

5  in the direction it pointed to : '흰 토끼가 가리키는 방향으로'
'direction' 다음에 관계대명사가 생략되어 있다. point to A : A를 가리키다, A를 지적하다

6  the mistake it had made : '토끼가 저지른 실수'
앨리스를 자기 집의 하녀로 오해한 것을 말한다.

7  take A for B : A를 B로 오해[인]하다

8  take A B : A에게 B를 가져다주다 ≒ bring A B
'give A B'(A에게 B를 주다)처럼 4형식으로 사용된 것이다.

9  a bright brass plate : '번쩍거리는 황동판'
흰 토끼의 문패이다.

10  with the name 'W. RABBIT' engraved upon it : 'W. RABBIT이라는
이름이 새겨져 있는'
전치사 'with'를 사용한 일종의 분사구문이다. engrave : 새기다

11  in great fear lest ~ should : ~할까봐 매우 겁이 나서
'lest'는 'least'에서 왔다. 'lest ~ should'만으로도 비슷한 의미를 전달한다. = 'for fear that ~,'
'so that ~ should not ~ '

12  be : 앞의 'should'에 이어진다.

13  it : 여기서는 가주어이다. 진주어는 뒤의 'to be going messages for a rabbit'
이다.

14  to be going messages for a rabbit : '토끼의[토끼를 위해] 심부름을 가는 것'
'go messages'는 'do[go on, run] a message'(심부름 가다)와 같은 의미이다. 'go on a
message'에서 'on'이 빠지고 'message'가 복수형으로 되어있다. 'go messages'는 아직 영국에
서 사용되는 표현이라고 한다.

15  send A on messages[a message] : A를 심부름 보내다.

next!' And she began fancying[1] the sort of thing that would happen : ' "Miss Alice! Come here directly, and get ready for your walk!"[2] "Coming in a minute,[3] nurse! But I've got to watch this mouse-hole[4] till Dinah comes back, and see that the mouse doesn't get out." Only I don't think,' Alice went on, 'that they'd let Dinah stop[5] in the house if it began ordering people about like that!'[6]

By this time she had found her way into[7] a tidy little room with a table in the window,[8] and on it (as she had hoped) a fan and two or three pairs of tiny white kid gloves: she took up the fan and a pair of the gloves, and was just going to leave the room, when her eye fell upon a little bottle that stood near the looking-glass. There was no label this time with the words 'DRINK ME,'[9] but nevertheless she uncorked[10] it and put it to her lips. 'I know *something* interesting is sure to happen,'[11] she said to herself, 'whenever I eat or drink anything: so I'll just see what this bottle does. I do[12] hope it'll make me grow large again, for really I'm quite tired of being such a tiny little thing!'

It did so[13] indeed, and much sooner than she had expected:[14] before she had drunk half the bottle, she found her head pressing against the ceiling, and had to stoop[15] to save her neck from being broken.[16] She hastily put down the bottle, saying to herself 'That's quite enough — I hope I sha'n't grow any more —

1    fancying : imagining

2    "Miss Alice! Come here directly, and get ready for your walk!" :
이는 바로 뒤에 나오는 'nurse'(보모)의 말이다. walk : 산책

3    Coming in a minute : '곧 들어가요'
현재진행형의 기능에 대해서는 99쪽 주석 7 참조.

4    I've got to watch this mouse-hole : '(나는) 이 쥐구멍을 감시해야 해요'

5    stop : 이런 경우에는 'stay'(머물다, 체재하다, 남다)의 의미이다.

6    order a person about[around] : ~를 부려먹다, ~에게 이래라 저래라 지시하다
여기서 부사 'about'의 의미는 97쪽 주석 2에서 설명한 바와 같다.

7    find one's way into ~ : 원래는 관찰이나 탐구를 통하여 길을 찾아 나가거나, 어떻게 해서든지 목적지에 도달하는 것을 의미한다. 따라서 어려움에도 불구하고 어떤 장소에 도달하게 되는 것을 말한다. 또 더 단순해진 '다다르다, 이르다'의 의미로도 사용된다.

8    in the window : 이런 경우에 'in'은 'at'의 의미를 포함하고 있다고 보면 된다. 즉 창문의 안쪽으로 창문의 옆(창문가)에 탁자가 있다는 말이다.

9    with the words 'DRINK ME' : 이 어구는 두 단어 앞의 'label'에 걸린다.

10    uncork : (코르크)마개를 빼다

11    be sure to happen : 틀림없이 일어나다

12    do : 강조의 기능을 하는 조동사이다.

13    It did so : The bottle made me grow large again

14    much sooner than she had expected : '앨리스가 예상한 것보다 훨씬 더 빨리'
'and'로 분리되어있지만 내용상으로는 앞의 'It did so'에 붙는 부사어구이다

15    stoop : (몸, 머리 등을) 구부리다

16    to save her neck from being broken : 목을(her neck) 부러지는 것(being broken)으로부터(from) 구하기 위해서(to save) → 목이 부러지지 않도록

As it is,[1] I ca'n't get out at the door[2] — I do wish I hadn't drunk quite so much!'

Alas! It was too late to wish that![3] She went on growing, and growing, and very soon had to kneel down on the floor:[4] in another minute there was not even room for this,[5] and she tried the effect of[6] lying down with one elbow against the door,[7] and the other arm curled round her head.[8] Still she went on growing, and, as a last resource,[9] she put one arm out of the window, and one foot up the chimney,[10] and said to herself 'Now I can do no more, whatever happens. What *will* become of me?'[11]

1  **As it is** : 보통 가정법 문장 뒤에 사용하여, 실제 현실을 말하고자 할 때 사용되는 표현이다. ('사실은 그렇지 않으므로 ~') 여기서는 가정법 뒤에 사용되지 않고 바라는 바(I hope !~) 뒤에 사용되어, 바라는 바와 다른 실제 현실을 나타내는 기능을 한다. 그만 커졌으면 좋겠는데, 사실은 그렇지 않으므로 문으로 나갈 수가 없으리라는 말이다.

2  **get out at the door** : 문으로 나가다

3  **It was too late to wish that!** : 이 문장에서는 그냥 '그걸 바라기에는(to wish that) 너무 늦었다(too late)'고 옮기면 자연스럽다.

4  **kneel down on the floor** : 바닥에 무릎을 꿇다

5  **there was not even room for this** : '이럴 공간조차도 없었다'

'this'는 'to kneel down on the floor'를 받으며, 'room'은 '방'이 아니라 '공간' 혹은 '여지'의 의미이다.

6  **she tried the effect of ~ing** : '~하는 것이 주는 효과를 시험[시도]해 보았다'

7  **with one elbow against the door** : '한 쪽 팔꿈치를 문에 대고'

이런 경우 전치사 'against'는 접촉을 나타낸다.

8  **(with) the other arm curled round her head** : '다른 쪽 팔은 머리 둘레에 두른 (채)'

'with one elbow against the door'의 'with'가 계속 'the other arm curled round her head'와 연결된다.

9  **as a last resource** : '마지막 수단으로서'

일반적으로 '자원'의 의미로 사용되는 'resource'가 이런 경우에는 '수단'의 의미가 됨을 유의해야 한다.

10  **up the chimney** : '굴뚝 안으로'

굴뚝은 벽난로(fireplace)로 연결된다. 앨리스는 발을 벽난로를 통해 굴뚝 안으로 아래에서 위로 집어넣고 있다는 말이다. 여기서 'up'은 전치사이다.

11  **What *will* become of me?** : '나는 어떻게 될까?'

'become of'가 사용된 문장에서는 전치사 'of'의 목적어가 주어가 되는 식으로 옮기는 것이 우리말로 자연스럽다.

Luckily for Alice, the little magic bottle had now had its full effect,[1] and she grew no larger: still it was very uncomfortable, and, as there seemed to be no sort of chance of her ever getting out of the room again,[2] no wonder she felt unhappy.[3]

'It was much pleasanter at home,' thought poor Alice, 'when one[4] wasn't always growing larger and smaller, and being ordered about by mice and rabbits. I almost wish I hadn't gone down that rabbit-hole — and yet — and yet — it's rather curious, you know, this sort of life![5] I do wonder what *can*[6] have happened to me! When I used to read fairy tales, I fancied that kind of thing never happened, and now here I am in the middle of one![7] There ought to be a book written about me, that there ought![8] And when I grow up, I'll write one — but I'm grown up now,' she added in a sorrowful tone: 'at least there's no room to grow up any more *here*.'

'But then,' thought Alice, 'shall I *never* get any older than I am now? That'll be a comfort, one way — never to be an old woman — but then[9] — always to have lessons to learn! Oh, I shouldn't like *that*!'

'Oh, you foolish Alice!' she answered herself. 'How can you learn lessons in here? Why, there's hardly room for *you*, and no room at all for any lesson-books!'

And so she went on, taking first one side and then the other, and making quite a conversation of it altogether;[10] but after a

1 **had now had its full effect** : '이제 그 효과가 다했다'
낼 효과를 다 냈다는 의미.

2 **chance of her ever getting out of the room again** : '다시 방 바깥으로 나갈 가능성'
여기서 'chance'가 '가능성'의 의미를 가짐을 유의하라.

3 **(it is) no wonder (that) ~** : ~는 당연하다, ~라고 해서 놀랄 것은 없다

4 **one** : 여기서는 화자가 'I'나 'me'를 쓸 곳에 대신 사용하여 자신을 겸손하게 혹은 점잖빼며 일컫는 말이다.

5 **it's rather curious, you know, this sort of life!** : 'this sort of life'가 내용상의 주어이다. 우선 'it'을 먼저 가주어처럼 쓰고 맨 뒤에 실질적인 주어를 쓰는 패턴으로서 구어에서 많이 나오는 형태이다. 'curious'는 이미 나왔다시피 '신기한'의 의미이다.

6 **can** : 이 'can'은 95쪽 주석 11에서 설명한 바와 같다.

7 **one** : 앞의 'that kind of thing'를 받은 대명사이다.

8 **that there ought** : 'that'은 바로 앞의 일부분인 'a book written about me'를 받는 지시대명사이다. 이런 'that'은 이렇게 도치되는 경우가 많다. 그리고 이 경우처럼 조동사에 해당하는 것이 있으면 중간의 본동사 부분('to be')은 생략된다. 그래서 'that there ought' → 'there ought to be that' → 'there ought to be a book written about me'와 같이 된다. 중간의 본동사가 생략되는 다른 예로는 'that I will' = 'I will do that'을 기억하면 된다. ☞ 63쪽 주석 3.

9 **but then** : 앞에 나온 내용과 반대되거나 그 내용을 제한하는 말을 할 때 쓰는 표현이다. 여기서는 키가 더 크지 않는 것이 가진 장점(늙지 않는 것)을 말한 후에 그것이 갖는 단점을 말하는 데로 전환시키는 역할을 한다.

10 **taking first one side and then the other, and making quite a conversation of it altogether** : '처음에는 한 쪽을 맡고 다음에는 다른 쪽을 맡으며, 그리고 그 모든 것을 제법 대화로 만들어내며'
자신의 가상의 분신을 만들어 그 분신과 서로 다투는 앨리스의 능력(?)이 발휘되는 대목이다. 이 부분은 앞의 'so'를 더 자세하게 설명하는 역할을 하기도 한다. 'make A of B'는 B(분신과 서로 다투는 것)를 재료로 A(대화)를 만든다는 의미이다.

few minutes she heard a voice outside, and stopped to listen.[1]

'Mary Ann! Mary Ann!' said the voice. 'Fetch me my gloves this moment!' Then came a little pattering[2] of feet on the stairs. Alice knew it was the Rabbit coming to look for her, and she trembled till she shook the house,[3] quite forgetting that she was now about a thousand times as large as the Rabbit, and had no reason to be afraid of it.

Presently the Rabbit came up[4] to the door, and tried to open it; but, as the door opened inwards,[5] and Alice's elbow was pressed hard against it, that attempt proved a failure. Alice heard it say to itself 'Then I'll go round[6] and get in at the window.'[7]

'*That* you wo'n't'[8] thought Alice, and, after waiting till she fancied she heard the Rabbit just under the window, she suddenly spread out her hand,[9] and made a snatch in the air.[10] She did not get hold of[11] anything, but she heard a little shriek[12] and a fall, and a crash of broken glass,[13] from which she concluded that it was just possible it had fallen into a cucumber-frame,[14] or something of the sort.

Next came an angry voice — the Rabbit's[15] — 'Pat![16] Pat! Where are you?' And then a voice she had never heard before,

1  stopped to listen : 귀를 기울이기 위해(to listen) 지금까지 하던 것을 멈추었
   다(stopped)는 말이다.

2  pattering : 105쪽 주석 5 참조.

3  shook the house : '집을 뒤흔들었다'

4  up : 부사 'up'은 오름을 나타내기도 하지만, 가까이 접근함을 나타내기도 한다.

5  open inwards : 안쪽으로 열리다

6  go round : 여기서는 우회한다는 의미에서 도는 것을 나타낸다.

7  at the window : 전치사 'at'은 들어오는 위치를 나타낸다.

8  *That* you won't : 103쪽에 주석 8에서처럼 'that'은 'go round and get in at
   the window'를 받는다.

9  spread out her hand : '손을 좍 뻗었다'
   'spread'는 과거형으로 사용되었다. spread - spread - spread

10  made a snatch in the air : '허공에서 잡아챘다'

11  get hold of A : A를 잡다

12  shriek : 날카로운 소리, 비명

13  a crash of broken glass : 유리창이 쨍그랑 깨지는 소리 ; crash : 갑자기 나
    는 요란한 소리(쨍그랑, 와르르)

14  a cucumber-frame : 오이를 키우는 조그만 온실.
    옥스퍼드 사전은 'frame'을 '종자나 어린 식물을 서리 등으로부터 보호하기 위한, 유리를 끼
    운 이동 가능한 혹은 고정된 구조물'(A glazed structure, portable or fixed, for protecting
    seeds and young plants from frost, etc)이라고 설명하고 있다.

15  the Rabbit's : the Rabbit's voice

16  Pat : 여기서는 누군가의 이름이다.

'Sure then[1] I'm here! Digging for apples,[2] yer honour!'[3]

'Digging for apples, indeed!' said the Rabbit angrily. 'Here! Come and help me out of *this*!'[4] (Sounds of more broken glass.)

'Now tell me, Pat, what's that in the window?'

'Sure, it's an arm, yer honour!' (He pronounced it 'arrum.')[5]

'An arm, you goose![6] Who ever saw one that size?[7] Why,[8] it fills the whole window!'

'Sure, it does, yer honour: but it's an arm for all that.'[9]

'Well, it's got no business there,[10] at any rate: go and take it away!'

1 **Sure then** : 이런 경우 'sure'는 '물론, 당연히, 확실히' 정도의 의미로 보면 된다. (옥스퍼드 사전의 설명에 따르면 아일랜드와 북미의 구어적 용법이라고 한다.) 'then'은 '주인님이 제가 어디 있는지 찾으신다면'(in that case, if so) 정도의 의미를 갖고 있는 것으로 보면 되는데, 의미가 강하지 않기 때문에 이런 경우에는 옮기지 않아도 별 관계가 없을 것으로 보인다. 그래서 'Sure then I'm here!'는 '물론, 여기 있습니다!' 혹은 '네, 여기 있습니다' 정도로 옮기면 될 것이다.

2 **Digging for apples** : 땅에서 사과를 캐다니? (dig : 파다) 사실은 아일랜드 농담이란다. 'Pat'은 아일랜드 이름이고, 19세기에 '아일랜드 사과'는 아일랜드산 감자를 나타내는 속어였다고 한다. 'Pat'이 어떤 동물인지는 명시되어 있지 않다. 조금 뒤에 빌(Bill)을 부축하는 두 모르모트(Guinea pigs) 중 하나이리라고 추측하는 사람들이 있다고 한다. (가드너 주석 참조)

3 **yer honour** : your honour

'your honour'는 경칭이다. 예전에는 지위가 있는 누구에게나 붙여졌지만 지금은 지방판사와 같은 특정의 직위에 있는 사람에게만 붙여진다. 3인칭으로 언급할 때에는 'his honour'라고 한다.

4 **Come and help me out of this** : '와서 나를 여기서 나가게 도와주게'

5 **arrum** : 이는 'arm'의 아일랜드 사투리이다 ; pronounce A B : A를 B라고 발음하다

6 **goose** : 여기서는 '거위'가 아니라 '바보, 얼간이'의 의미이다.

7 **one that size** : '저 만한 크기의 팔'

'one'은 'arm'를 받은 대명사이고, 'that' 앞에는 전치사 'of'가 생략되었다.

8 **Why** : 여기서도 감탄사이다.

9 **for all that** : 그럼에도[그 모든 것에도] 불구하고

10 **business** : 여기서는 '간섭할 권리(가 있는 일)'를 의미한다. 부정문이나 의문문에서 이런 의미로 사용된다. 따라서 'it's got no business there'는 '저기에 있을 권리가 없어' 정도로 옮기면 된다. 'None of your business'라는 표현에서의 'business'도 이와 동일한 의미이다.

There was a long silence after this, and Alice could only hear whispers now and then; such as 'Sure, I don't like it, yer honour, at all, at all!' 'Do as I tell you, you coward!', and at last she spread out her hand again, and made another snatch in the air. This time there were *two* little shrieks, and more sounds of broken glass. 'What a number of[1] cucumber-frames there must be!'[2] thought Alice. 'I wonder what they'll do next! As for pulling[3] me out of the window, I only wish they *could*!'[4] I'm sure *I* don't want to stay in here any longer!'

She waited for some time without hearing anything more: at last came a rumbling of little cart-wheels,[5] and the sound of a good many voices all talking together: she made out[6] the words:

1   **What a number of ~ !** : 감탄문으로 '얼마나 많은 ~가 ~한가!'의 의미를 갖
는다.

2   **there must be** : 여기서 'must'는 확실한 추측을 나타내는 기능을 한다. 'there
is[are] A'(A가 있다) → 'there must be A'(A가 틀림없이 있다)

여기서 A는 'What a number of cucumber frames'이다. 'a number of'는 '일정한 수의'라는 의
미와 '많은'의 의미 둘 다 갖는데, 여기서는 'What'으로 시작하는 감탄문이므로 당연히 아주 많
다는 의미가 된다.

3   **as for ~ing** : ~하는 것에 대해 말하자면

4   **I only wish they *could*!** : '그들이 나를 빼내줄 수 있기를 정말로 바래!'

'could' 다음에는 'pull me out of the window'가 생략되어 있다. 여기서 'only'는 'wish'를 강조
하는 부사이다. 'really'나 'certainly' 정도의 의미로 보면 된다.

5   **at last came a rumbling of little cartwheels** : '마침내 덜커덩거리며 작
은 마차바퀴를 *끄*는 소리가 들렸다'

'at last'라는 부사구가 먼저 나오고 나서 주어와 동사가 도치되어 있다. 주어는 여기서 끝난 것
이 아니고 'the sound of a good many voices all talking together'(매우 많은 목소리들이 함께
말하는 소리)까지이다. 소리가 들렸다는 표현을 할 때 그 소리를 주어로 하고 동사 'come'을
쓰는 이러한 표현을 잘 기억하자. 'come'이 자동사이므로 뒤가 허전하여(목적어가 없어서) 부
사구를 먼저 쓰고 이렇게 도치되는 경우가 많다는 것 또한 기억하자. rumble : 덜커덩거리는
소리를 내다. 덜커덩거리며 나아가다 ; cartwheel : 마차바퀴

6   **make out ~** : 여기서는 '~을 식별해내다, 분간해내다'의 의미이다.

'Why, there's hardly enough of me left to make one respectable person.'

(p.44)

'Where's the other ladder? — Why, I hadn't to bring but one.[1] Bill's got the other — Bill! Fetch it here, lad![2] — Here, put 'em up[3] at this corner — No, tie 'em together first — they don't reach half high enough yet[4] — Oh! they'll do well enough.[5] Don't be particular[6] — Here, Bill! Catch hold of[7] this rope — Will the roof bear?[8] — Mind that loose slate[9] — Oh, it's coming down! Heads below!' (a loud crash) — 'Now, who did that? — It was Bill, I fancy — Who's to go down the chimney?[10] — Nay, I sha'n't! You do it! — That I wo'n't,[11] then! — Bill's got to go down — Here, Bill! The master says you've got to go down the chimney!'

'Oh! So Bill's got to come down the chimney, has he?' said Alice to herself. 'Why, they seem to put everything upon Bill![12] I wouldn't be in Bill's place[13] for a good deal:[14] this

1   **I hadn't to bring but one** : 'had not to'(= didn't have to)는 '~할 필요가 없
    었다'는 의미이다. 'but'은 그 앞에 'bring'의 목적어로 옮직한 명사가 생략된 형태
    이다. 그리하여 'Any but, aught but, anything else than, other than, otherwise
    than'(~말고는 아무 것도)과 같은 의미가 된다. 전체적으로 '하나 말고 더 가지고
    올 필요는 없었다(하나만 가지고 오면 되었다)'는 말이다.

2   **lad** : 젊은이, 청년, 소년

3   **put 'em up = put them[the ladders] up** : 사다리를 세우다

4   **not half + 형용사 + enough** : 'enough'이 있긴 하지만 '반쯤도 ~ 않다' 정
    도로 옮기면 무난할 것이다.

5   **do** : ☞ 33쪽 주석 4.

6   **don't be particular** : '까다롭게 굴지마라[마세요]' 정도의 의미이다.

7   **catch hold of** : get hold of

8   **Will the roof bear?** : '지붕이 (무게 등을) 견딜까?'(무너지지는 않을까?)

9   **Mind that loose slate** : '저(that) 느슨한 슬레이트(loose slate)를 조심해라
    (mind)'

10  **Who's to go down the chimney?** : '누가 굴뚝으로 내려가지?'

11  **That I won't** : I won't do that ☞ 103쪽 주석 8, 105쪽 주석 8.

12  **put everything upon A** : A에게 모두 뒤집어씌우다, A에게 모든 것을 시
    키다

13  **be in A's place** : A의 처지가 되다, A의 위치에 대신 들어가다

14  **for a good deal** : 여기서 'for'는 그 뒤에 나오는 것을 '얻기 위해서'라는 의미
    이다. 그런데 부정문 뒤에 쓰이면 '~를 얻더라도 ~않다'는 의미가 된다. 따라
    서 'a good deal'은 'much'의 의미이므로 'for a good deal'은 '많은 것을 얻더
    라도'의 의미가 된다. 반드시 직역을 안 해도, 부정을 강조하는 형태로 옮기면
    된다. 'for a good deal' 이외에 'for anything, for all the world' 등이 비슷한
    기능을 갖는다.

fireplace[1] is narrow, to be sure;[2] but I *think* I can kick a little!'

She drew her foot as far down the chimney as she could,[3] and waited till she heard a little animal (she couldn't guess of what sort it was)[4] scratching[5] and scrambling[6] about in the chimney close above her:[7] then, saying to herself 'This is Bill,' she gave one sharp kick, and waited to see what would happen next.

The first thing she heard was a general chorus[8] of 'There goes Bill!' then the Rabbit's voice along[9] — 'Catch him, you by the hedge!'[10] then silence, and then another confusion of voices[11] — 'Hold up his head[12] — Brandy now — Don't choke him[13] — How was it, old fellow?[14] What happened to you? Tell us all about it!'

Last came a little feeble, squeaking voice ('That's Bill,' thought Alice),[15] 'Well, I hardly know — No more,[16] thank

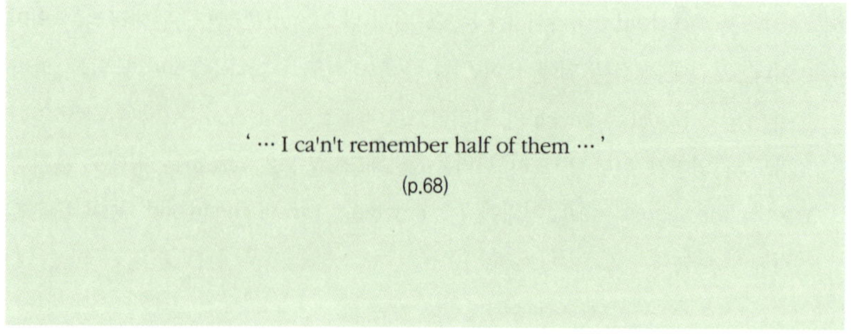

1  fireplace : 벽난로

굴뚝이 여기로 연결되어 있다.

2  to be sure : 일반적으로는 '확실히, 물론'의 의미이지만 양보적으로도 많이 사용되고 주로 'but'으로 시작되는 문장이 그 뒤에 온다. 여기서는 바로 이 양보적 의미로 쓰였다. 다른 예) The wind is contrary, to be sure, but it is far from a storm. (바람이 역풍이기는 하지만, 결코 폭풍은 아니다.)

3  drew her foot as far down the chimney as she could : '가능한 한 굴뚝의 가장 아래로 발을 끌어내렸다'

4  she couldn't guess of what sort it was : '앨리스(she)는 그것이(it) 무슨 종류(of what sort)인지(was) 추측할 수 없었다(couldn't guess)'

5  scratch : 긁다

6  scramble : 기어서 올라가다(내려가다)

여기서는 '이리저리'를 의미하는 부사 'about'과 같이 사용되었다.

7  close above her : '앨리스의 바로 위에'

'close'는 부사이다.

8  a general chorus : 여기서는 모두 목소리를 합하여 한 말을 뜻한다. 'of' 뒤에 이어지는 'There goes Bill!'(저기 빌이 날라 가네!)과 동격이다.

9  along : along with the general chorus

10  Catch him, you by the hedge! : '산울타리 옆에 있는 자네(들), 그를 잡게'

11  another confusion of voices : 또 한 번 여러 목소리가 섞여서 들리는 것을 말한다.

12  Hold up his head : '그의 머리를 들어 올리게'

브랜디를 먹일 수 있게.

13  Don't choke him : 브랜디를 너무 빨리 혹은 많이 쏟아 넣지 말라는 말이다. choke : 질식시키다

14  How was it, old fellow? : 어떻게 된 것이냐고 물어보는 말이다

15  목소리를 듣고 저게 빌이라고 추측하는 것이다.

16  No more : 브랜디를 더 안 줘도 된다는 말이다.

ye;[1] I'm better now — but I'm a deal too flustered[2] to tell you —
all I know is,[3] something comes at[4] me like a Jack-in- the-box,[5]
and up I goes[6] like a sky-rocket!'

'So you did, old fellow!' said the others.

'We must burn the house down!'[7] said the Rabbit's voice.
And Alice called out, as loud as she could, 'If you do, I'll set
Dinah at you!'[8]

There was a dead silence instantly, and Alice thought to
herself, 'I wonder what they *will* do next! If they had any
sense,[9] they'd take the roof off.' After a minute or two, they
began moving about again, and Alice heard the Rabbit say, 'A
barrowful[10] will do, to begin with.'[11]

'A barrowful of *what*?' thought Alice. But she had not long to
doubt,[12] for the next moment a shower of little pebbles[13] came
rattling in at the window,[14] and some of them hit her in the
face. 'I'll put a stop to this,' she said to herself, and shouted out,
'You'd better not do that again!' which produced another dead
silence.

Alice noticed, with some surprise, that the pebbles were all
turning into[15] little cakes as they lay on the floor, and a bright
idea came into her head.[16] 'If I eat one of these cakes,' she
thought, 'it's sure to[17] make *some* change in my size; and as it
ca'n't possibly make me larger, it must make me smaller, I
suppose.'

1  ye = you

2  be flustered : 당황스럽다, 혼란스럽다

3  all I know is ~ : 내가 아는 것은 ~가 전부다, 내가 아는 것은 ~뿐이다

4  come at A : A를 향해 오다, A를 향해 덤벼들다

5  a Jack-in-the-box : 열면 인형 등이 튀어나오는 상자

6  goes : 빌은 표준말을 쓰지 않는다.

7  burn A down : 태워서 A를 없애다

8  I'll set Dinah at you! : '다이너로 하여금 너희들을 공격하게 할 거야!'

'set at B'는 'B를 공격하다'(assail B, attack B)이고 'set A at B'는 'A로 하여금 B를 공격하게 하다'이다.

9  sense : 여기서는 '분별력, 판단력'의 의미이다.

10  a barrowful : 손수레 한 가득 분량(의 어떤 것) barrow : 바퀴가 하나 혹은 두 개 달린 손수레

11  to begin with : 우선은. 처음에는

12  had not long to doubt : '오랫동안 궁금해 하지 않아도 되었다'

13  pebble : 자갈, 조약돌

14  came rattling in at the window : '드르륵 소리를 내며 창문을 통해서 안으로 (날라) 들어왔다'

'rattle'은 조약돌이 떨어지는 소리를 나타낸다. '창문을 통해서'라고 옮겼지만 영어로는 들어온 위치를 표시할 때 보통 'through'가 아니라 'at'을 사용한다.

15  turn into A : A로 바뀌다, A로 변하다

16  a bright idea came into her head : '좋은 생각이 들었다'

17  be sure to부정사 : 틀림없이 ~하다

So she swallowed one of the cakes, and was delighted to find that[1] she began shrinking directly. As soon as she was small enough to get through the door, she ran out of the house, and found quite a crowd of little animals and birds waiting outside. The poor little Lizard, Bill, was in the middle, being held up by two guinea-pigs, who were giving it something out of a bottle.[2] They all made a rush at Alice the moment she appeared;[3] but she ran off as hard as she could, and soon found herself safe in a thick wood.

'The first thing I've got to do,' said Alice to herself, as she wandered about in the wood, 'is to grow to my right size[4] again; and the second thing is to find my way into[5] that lovely garden. I think that will be the best plan.'

It sounded an excellent plan,[6] no doubt, and very neatly and simply arranged:[7] the only difficulty was, that she had not the smallest idea[8] how to set about it;[9] and, while she was peering[10] about anxiously among the trees, a little sharp bark[11] just over her head made her look up in a great hurry.

An enormous puppy[12] was looking down at her with large round eyes, and feebly stretching out one paw, trying to touch her. 'Poor little thing!' said Alice, in a coaxing[13] tone, and she tried hard to whistle to it; but she was terribly frightened all the time at the thought that[14] it might be hungry, in which case it would be very likely to eat her up in spite of all her coaxing.

Hardly knowing what she did,[15] she picked up a little bit of

1  was delighted to find that ~ : '~라는 것을 발견하고는 기뻤다'

2  who were giving it something out of a bottle : '병으로부터 무언가를 먹이고 있는'
브랜디를 먹이고 있는 것임을 앞의 내용으로부터 알 수 있다.

3  the moment she appeared : '앨리스가 나타나는 순간, 앨리스가 나타나자 마자'

4  my right size : '나의 원래 크기'

5  find my way into : 99쪽 주석 7 참조.

6  It sounded an excellent plan : '그것은 훌륭한 계획처럼 들렸다'

7  very neatly and simply arranged : 'and'로 분리되어 있지만 둘 다 앞의 명사 'plan'에 붙여진 것이다. 'and it was a plan which was very neatly and simply arranged'처럼 이해하면 된다. 'arrange'에는 '계획을 짜다'라는 의미가 있다. 자동사로도 쓰이지만 이렇게 'plan' 같은 명사를 목적어로 하여 'arrange a plan'이라고 타동사로 쓸 수 있다.

8  not the smallest idea + 절 : ~에 대하여 조금도 모르다

9  set about A : A에 착수하다, A를 시작하다

10  peer : 자세히 보다, 응시하다
여기서는 부사 'about'과 함께 쓰였다.

11  bark : 개 짖는 소리
bow wow(멍멍), arf arf(컹컹), yelp(캥캥), yip(강아지 등의 깽깽), growl(불도그 등의 으르렁) 등이 있다.

12  puppy : 강아지

13  coax : 달래다, 구슬리다

14  at the thought that ~ : ~라는 생각에

15  Hardly knowing what she did : '자기도 모르게'

stick, and held it out to[1] the puppy: whereupon[2] the puppy jumped into the air off all its feet[3] at once, with a yelp of delight, and rushed at the stick, and made believe to worry it:[4] then Alice dodged[5] behind a great thistle,[6] to keep herself from[7] being run over;[8] and, the moment[9] she appeared on the other side, the puppy made another rush at the stick, and tumbled head over heels[10] in its hurry to get hold of it: then Alice, thinking it was very like[11] having a game of play with a cart-horse,[12] and expecting every moment to be trampled under its feet,[13] ran round the thistle again; then the puppy began a series of short charges[14] at the stick, running a very little way forwards each time and a long way back,[15] and barking hoarsely all the while,

1  held A out to B : A를 B에게 내밀다

2  whereupon = thereupon = upon that : 그러자

3  off all its feet : 네 발이 다 땅에서 떨어지는 상태를 말한다. 일반적으로 발은 땅을 딛고 있으면서 기능을 발휘하는데, 이렇게 되면 발의 기능이 박탈된 상태가 된다. 'off'는 바로 이런 박탈의 상태를 나타낸다. 물론 이 맥락에서는 박탈이라는 부정적인 의미가 전달되는 것은 아니고 강아지가 허공으로 꽤 높이 도약을 했음을 말한다.

4  made believe to worry it : '그 막대기를 물고 흔들어 대는(to worry it) 척 했다(made believe)'
'make believe'의 다른 예) She made believe not to hear me.

5  dodge : 재빨리 몸을 피하다

6  thistle : 엉겅퀴

7  keep A from ~ing : A를 ~하는 것으로부터 막다

8  be run over : 치여서 깔리다

9  the moment : 여기서는 접속사처럼 사용되었다. '~하자마자, 바로 그때'의 의미이다.

10  tumble head over heels : 거꾸로 곤두박다, 거꾸로 구르다
옥스퍼드 사전에 따르면 이는 'heels over head'(거꾸로 된 상태)가 전와된 것이라고 한다.

11  be like ~ing : ~하는 것과 같다

12  a game of play with a cart-horse : '짐마차 말과 노는 놀이'
아마 엉겅퀴 뒤에 숨는 것이 말이 끄는 짐마차 뒤에 숨는 것과 같기 때문에 이렇게 말한 듯하다.

13  expecting every moment to be trampled under its feet : '개의 발에 밟힐지도 모른다는 생각을 항상 하면서'

14  charge : 여기서는 '공격'의 의미이다. 바로 이어서 나오는 전치사 'at'이 공격의 대상을 나타낸다.

15  running a very little way forwards each time and a long way back : '매번 아주 조금 앞으로 전진하였다가 멀리 뒤로 물러나며'
여기서의 'way'도 거리를 나타낸다.

till at last it sat down a good way off,[1] panting, with its tongue hanging out of its mouth, and its great eyes half shut.[2]

This seemed to Alice a good opportunity for making her escape: so she set off[3] at once, and ran till she was quite tired and out of breath,[4] and till the puppy's bark sounded quite faint in the distance.[5]

'And yet what a dear little puppy it was!' said Alice, as she leant against[6] a buttercup[7] to rest herself,[8] and fanned herself with one of the leaves. 'I should have liked[9] teaching it tricks[10] very much,[11] if — if I'd only been the right size to do it! Oh dear! I'd nearly forgotten that I've got to grow up again! Let me see[12] — how *is* it[13] to be managed?[14] I suppose I ought to eat or drink something or other; but the great question is, "what?" '

The great question certainly was, 'what?' Alice looked all round her at the flowers and the blades[15] of grass, but she could not see anything that looked like the right thing to eat or drink under the circumstances. There was a large mushroom[16] growing near her, about the same height as herself;[17] and, when

1   a good way off : '한참 떨어진 곳에'

2   with its tongue hanging out of its mouth, and its great eyes half
shut : '혀가 입 밖으로 늘어지고 그 큰 눈은 반쯤 감긴 채'
여기서 동사 'hang'은 자동사로서 '늘어지다, 매달리다'의 의미이다.

3   set off : 출발하다, 시작하다
여기서는 탈출하기 시작했다는 말이다.

4   out of breath : 숨이 찬, 숨을 헐떡이는

5   till the puppy's bark sounded quite faint in the distance : '강아지의
짖는 소리가(the puppy's bark) 멀리(in the distance) 아주 희미하게(quite faint) 들
릴(sounded) 때까지(till)'

6   lean against  A : A에 기대다
'leant'는 'lean'의 과거, 과거분사이다.

7   buttercup : 미나리아재비

8   rest oneself = rest : 쉬다

9   should have + 과거분사 : 여기서는 '~했어야만 한다'라는 의미가 아니라 단
순하게 '~했을 텐데'라고 아쉬워하는 것이다.

10   teaching it tricks : '강아지에게 재주를 가르쳐 주기'

11   very much : 'liked'를 꾸며주는 부사어이다.

12   let me see : 감탄사적 표현으로서, '글쎄, 어디 보자, 가만있자, 저어' 등등으
로 옮겨진다.

13   it : 앞의 'to grow up again'을 받는다.

14   how is it to be managed? : how can I manage it? (어떻게 그 일을 해낼 수
있을까?)

15   blade : 잎
'leaf'가 주로 나뭇잎을 가리킨다면 'blade'는 풀이나 곡류의 잎을 가리킨다.

16   mushroom : 버섯

17   about the same height as herself : '앨리스의 키와 대략 같은 높이에'

she had looked under it, and on both sides of it, and behind it, it occurred to her that[1] she might as well[2] look and see what was on the top of it.[3]

She stretched herself up on tiptoe,[4] and peeped over the edge of the mushroom, and her eyes immediately met those of a large blue caterpillar,[5] that was sitting on the top, with its arms folded,[6] quietly smoking a long hookah,[7] and taking not the smallest notice of her or of anything else.[8]

1   it occurred to her that ~ : '앨리스에게 ~라는 생각이 들었다'

2   might as well + 동사 : ~하는 것이 좋겠다

'as well'이 나오면 항상 두 개가 비교된다. 'as well as'가 줄어서 된 것이기 때문이다. 여기서는 버섯의 아래쪽을 모두 보았으므로 그것만큼이나(as well as) 버섯의 위쪽을 보는 것이 좋겠다는 말이다. 맥락에 따라서는 '더 낫겠다'로 옮겨지는 것이 좋을 수도 있다. 'might' 대신 'may'를 써도 의미는 유사하다. 'might'를 쓰면 더 공손한 표현이 된다.

3   on the top of it : 버섯의 꼭대기에

4   on tiptoe : 발끝으로, 발뒤꿈치를 들고

5   caterpillar : 애벌레 (124쪽 삽화참조)

6   with its arms folded : '팔짱을 끼고'

7   hookah : 후커, 물담뱃대

8   taking not the smallest notice of her or of anything else : '앨리스나 아니면 다른 어느 것에 조금도 신경을 쓰지 않으면서' take notice of A : A에 주목[주의]하다, A를 알아차리다, A에 주의를 기울이다, A에 관심을 가지다

# Advice from a Caterpillar

The Caterpillar and Alice looked at each other for some time in silence: at last the Caterpillar took the hookah out of its mouth, and addressed her in a languid,[1] sleepy voice.

'Who are *you*?' said the Caterpillar.

This was not an encouraging opening[2] for a conversation. Alice replied, rather shyly, 'I — I hardly know, Sir, just at present[3] — at least I know who I *was* when I got up this morning, but

1  languid : 께느른한, 늘쩍지근한

2  opening : 개시, 시작

3  at present : 지금은, 현재는

**말장난으로 사용된 단어 모음**

· taught us : 'Tortoise'와 'taught us'의 발음이 유사하다.

· reeling : 'reading'(독본)에 대한 말장난이다.

· writhing : 'writing'(작문)에 대한 말장난이다.

· Ambition : 'Addition'(더하기)에 대한 말장난이다.

· Distraction : 'Subtraction'(빼기)에 대한 말장난이다.

· Uglification : 'Multiplication'(곱하기)에 대한 말장난이다.

· Derision : 'Division'(나누기)에 대한 말장난이다.

· Mystery : 'history'에 대한 말장난이다.

· Seaography : 'Geography'에 대한 말장난이다.

· Drawling : 'Drawing'에 대한 말장난이다.

· Stretching : 'Sketching'(스케치하기)에 대한 말장난이다.

· Fainting in Coils : '몸을 감으며(in coils) 기절하기'의 의미로서 'Painting in oils'(유화 그리기)에 대한 말장난이다.

· Laughing and Grief : '웃기와 비탄'의 의미인데, 'Latin and Greek'(라틴어와 그리스어)에 대한 말장난이다.

· Lessom : 'lesson'과 'lessen'(줄어들다)이 발음이 같은 것을 이용한 말장난이다.

I think I must have been changed several times since then.'[1]

'What do you mean by that?'[2] said the Caterpillar sternly.[3] 'Explain yourself!'

'I ca'n't explain *myself*,[4] I'm afraid, Sir', said Alice, 'because I'm not myself, you see.'

'I don't see,'[5] said the Caterpillar.

'I'm afraid I ca'n't put it more clearly,'[6] Alice replied, very politely, 'for I ca'n't understand it myself, to begin with;[7] and being so many different sizes in a day[8] is very confusing.'[9]

'It[10] isn't,' said the Caterpillar.

'Well, perhaps you haven't found it so yet,'[11] said Alice; 'but when you have to turn into a chrysalis[12] — you will[13] some day, you know — and then after that into a butterfly, I should think you'll feel it a little queer,[14] won't you?'

'Not a bit,'[15] said the Caterpillar.

'Well, perhaps *your* feelings may be different,' said Alice; 'all I know is, it would feel very queer to *me*.'

'You!' said the Caterpillar contemptuously.[16] 'Who are *you*?'

Which brought them back again to the beginning of the conversation. Alice felt a little irritated[17] at the Caterpillar's

1  several times since then : '그 이후로(since then) 여러(several) 번(times)'

2  What do you mean by that? : '그게 무슨 말이냐?'

3  sternly : 엄숙하게, 준엄하게

4  I ca'n't explain *myself* : '나는 설명할 수 없어요'
'myself'를 특수보조사 '는'을 사용하여 옮겨보았다.

5  I don't see : '모르겠는데'

6  I can't put it more clearly : '이보다 더 명확하게 말할 수는 없어요'
이것이 앨리스로서는 가장 명확하게 말한 것이라는 말이다.

7  to begin with : 우선, 첫째로

8  being so many different sizes in a day : '하루에 크기가 그렇게 여러 번 변하는 것'
이 동명사구가 뒤의 'is'의 주어이다.

9  confusing : 혼란스럽게 만드는, 당황케 하는

10  It : 'being so many different sizes in a day'를 받는다.

11  perhaps you haven't found it so yet : '당신은 아마도 아직 그게 그렇다고(혼란스럽게 만든다고) 느껴 본 적이 없는 모양이네요'
'it'은 'being so many different sizes in a day'를 받고, 'so'은 'confusing'을 대신한 형용사이다. 'find'는 우리말로 자연스럽게 하기 위해서 '느끼다'로 옮겨보았다.

12  chrysalis : 번데기

13  will : 이 뒤에 'turn into a chrysalis'가 생략되어 있다.

14  you'll feel it a little queer : '그게(it) 조금(a little) 이상하다(queer)고 느낄 거예요'

15  Not a bit : 하나도 이상하지(queer) 않다는 말이다.

16  contemptuously : 얕보며, 경멸하며

17  felt a little irritated at ~ : '~에 약간 화가 남을 느꼈다'
과거분사 'irritated'는 'felt'의 보어로 사용되었다. irritate : 초조하게 하다, 화나게 하다, 자극하다

making such *very* short remarks,[1] and she drew herself up[2] and
said, very gravely, 'I think you ought to tell me who *you* are,
first.'

'Why?' said the Caterpillar.

Here was another puzzling question;[3] and, as Alice could
not think of any good reason, and as the Caterpillar seemed to
be in a *very* unpleasant state of mind, she turned away.

'Come back!' the Caterpillar called after her. 'I've something
important to say!'

This sounded[4] promising,[5] certainly. Alice turned and came
back again.

'Keep your temper,'[6] said the Caterpillar.

'Is that all?' said Alice, swallowing down her anger[7] as well
as she could.

'No,' said the Caterpillar.

Alice thought she might as well wait, as she had nothing else
to do, and perhaps after all it might tell her something worth
hearing.[8] For some minutes it puffed away[9] without speaking;
but at last it unfolded its arms,[10] took the hookah out of its
mouth again, and said 'So you think you're changed, do you?'

'I'm afraid I am, Sir,' said Alice. 'I ca'n't remember things as
I used[11] — and I don't keep the same size for ten minutes
together!'[12]

'Ca'n't remember *what* things?' said the Caterpillar.

'Well, I've tried to say[13] "*How doth the little busy bee,*" but

1   the Caterpillar's making such very short remarks : '애벌레가 그렇게 아주 짧은 말만 하는 것'

'Caterpillar's'가 동명사 'making'의 의미상의 주어이다. 'remark'는 여기서는 '말'의 의미이다.

2   draw oneself up : (서 있거나 혹은 앉아 있는 상태에서) 몸을 바르게 하다, 몸을 꼿꼿하게 하다

정색을 하는 태도이다.

3   Here was another puzzling question : 주어('another puzzling question')와 동사('was')가 도치된 문장이다.

4   sounded : 보어와 함께 사용하는 동사 'sound'에 관해서는 121쪽 주석 5 참조.

5   promising : 기대하게 만드는, 유망한, 믿음직한

6   keep[hold, control] one's temper : 참다, 화를 억누르다 = do not lose one's temper.

7   swallowing down her anger : '화가 나는 것을 삼키며'

무슨 굉장한 말을 해주나 했더니 겨우 화를 참으라는 말을 했기 때문이다.

8   something worth hearing : '무언가 들을 가치가 있는 말'

9   puff away : '(담배를) 뻐끔뻐끔 피우다.'

10   unfolded its arms : '(팔짱 낀 팔을) 풀었다'

11   as I used : '예전처럼', '예전에 기억하던 것처럼'

'used' 다음에는 'to remember things'가 생략되어 있다.

12   I don't keep the same size for ten minutes together! : '나는 계속해서 10분을 같은 크기로 머물러 있지를 못해요!'

10분이 못 되어 또 다른 크기로 변한다는 말이다. 'together'는 시간(이나 공간) 뒤에 쓰여서 '연속해서, 계속적으로, 중단 없이'의 의미를 갖는다. 다른 예) ① [시간] Trees cannot bear fruit plentifully two years together. ② [공간] That wall of China was continued and fortified for six hundred miles together.

13   say : 여기서는 '암송하다, 외다'의 의미이다.

it all came different!'[1] Alice replied in a very melancholy voice.

'Repeat, "*You are old, Father William*," ' said the Caterpillar.

Alice folded her hands, and began: —[2]

'You are old, Father William,' the young man said,
    'And your hair has become very white;
And yet you incessantly stand on your head[3] —
    Do you think, at your age,[4] it is right?'

'In my youth,' Father William replied to his son,
    'I feared it might injure the brain;

1 **it all came different!** : 시를 암송하였는데, 원래의 것과 다른 엉뚱한 것이 나왔다는 말이다. ☞ 2장의 악어에 관한 시.

2 여기서 앨리스가 엉뚱하게 암송하는 "You are old, Father William"은 사우디 (Robert Southey)의 시 "The Old Man's Comforts, and How He Gained Them"(1799)의 마지막 두 연의 패러디이다.

3 **stand on your head** : 물구나무서 있다

4 **at your age** : '당신 나이에'

But, now that I'm perfectly sure I have none,[1]
    Why, I do it again and again.'
'You are old,' said the youth, 'as I mentioned before,[2]
    And have grown most uncommonly fat;
Yet you turned a back-somersault in at the door[3] —
    Pray,[4] what is the reason of that?'


'In my youth,' said the sage,[5] as he shook his grey locks,[6]
    'I kept all my limbs very supple[7]
By the use of this ointment[8] —one shilling the box[9] —

1 **none** : no brain

2 **as I mentioned before** : '내가 앞에서 언급한 바와 같이'

3 **turn a back-somersault in at the door** : 뒤로 공중제비를 넘어(turn a back-somersault) 문으로(at the door) 들어오다(in)

4 **pray** : 'I pray you'가 줄어든 형태로서 '제발, 바라건대' 정도로 옮기면 된다. 상대에게 무언가 부탁할 때 쓰는 말이다 = please

5 **sage** : 현자, 현인, 철인

6 **as he shook his grey locks** : '하얗게 센 머리털을 흔들며'

lock : (머리의) 타래, 머리털

7 **I kept all my limbs very supple** : '나는 사지를 유연한 상태로 유지했네'

8 **ointment** : 연고

9 **one shilling the box** : '상자 당 1실링'

여기서 정관사 'the'는 세거나 측정하는 단위 앞에 붙어서 단위를 나타낸다. 마찬가지 기능을 하는 부정관사 'a'나 'per'가 왔을 때와 같은 의미가 된다. 다른 예) Brick layers have 15 pence apiece the day. (벽돌공은 각자 일당 15펜스 받는다.) 이 'the'는 전치사 'by'와 함께 사용되는 용법이 더 많이 알려져 있다. 예) ① Etymologically considered, a journeyman is one who is employed by the day. (어원적으로 보면 직인은 하루 단위로 고용되는 사람이다.) ② Tea is sold by the pound. (차는 파운드 단위로 판다.)

'Why,' said the Dodo, 'the best way to explain it is to do it.'
(p.78)

'You are old,' said the youth, 'and your jaws are too weak

  For anything tougher than suet;[2]
Yet you finished the goose, with the bones and the beak —
  Pray, how did you manage to do it?'


'In my youth,' said his father, 'I took to the law,[3]
  And argued each case[4] with my wife;
And the muscular[5] strength, which it gave to my jaw,
  Has lasted[6] the rest of my life.'

1 **Allow me to sell you a couple?** : '실례지만, 두, 세 개 팔아도 되겠나?'

'allow me to~'가 공손함을 나타내는 말임을 감안하여 '실례지만'으로 옮겨본 것이다. 'by your leave'라는 표현도 원래는 '당신의 허락에 의해'라는 의미인데, 함부로 행동하지 않고 상대의 허락을 구하는 공손한 말투이므로 보통 '실례지만, 미안하지만'으로 옮긴다.

2 **suet** : 쇠기름, 양기름

3 **take to A** : A에 전념하다, A가 습관이 되다, A를 좋아하게 되다

4 **case** : 소송사건, 소송사실, 소송사건에서 주장하는 바; argue a case : 어떤 주장(입장)을 진술하다

뒤에 전치사 'for'나 'against'을 사용하여 변호하거나 반박하는 것을 나타낸다. 여기서처럼 'with'를 사용하면 다투는 상대를 나타낼 수 있다.

5 **muscular** : 근육의, 근육질의, 강건한  ☜ muscle (n)

6 **last** : [동사] 계속되다, 지속하다

*'everybody* has won, and *all* must have prizes.'

(p.80)

'You are old,' said the youth, 'one would hardly suppose

That your eye was as steady[1] as ever;
Yet you balanced an eel[2] on the end of your nose[3] —
What made you so awfully clever?'


'I have answered three questions, and that is enough,'
Said his father. 'Don't give yourself airs![4]
Do you think I can listen all day to such stuff?[5]
Be off,[6] or[7] I'll kick you down-stairs!'[8]


'That is not said[9] right,' said the Caterpillar.

1  steady : 눈에 사용한 형용사이므로 안력이 안정되어 시선이 흔들리지 않고 집
   중할 수 있는 것을 말한다.

2  eel : 뱀장어

3  balance A on the end of one's nose : 코 위에 놓고 (넘어지지 않게) 균형을
   잡다

4  give oneself airs = assume[put on] airs : 뽐내다, 젠체하다

5  such stuff : such things[a thing]
   여기서는 동사가 'listen to'이므로 '그런 말'이라고 옮기면 무난하다.

6  Be off : '꺼져라'

7  or : 여기서는 명령문 다음에 나와서 '그렇지 않으면'(otherwise)의 의미로 사용되
   었다. '그러면'에 해당되는 것은 'and'이다.

8  kick A downstairs : A를 집에서 내쫓다
   'downstairs'는 직역하면 '계단 아래로'이다. 계단은 집 바깥에서 현관으로 들어가는 곳에도
   있고 또 아래층에서 위층으로 올라가는 곳에도 있으므로 'downstairs'는 '아래층으로'의 의미
   도 될 수 있고, '집 바깥으로'의 의미도 될 수 있다.

9  said : 'say'가 암송하다의 의미로 쓰였음을 기억하자.


'Mine is a long and a sad tale!' said the Mouse, turning to Alice, and sighing.

'It *is* a long tail, certainly,' said Alice, looking down with wonder at the Mouse's

tail'; 'but why do you call it sad?'

(pp.84~86)

'Not *quite* right, I'm afraid,' said Alice, timidly:[1] 'some of the words have got altered.'[2]

'It is wrong from beginning to end,[3]' said the Caterpillar, decidedly;[4] and there was silence for some minutes.

The Caterpillar was the first to speak.

'What size do you want to be?' it asked.

'Oh, I'm not particular as to size,'[5] Alice hastily replied; 'only one doesn't like changing so often, you know.'

'I *don't* know,' said the Caterpillar.

Alice said nothing: she had never been so much contradicted[6] in all her life before, and she felt that she was losing her temper.

'Are you content now?'[7] said the Caterpillar.

'Well, I should like to[8] be a *little* larger, Sir, if you wouldn't mind,'[9] said Alice: 'three inches is such a wretched height to be.'[10]

'It is a very good height indeed!' said the Caterpillar angrily, rearing itself upright[11] as it spoke (it was exactly three inches high).

'But I'm not used to it!'[12] pleaded[13] poor Alice in a piteous tone.[14] And she thought to herself 'I wish the creatures wouldn't be so easily offended!'

'You'll get used to it in time,'[15] said the Caterpillar; and it put the hookah into its mouth, and began smoking again.

This time Alice waited patiently until it chose to[16] speak

1  timidly : 겁을 먹고, 소심하게

2  get altered : 바뀌다, 변화되다

'get'은 보어와의 관계에서는 'be동사'와 같은 기능을 한다. 따라서 'get + 과거분사'는 'be+ 과거분사'와 마찬가지로 수동태이다. 다만 'get'은 상태의 변화나 행동을 나타내고 'be동사'는 상태의 지속을 나타낸다. 예) get happy(행복해지다) - be happy(행복하다)

3  from beginning to end : 처음부터 끝까지

4  decidedly : 단호하게

5  I'm not particular as to size : '나는 크기에 대해서 까다롭지 않아요'

6  contradict : 논박하다, 반박하다

7  be content : 만족하다

8  should[would] like to : ~하고 싶다

9  if you wouldn't mind : '상관없으시다면, 괜찮으시다면' mind : 여기서는 '언짢게 여기다, 반대하다'의 의미이다. 주로 부정문, 의문문, 조건문에 사용한다.

10  three inches is such a wretched height to be : '키가 3인치라는 것은 너무나 한심해요'

'such'는 강조의 기능을 한다. 뒤에 달린 'to be'는 부정사의 형용사적 용법으로서 앞의 'such a wretched height'를 꾸며준다. 이 문장은 가목적어 'it'을 사용하여 이렇게 고쳐 쓸 수 있다. It is such a wretched thing to be a height of three inches. wretched : 비참한, 한심한

11  rearing itself upright : '몸을 곧게 세우면서'

여기서 'rear'는 '곧추 세우다, 일으키다'라는 의미의 동사이다.

12  be used to + A : A에 익숙하다

13  plead : 간청하다, 애원하다

14  in a piteous tone : '애처로운 어조로'

15  in time : 장차, 조만간

16  choose + to부정사 : ~하는 쪽을 택하다, ~하고 싶어하다

again. In a minute or two the Caterpillar took the hookah out of its mouth, and yawned once or twice, and shook itself.[1] Then it got down off the mushroom, and crawled away into the grass, merely remarking,[2] as it went, 'One side will make you grow taller, and the other side will make you grow shorter.'[3]

'One side of *what*? The other side of *what*?' thought Alice to herself.

'Of the mushroom,' said the Caterpillar, just as if she had asked it aloud;[4] and in another moment it was out of sight.

Alice remained looking thoughtfully at the mushroom for a minute, trying to make out which were the two sides of it;[5] and as it was perfectly round, she found this a very difficult question. However, at last she stretched her arms round it as far as they would go,[6] and broke off a bit of the edge[7] with each hand.

'And now which is which?' she said to herself, and nibbled[8] a little of the right-hand bit to try the effect.[9] The next moment she felt a violent blow underneath her chin: it[10] had struck her foot!

She was a good deal frightened by this very sudden change, but she felt that there was no time to be lost,[11] as she was shrinking rapidly: so she set to work at once to eat some of the other bit. Her chin was pressed so[12] closely[13] against her foot, that there was hardly room to open her mouth; but she did it at last, and managed to swallow a morsel[14] of the left-hand bit.

1  shook itself : 여기서는 단순하게 몸을 뒤흔드는 것을 말한다. 마치 개 등이 물이 묻은 몸을 흔들어서 말릴 때처럼.

2  remark : [동사] 말하다

3  one side ~ and the other side  ~ : 한 쪽은 ~하고 다른 쪽은 ~하다

4  just as if she had asked it aloud : '마치 앨리스가 소리내어(aloud) 물어본 것처럼'
앨리스는 생각을 했을 뿐인데 애벌레가 대답해주었기 때문에 이런 말을 한 것이다.

5  to make out which were the two sides of it : '어떤 부분이 그 두 쪽인지 알아내려고'

6  she stretched her arms round it as far as they would go : '버섯 둘레로 팔을 한껏 뻗었다'

7  broke off a bit of the edge : '가장자리의 한 조각(씩)을 떼어냈다'

8  nibble : 조금씩 뜯어먹다

9  to try the effect : '효과를 알아보기[시험해보기] 위해서'

10  it : her chin
몸이 다시 확 줄어들어 얼굴 부분이 발에 닿은 것이다.

11  there was no time to be lost : '지체할 시간이 없었다'

12  so : 뒤의 that절로 이어지는 'so ~ that' 용법이다.

13  closely : 바싹

14  morsel : 음식물의 한 입, 한 조각

*＊＊＊＊＊＊*

'Come, my head's free at last!' said Alice in a tone of delight, which changed into alarm in another moment, when she found that her shoulders were nowhere to be found:[1] all she could see, when she looked down, was an immense length of neck,[2] which seemed to rise like a stalk[3] out of a sea of green leaves[4] that lay[5] far below her.

'What *can* all that green stuff be?'[6] said Alice. 'And where *have* my shoulders got to? And oh, my poor hands, how is it I ca'n't see you?'[7] She was moving them[8] about, as she spoke, but no result seemed to follow, except a little shaking among the distant green leaves.[9]

As there seemed to be no chance of getting her hands up to her head,[10] she tried to get her head down to *them*, and was delighted to find that her neck would bend about easily in any direction,[11] like a serpent. She had just succeeded in[12] curving it down into a graceful zigzag,[13] and was going to dive in among the leaves, which she found to be nothing but the tops of the trees under which she had been wandering, when a sharp hiss[14] made her draw back[15] in a hurry: a large pigeon had flown into[16] her face, and was beating her violently with its wings.[17]

'Serpent!' screamed the Pigeon.

'I'm *not* a serpent!' said Alice indignantly. 'Let me alone!'

1  her shoulders were nowhere to be found : '그녀의 어깨는 어디에도 보이지 않았다'

2  an immense length of neck : '엄청난 길이의 목'

3  stalk : 줄기, 대

4  a sea of green leaves : 푸른색 잎들이 울창하게 모여서 바다처럼 보이는 것을 말한다. 그 위로 아득하게 앨리스의 목이 솟아있는 것이다.

5  lay : 'lie'(놓여있다)의 과거형이다.

6  What *can* all that green stuff be? : '저 초록색의 것들이 도대체 다 무엇이지?'

7  how is it I ca'n't see you? : 'it'은 가주어이고 'I ca'n't see you'가 진주어이다. = how is it that I ca'n't see you?

8  them : 앨리스의 손을 지칭한다.

9  except a little shaking among the distant green leaves : '저 멀리 초록색 잎들 사이에서의 약간의 흔들림을 제외하고는'

10  chance of getting her hands up to her head : '손을 머리까지 올릴 가능성' 여기서는 'chance' 앞에 'no'가 붙어있다는 점을 유의해야 한다.

11  her neck would bend about easily in any direction : '앨리스의 목은 이리저리 어떤 방향으로도 잘 굽어진다'

12  had just succeeded in : '막 ~하는 데 성공했다'

13  curving it down into a graceful zigzag : '아래쪽으로 목을 구부려 우아한 갈짓자 모양의 동작을 하기'

14  hiss : 쉿하는 소리.

15  made her draw back : '(앨리스를) 물러나게 만들었다'

16  into : 'into'는 'against'처럼 '충돌'을 나타내기도 한다. 따라서 'flow into~'는 '~안으로 날아들다'의 의미도 될 수 있지만, 지금의 경우처럼 '~에 부딪치다'의 의미도 된다. 충돌을 의미하는 예들) run into, bump into, crash into

17  was beating her violently with its wings : '날개로 앨리스를 격렬하게 때리고 있었다'

'Serpent, I say again!' repeated the Pigeon, but in a more subdued tone,[1] and added[2] with a kind of sob,[3] 'I've tried every way,[4] but nothing seems to suit[5] them!'[6]

'I haven't the least idea what you're talking about,' said Alice.

'I've tried the roots of trees, and I've tried banks, and I've tried hedges,' the Pigeon went on, without attending to her; 'but those serpents! There's no pleasing them!'[7]

Alice was more and more puzzled, but she thought there was no use in saying anything more till the Pigeon had finished.

'As if it wasn't trouble enough hatching the eggs,' said the Pigeon; 'but I must be on the look-out for[8] serpents, night and day! Why, I haven't had a wink of sleep these three weeks!'[9]

'I'm very sorry you've been annoyed,' said Alice, who was beginning to see its meaning.

'And just as I'd taken the highest tree in the wood,' continued the Pigeon, raising its voice to a shriek,[10] 'and just as I was thinking I should be free of them[11] at last, they must needs[12] come wriggling[13] down from the sky! Ugh, Serpent!'

1　in a more subdued tone : '더 낮춘 어조로'

　　subdue : ① 정복하다 ② 억제하다 ③ 낮추다, 나직하게 하다

2　added : '덧붙여 말했다'

3　sob : 흐느낌

4　I've tried every way : 이 뒤에 이어지는 문장으로 보아 'every way'를 부사구(in every way)로 썼다기보다는 명사(모든 방법, 모든 수단)로 쓴 것으로 보는 쪽이 더 맞을 듯하다. 이 경우에 '모든 방법을 다 써 보았다'라고 옮기면 무난할 텐데 결과적인 의미는 'every way'를 부사구로 보는 경우나 크게 다를 바 없다.

5　suit A : A에게 적합하다, A에게 맞다

6　them : serpents

7　There's no pleasing them! : It is impossible to please them!

　　뱀들을 만족시키기가 불가능하다는 말인데, 아무리 알들을 먹어도 만족하지 않고 또 온다는 말이다.

8　be on the look-out for A : A가 오나 안 오나 지켜보다

9　I haven't had a wink of sleep these three weeks! : '지난 3주 동안 한 잠도 못잤어' = I haven't slept a wink these three weeks!

　　'wink'는 눈을 깜박일 정도로 짧은 시간을 말한다.

10　raising its voice to a shriek : '목소리를 비명이 될 정도까지 높이며'

11　be free of A : A로부터 자유롭다

12　needs : [부사] 반드시, 꼭, 어떻게든지

13　wriggle : 꿈틀거리다, 꿈틀거리면 나아가다

'But I'm *not* a serpent, I tell you!' said Alice. 'I'm a — I'm a —'

'Well! *What* are you?' said the Pigeon. 'I can see you're trying to invent something!'[1]

'I — I'm a little girl,' said Alice, rather doubtfully, as she remembered the number of changes she had gone through, that day.[2]

'A likely story indeed!'[3] said the Pigeon, in a tone of the deepest contempt. 'I've seen a good many little girls in my time,[4] but never *one*[5] with such a neck as that! No, no! You're a serpent; and there's no use denying it.[6] I suppose you'll be telling me next that you never tasted an egg!'[7]

'I *have* tasted eggs, certainly,'[8] said Alice, who was a very truthful[9] child; 'but little girls eat eggs quite as much as serpents do, you know.'

'I don't believe it,' said the Pigeon; 'but if they do, why, then they're a kind of serpent: that's all I can say.'

This[10] was such a new idea to Alice, that she was quite silent for a minute or two, which gave the Pigeon the opportunity of adding,[11] 'You're looking for eggs, I know *that* well enough; and what does it matter to me whether you're a little girl or a serpent?'

'It matters a good deal to *me*,' said Alice hastily; 'but I'm not looking for eggs, as it happens;[12] and if I was, I shouldn't want

1 **invent something** : (거짓말로) 무언가 지어내다

2 **the number of changes she had gone through that day** : '그날 겪은 여러 번의 변신들'

'she had gone through that day'는 'the number of changes'을 꾸며주는 관계대명사절이다.

3 **A likely story indeed!** : '정말 그럴듯한 이야기군!'

여기서는 반어적(ironical)이다. 앨리스처럼 목이 긴 소녀는 없기 때문에 사실은 전혀 그럴듯하지 않기 때문이다.

4 **in my time** : '내가 태어나서부터 지금까지'

5 **one** : 'a girl'을 대신한 대명사이다.

6 **there's no use denying it** : '부인해봐야 소용없어'

여기서는 앞에서와 달리 'denying it' 앞에 전치사 'in'이 없다.

7 **I suppose you'll be telling me next that you never tasted an egg!** : '내 생각에는 다음으로 알을 먹어본 적이 없다고 말하겠구나!'

다음에 할 거짓말을 미리 추측하는 말이다.

8 **I *have* tasted eggs, certainly** : '물론 나는 알을 먹어본 적이 있어요'

그런 적이 있다는 사실을 강조하기 위하여 완료형의 조동사 'have'를 강세가 주어짐을 표시하는 이탤릭체로 하였다. 낭송을 할 때에는 이 'have'에 힘을 주어 읽어야 한다. 보통은 조동사에는 강세를 주지 않는다. 대체로 보통은 강세가 주어지지 않는 단어들에 강세를 줌으로써 내용을 강조하는데, 예컨대 행복하다는 것을 강조하려면 'I *am* happy'와 같은 식으로 한다. 'happy'는 원래 강세가 주어지는 단어이기 때문에 표시가 안 난다. 보통은 강세를 주지 않는 'be' 동사에 강세를 주어야 보통과는 다름이 표시되는 것이다.

9 **truthful** : 정직한, 진실한

10 **This** : 알을 먹으면 일종의 뱀이라는 것.

11 **the opportunity of adding** : '～라고 덧붙여 말할 기회'

동명사 'adding'의 목적어는 바로 이어서 나오는 인용부호 안의 말이다.

12 **as it happens** : 공교롭게도

*yours*: I don't like them raw.'[1]

'Well, be off, then!' said the Pigeon in a sulky tone, as it settled down again into its nest.[2] Alice crouched[3] down among the trees as well as she could, for her neck kept getting entangled[4] among the branches, and every now and then[5] she had to stop and untwist[6] it. After a while she remembered that she still held the pieces of mushroom in her hands, and she set to work[7] very carefully, nibbling first at one[8] and then at the other,[9] and growing sometimes taller, and sometimes shorter, until she had succeeded in bringing herself down to her usual height.

It was so long since she had been anything[10] near the right size, that it felt quite strange at first ; but she got used to it in a few minutes, and began talking to herself, as usual,[11] 'Come, there's half my plan done now![12] How puzzling all these changes are! I'm never sure what I'm going to be, from one minute to another![13] However, I've got back to my right size: the next thing is, to get into that beautiful garden — how *is* that to be done,[14] I wonder?'

As she said this, she came suddenly upon an open place, with a little house in it about four feet high. 'Whoever lives

1   I don't like them raw : 알을 익히지 않고 먹는 것은 좋아하지 않는다는 말
    이다. 'like+ 목적어 + 형용사'를 사용하면 그 목적어에 해당하는 것이 형용사가
    가리키는 상태인 것을 좋아한다는 말이다.

2   as it settled down again into its nest : '자신의 둥지로 다시 내려앉으면서
    (내려앉을 때에)'

3   crouch : 몸을 쭈그리거나 구부렸다는 말이 아니라 목을 구부려 내렸다는 말
    이다.

4   get entangled : 얽히다

5   every now and then : 때때로

6   untwist : '(꼬인 것을) 풀다' ↔ twist 비슷한 의미의 단어들 예) wind/unwind,
    fasten/unfasten, tie/untie

7   set to work : 'nibbling'에 착수했다는 말이다. 여기서 'nibble'은 141쪽 주석 8
    에서와는 달리 자동사로 전치사 'at'과 함께 사용되었다.

8   one : one piece

9   the other : the other piece

10  anything : 여기서는 부사로서 '조금이라도, 다소라도, 적어도'의 의미이다.

11  as usual : '보통 때처럼'

12  there's half my plan done now! : '이제 내 계획이 절반은 이루어졌어!'
    이렇게 'there is' 다음에 'is'의 주어가 나오고 나서 또 분사가 나오면 'there is'를 반드시 '~가
    있다'로 옮길 필요가 없다.

13  I'm never sure what I'm going to be, from one minute to another! :
    '나는 매분마다(from one minute to another) 내가 무엇이 될지 확신할 수 없어!'

14  how *is* that to be done, I wonder? : '어떻게 그 일을 이룰 수 있을까'
    여기서 'that'은 앞의 'to get into that beautiful garden'을 받는다.

there,' thought Alice, 'it'll never do to come upon them *this* size:[1] why, I should frighten them out of their wits!'[2] So she began nibbling at the right-hand bit again, and did not venture to go near the house till she had brought herself down to nine inches high.

1   **it'll never do to come upon them** *this* **size** : '이 크기로 그 사람들과 맞
닥뜨려서는 안 될 것 같아'

여기서 'this size'는 바로 앞의 'them'을 꾸미는 것이 아니라 동사구 'come upon'을 꾸민다. 또
한 생략된 전치사도 'of'가 아니라 'in'이나 'at'라고 보면 된다. 'do'에 대해서는 33쪽 주석 4 참조.

2   **frighten A out of A's wits!** : A에게 겁을 주어 제정신을 잃게 하다 : out of
one's wits : 제정신을 잃고

# CHAPTER VI

# Pig and Pepper

For a minute or two she stood looking at the house, and wondering what to do next, when suddenly a footman[1] in livery[2] came running out of the wood — (she considered him to be a footman because he was in livery: otherwise,[3] judging by his face only, she would have called him a fish) — and rapped loudly at the door with his knuckles. It was opened by another footman in livery, with a round face, and large eyes

1  footman : 하인, 종복

2  livery : 하인이 입는 제복, 정복

   삽화를 참조할 것.

3  otherwise : 여기서는 '그렇지 않다면'의 의미이다. 가정법시제의 문장이 뒤따
   른다.

like a frog; and both footmen, Alice noticed, had powdered hair that curled all over their heads. She felt very curious to know what it was all about,[1] and crept a little way[2] out of the wood to listen.

The Fish-Footman began by producing[3] from under his arm a great letter, nearly as large as himself, and this[4] he handed over to the other,[5] saying, in a solemn tone, 'For the Duchess. An invitation from the Queen to play croquet.' The Frog-Footman repeated, in the same solemn tone, only changing the order of the words a little, 'From the Queen. An invitation for the Duchess to play croquet.'

Then they both bowed low, and their curls got entangled together.

Alice laughed so[6] much at this, that she had to run back into the wood for fear of their hearing her;[7] and, when she next peeped out, the Fish-Footman was gone, and the other was sitting on the ground near the door, staring stupidly up into the sky.

Alice went timidly up to the door, and knocked.

'There's no sort of use in knocking,' said the Footman, 'and that[8] for two reasons. First, because I'm on the same side of the door[9] as you are: secondly, because they're making such a noise inside, no one could possibly hear you.' And certainly there *was* a most extraordinary noise going on within — a constant howling[10] and sneezing, and every now and then a great crash, as if a dish or kettle[11] had been broken to pieces.[12]

1   **to be (all) about A** : 옥스퍼드 사전은 이를 'to be primarily concerned with A; to have A as a central theme or essential truth'라고 설명하고 있다. 'A에 주로 관여된다, A가 주된 관심사이다'의 의미이다. 이 표현은 여기서처럼 전반적인 상황을 나타내는 'it'을 주어로 하고 'what'을 'about'의 목적어로 하는 의문대명사절의 형태로 많이 사용된다. 옥스퍼드 사전은 'what it's all about'을 'the reality of a situation'이라고 설명하고 있다. 'what it's all about'은 우리말로 '그 모든 게 뭐에 관한 것인지'라고 옮기면 직역에 가까운 옮김이 되는데, 이것이 부자연스럽게 느껴지면 다소 의역해도 무방할 것이다.

2   **a little way** : 여기서도 'way'는 '거리'를 나타낸다.

3   **producing** : 여기서 'produce'는 '꺼내다'의 의미이다.

4   **this** : 동사 'handed'의 목적어인데 문두로 도치되었다.

5   **the other** : 두 사람이 대화를 하는 경우 어떤 한 사람을 기준으로 하여 그 상대방을 'the other'라고 한다. 따라서 이런 경우에는 '타인, 타자'라고 옮기는 것은 부적절하다.

6   **so** : 'so that'용법의 'so'이다.

7   **their hearing her** : '그들이 앨리스의 웃음소리를 듣는 것'
   'their'는 동명사 'hearing'의 의미상의 주어이다.

8   **and that** : 앞의 문장 — 문을 두드려도 소용이 없다는 말 — 을 몰아서 받은 다음 거기에 부사구 'for two reasons'를 덧붙이는 용법이다. 두 가지 이유에서 그렇다는 말이다.

9   **the same side of the door** : 문을 기준으로 하여 안쪽과 바깥쪽으로 나눌 때 같은 쪽을 말한다.

10   **howl** : 원래 개나 이리가 소리를 길게 뽑으며 청승맞게 우는 것을 말하는 데 여기서는 (조금 뒤에 드러나지만) 아기의 울음소리이다.

11   **kettle** : 솥, 냄비 등 물이나 액체를 끓일 수 있는 그릇

12   **be broken to pieces** : 산산조각이 나다
   'to pieces'의 전치사 'to'는 결과로서 도달하는 상태를 나타내는 기능을 한다. 'break'는 자동사로 쓰여도 같은 의미가 된다.

'Please, then,' said Alice, 'how am I to get in?'

'There might be some sense in your knocking,' the Footman went on, without attending to her, 'if we had the door between us. For instance, if you were *inside*, you might knock, and I could let you out, you know.' He was looking up into the sky all the time he was speaking, and this Alice thought decidedly uncivil.[1] 'But perhaps he ca'n't help it,' she said to herself; 'his eyes are so *very* nearly at the top of his head. But at any rate he might answer questions. — How am I to get in?' she repeated, aloud.

'I shall sit here,' the Footman remarked, 'till tomorrow —'

At this moment the door of the house opened, and a large plate came skimming[2] out, straight at the Footman's head: it just grazed[3] his nose, and broke to pieces against one of the trees behind him.

' — or next day,[4] maybe,' the Footman continued in the same tone, exactly as if nothing had happened.

'How am I to get in?' asked Alice again, in a louder tone.[5]

'*Are* you to get in at all?'[6] said the Footman. 'That's the first question, you know.'

It was,[7] no doubt: only Alice did not like to be told so.[8] 'It's really dreadful,' she muttered to herself, 'the way all the creatures argue.[9] It's enough to drive one crazy!'[10]

1  **uncivil** : 무례한, 버릇없는 ↔ civil

2  **skim** : 여기서는 지표면을 스치듯 날아간다는 의미이다.

3  **graze** : '가볍게 스치고 지나가다'의 의미도 있고, 그 결과로 '(피부 등을) 까다, 벗겨지게 하다'의 의미도 있다.

4  **or next day** : 저 앞의 'till tomorrow'의 'till'에 이어진다.

5  **in a louder tone** : '더 큰 목소리로'

6  **at all** : 'at all'은 부정문에서 쓰이면 부정을 강조하는 기능을 하지만(not in any way), 조건문이나 이렇게 의문문에서 쓰이면 어떤 일이 어떤 식으로(in any way) 일어나든(상황이 구체적으로 어떻든) 그 방식은 문제삼지 않고 그 일(상황)의 존재 자체를 문제삼는 기능을 한다. 여기서는 들어가는 방식이 문제가 아니라 들어가는 것 자체를 문제삼는다. (긍정문에서도 쓰이지만 흔하지는 않다.) 의문문에서 쓰이는 경우에는 보통 우리말로는 '도대체'로 옮기면 적절하다. (조건문에서는 ' ~할 바에는'으로, 긍정문에서는 '어쨌든'으로 옮기면 일반적으로 무난하다.) 따라서 'Are you to get in at all?'은 '도대체 들어갈 작정이기는 한 거야?'로 옮길 수 있다. 들어가는 방법이 문제가 아니라 들어갈 것이냐 아니냐가 우선적으로 문제라는 것이다.

7  **It was** : 뒤에 'the first question'이 생략되었다.

8  **only Alice did not like to be told so** : '다만 앨리스는 그런 말을 듣는 것이 싫었다'

9  **It's really dreadful the way all the creatures argue** : 'It'은 가주어이고 'the way all the creatures argue'('모든 동물들이 논리적으로 따지는 방식') 부분(관계사절의 꾸밈을 받는 명사)이 진주어이다.

10  **It's enough to drive one crazy!** : '날 미치게 하기에 충분해'
여기서 'drive'는 상대를 어떤 상태로 몰아간다는 말이다. 'one'은 'I'를 완곡하게 표현하는 용법이다.

The Footman seemed to think this a good opportunity for repeating his remark, with variations. 'I shall sit here,' he said, 'on and off,[1] for days and days.'

'But what am *I* to do?' said Alice.

'Anything you like,' said the Footman, and began whistling.

'Oh, there's no use in talking to him,' said Alice desperately: 'he's perfectly idiotic!' And she opened the door and went in.

The door led right[2] into a large kitchen, which was full of smoke from one end to the other:[3] the Duchess was sitting on a three-legged stool in the middle, nursing a baby; the cook was leaning over the fire, stirring a large cauldron[4] which seemed to be full of soup.

1  **on and off** : 어떤 행위가 중간에 잠깐 중단되었다가 또 재개되는 식으로 계속
   되는 것을 나타내는 부사어구이다.

2  **right** : directly

3  **from one end to the other** : '한 쪽 끝에서 다른 쪽 끝까지'

4  **cauldron** : 가마솥

As Carroll says in an article entitled *The Dynamics of a Parti-cle* : "Plain
Superficiality is the character of a speech … "
Gilles Deleuze

'There's certainly too much pepper in that soup!' Alice said to herself, as well as she could for sneezing.[1]

There was certainly too much of it in the *air*. Even the Duchess sneezed occasionally; and as for the baby, it[2] was sneezing and howling alternately[3] without a moment's pause. The only two creatures in the kitchen, that did *not* sneeze, were the cook, and a large cat, which was lying on the hearth[4] and grinning from ear to ear.[5]

'Please would you tell me,' said Alice, a little timidly, for she was not quite sure whether it was good manners for her to speak first, 'why your cat grins like that?'

'It's a Cheshire-cat,' said the Duchess, 'and that's why. Pig!'[6]

She said the last word with such sudden violence that Alice quite jumped; but she saw in another moment that it was addressed to the baby,[7] and not to her, so she took courage,[8] and went on again: —

'I didn't know that Cheshire-cats always grinned; in fact, I didn't know that cats *could* grin.'

'They all can,' said the Duchess; 'and most of 'em do.'

'I don't know of any that do,'[9] Alice said very politely, feeling quite pleased to have got into a conversation.[10]

'You don't know much,' said the Duchess; 'and that's a fact.'

Alice did not at all like the tone of this remark,[11] and thought it would be as well to introduce some other subject of conversation.[12] While she was trying to fix on[13] one,[14] the cook

1 　as well as she could for sneezing : '재채기로 인해서 한껏 애를 써서'

2 　it : the baby

3 　alternately : 번갈아서

4 　hearth : 벽난로 바닥, 노변
　옛날 우리 생활에서는 '화롯가'에 해당된다.

5 　from ear to ear : 입을 크게 벌리고, 입이 찢어지도록

6 　체셔 고양이처럼 웃다'(grin like a Cheshire-Cat)는 속담이 있다고 한다. 그 기원은
　불확실한데, 체셔에는 치즈를 웃는 고양이 모양으로 만드는 풍습이 있다고 하고,
　체셔의 어느 간판장이가 웃는 고양이 그림들을 많이 그렸다고도 한다. (노턴판 주
　석 참조)

7 　it was addressed to the baby : 'Pig라는 말은 아기에게로 향해진 것이었다'

8 　take courage : 용기를 내다

9 　any that do : any that grin
　'that'은 관계대명사이다. 'any'는 복수로 취급되었다.

10 　feeling quite pleased to have got into a conversation : '대화를 하게
　되어 매우 기뻐하며'

11 　the tone of this remark : '이 말의 어조'
　앨리스를 얕보는 어조이다.

12 　thought it would be as well to introduce some other subject of
　conversation : '다른 대화주제를 시작하는 것이 더 낫다(as well)고 생각했다'
　'it'은 가주어이고, 'to introduce~'가 진주어이다.

13 　fix on A : A를 택하다, A로 정하다

14 　one : one subject of conversation

took the cauldron of soup off the fire, and at once set to work throwing everything within her reach at the Duchess and the baby — the fire-irons[1] came first; then followed a shower of saucepans,[2] plates, and dishes.[3] The Duchess took no notice of them even when they hit her; and the baby was howling so much already, that it was quite impossible to say whether the blows hurt it or not.

'Oh, *please* mind what you're doing!'[4] cried Alice, jumping up and down in an agony[5] of terror. 'Oh, there goes his *precious* nose!', as an unusually large saucepan flew close by it,[6] and very nearly carried it off.[7]

'If everybody minded their own business,' the Duchess said, in a hoarse growl, 'the world would go round a deal faster than it does.'

'Which would *not* be an advantage,' said Alice, who felt very glad to get an opportunity of showing off a little of her knowledge. 'Just think of what work it would make with the day and night! You see the earth takes twenty-four hours to turn round on its axis —'

'Talking of[8] axes,'[9] said the Duchess, 'chop off her head!'[10]

Alice glanced rather anxiously at the cook, to see if she meant to take the hint;[11] but the cook was busily stirring the soup, and seemed not to be listening, so she went on again: 'Twenty-four hours, I *think*; or is it twelve? I —'

'Oh, don't bother *me*,' said the Duchess; 'I never could abide[12]

1  fire-irons : 부젓가락·부지깽이·부삽 등 난로용 도구들

2  saucepans : (자루·뚜껑이 달린) 스튜냄비

3  plates, and dishes : 'plate'는 납작하고 둥그런 접시(dish)라고 보면 된다.
'dish'가 좀더 일반적인 단어인 듯하나, 양자는 거의 상호교환 가능한 단어로 보
인다. 다만 접시를 닦는다고 할 때에는 주로 'wash the dishes'라고 한다.

4  mind what you're doing! : 'mind'는 타동사로서 '조심하다, 유의하다'의 의
미이고 'what you're doing'이 목적어이다.

5  agony : 고통

6  it : the baby

7  carry off : 여기서는 '목숨을 빼앗다'(옥스퍼드 사전 : To remove from this life, be
the death of)의 의미로 사용되었다. 'carry off'에는 이 이외에 다른 의미들이 있
으니 맥락에 따라 유의해서 파악해야 한다.

8  talking[speaking] of ~ : ~으로 말하자면, ~의 이야기가 났으니 말인데

9  axes : 앞에 나온 단어 'axis'를 공작부인은 'axes'로 들었다. 'axes'는 'ax'(도끼)의
복수형이지만 'axis'(축)의 복수형이기도 하다.

10  chop off : 잘라내다, 베어내다

11  to see if she meant to take the hint : '요리사가 (공작부인의) 지시대로 할
의도인지 아닌지를 보려고'
'take a hint'에는 '(암시한 것을) 깨닫다, 알아차리다'의 의미가 있으나 여기서는 맥락에 맞지
않는다. 'hint'를 목을 자르라는 공작부인의 '지시'로 보고 'take the hint'는 '지시대로 하는 것'
으로 보며 이것이 앞의 'meant'('mean'의 과거형이며 여기서는 '의도하다'의 의미이다)와 연결
된 것으로 보는 것이 맥락에 가장 적절하다.

12  abide : 여기서는 '참다, 견디다'의 의미로 사용되었다.

figures!'[1] And with that she began nursing[2] her child again, singing a sort of lullaby[3] to it as she did so, and giving it a violent shake at the end of every line: —

> 'Speak roughly to your little boy,
>     And beat him when he sneezes:
> He only does it to annoy,
>     Because he knows it teases.'[4]

> CHORUS.
>
> (in which the cook and the baby joined): —

> 'Wow! wow! wow!'[5]

While the Duchess sang the second verse of the song, she kept tossing the baby violently up and down, and the poor little thing howled so, that Alice could hardly hear the words: —

> 'I speak severely to my boy,
>     I beat him when he sneezes;
> For he can thoroughly enjoy
>     The pepper when he pleases!'

> CHORUS.

1 figures : 여기서는 '숫자들'의 의미로 사용되었다.

2 nurse : [동사] (아이를) 어르다

3 lullaby : 자장가 ❷ lull : [동사] 달래다, 재우다

4 tease : 조르다, 귀찮게 하다

5 wow : 놀라움·기쁨·고통 등을 나타내는 감탄사이다. '야아' 정도로 옮기면 무
난하다. 그런데 'wow'는 'bowwow'를 연상시키며, 'bowwow'는 개 짖는 소리인
'멍멍'을 나타내기도 한다.

'You're enough to try the patience of an oyster!'
(p.90)

'Wow! wow! wow!'

'Here! you may nurse it a bit, if you like!' the Duchess said to Alice, flinging[1] the baby at her as she spoke. 'I must go and get ready to play croquet with the Queen,' and she hurried out of the room. The cook threw a frying-pan after her as she went out, but it just missed her.

Alice caught the baby with some difficulty, as it was a queer-shaped[2] little creature, and held out its arms and legs in all directions, 'just like a star-fish,'[3] thought Alice. The poor little thing was snorting[4] like a steam-engine when she caught

1  fling A at B : A를 B에게 던지다

2  queer-shaped : 이상한 모양의

3  star-fish : 불가사리

4  snort : 콧김을 뿜다, 코를 씨근거리다

'Oh my dear paws! Oh my fur and whiskers!'
(p.94)

it, and kept doubling itself up[1] and straightening itself out[2] again, so that altogether, for the first minute or two, it was as much as she could do to hold it.[3]

As soon as she had made out[4] the proper way of nursing it[5] (which was to twist it up into a sort of knot,[6] and then keep tight hold of[7] its right ear and left foot, so as to prevent its undoing itself),[8] she carried it out into the open air.[9] 'If I don't take this child away with me,' thought Alice, 'they're sure to kill it in a day or two. Wouldn't it be murder to leave it behind?' She said the last words out loud,[10] and the little thing grunted[11] in reply (it had left off sneezing by this time).[12] 'Don't grunt,' said Alice; 'that's not at all a proper way of expressing yourself.'

The baby grunted again, and Alice looked very anxiously into its face to see what was the matter with it.[13] There could be no doubt that it had a *very* turn-up nose,[14] much more like a snout[15] than a real nose: also its eyes were getting extremely small for a baby: altogether[16] Alice did not like the look of the thing[17] at all. 'But perhaps it was only sobbing,' she thought, and looked into its eyes again, to see if there were any tears.

No, there were no tears. 'If you're going to turn into a pig, my dear,' said Alice, seriously, 'I'll have nothing more to do with you.[18] Mind now!' The poor little thing sobbed again (or grunted, it was impossible to say which),[19] and they went on for some while[20] in silence.

Alice was just beginning to think to herself, 'Now, what am I

1   **doubling oneself up** : 몸을 (마치 둘로 접는 것처럼) 구부리다

2   **straighten oneself out** : (접은 몸을) 쭉 펴다

3   **it was as much as she could do to hold it** : '잡고 있는 것이 고작이었다'
잡는 것 이외에 다른 행동을 하기가 힘들었다는 말이다. 'it'은 가주어이고 'to hold it'이 진주어
이다.

4   **make out** : 여기서는 '알게 되다, 깨닫다' 정도의 의미가 적절할 듯하다.

5   **the proper way of nursing it** : '아기를 제대로 어르는 방법'

6   **to twist it up into a sort of knot** : '일종의 매듭 모양으로 꼬는 것'

7   **keep tight hold of A** : A를 꽉 붙잡고 있다

8   **its undoing itself** : its untwisting itself '스스로 꼬인 몸을 푸는 것'

9   **carried it out into the open air** : '바깥으로 데리고 나왔다'

10   **out loud** : (분명하게) 소리를 내어

11   **grunt** : (돼지 등이) 꿀꿀거리다, (사람이) 투덜거리다

12   **by this time** : '이때쯤에는'

13   **to see what was the matter with it** : '그 아기에게(with it) 무엇이 문제인
지를 보려고'

14   **turn-up nose** : 들창코
말 그대로 하면 '접어올린 코'이다.

15   **snout** : 돼지, 개, 악어 등의 코

16   **altogether** : 여기서는 '전체적으로' 정도의 의미가 적절하다.

17   **the look of the thing** : '그 아기(the thing)의 생김새'

18   **I'll have nothing more to do with you** : '나는 더 이상 너에게 상관하지
않을 거야'
'have nothing to do with A'는 'A와 아무 관계가 없다'는 의미이다. 여기서는 조동사 'will'이
붙어있고, 'nothing'이 'more'와 연결되어 있다.

19   **to say which** : 'sobbed'인지 'grunted'인지를 말하기가

20   **for some while** : '얼마 동안'

to do with this creature, when I get it home?'[1] when it grunted again, so violently, that she looked down into its face in some alarm.[2] This time there could be *no* mistake about it: it was neither more nor less than a pig,[3] and she felt that it would be quite absurd for her to carry it any further.

So she set the little creature down,[4] and felt quite relieved to see it trot away quietly into the wood. 'If it had grown up,' she said to herself, 'it would have made[5] a dreadfully ugly child: but it makes rather a handsome pig, I think.' And she began thinking over other children she knew, who might do very well as pigs,[6] and was just saying to herself, 'if one only knew the right way to change them —'[7] when she was a little startled by seeing the Cheshire-Cat sitting on a bough of a tree a few yards off.

The Cat only grinned when it saw Alice. It looked good-natured, she thought: still it had *very* long claws and a great many teeth, so she felt that it ought to be treated with respect.

'Cheshire-Puss,'[8] she began, rather timidly, as she did not at all know whether it would like the name: however, it only grinned a little wider. 'Come,[9] it's pleased so far,'[10] thought Alice, and she went on. 'Would you tell me, please, which way I ought to go from here?'

'That depends a good deal on where you want to get to,' said the Cat.

1  get A home : A를 집으로 데리고 가다

2  in some alarm : '좀 놀라서'

3  was neither more nor less than a pig : '돼지보다 더 하지도 덜 하지도 않
   았다' → '딱 돼지였다'

4  set A down : A를 내려놓다

5  made : 이런 경우 'make'는 '되다'의 의미이다.

6  who might do very well as pigs : '돼지로서도 잘 해낼[지낼]' → '돼지가 되
   어도 당연할'

7  the right way to change them : '그들을 (돼지로) 바꿀 올바른 방법'

8  puss : 고양이의 관례적인 고유명사이다. 우리말의 '나비야'처럼 주로 부를 때
   사용한다.

9  Come : 어떤 행동을 권유하거나 장려하는 말로서, 여기서는 자기 자신에게 사
   용하였다. 다른 사람에게 사용한 예) Come, tell me all about it. (자, 그것을 나에
   게 모두 말해다오.)

10  so far : 지금까지(는)

'How queer it seems,' Alice said to herself, 'to be going messages for a rabbit! I
suppose Dinah'll be sending me on messages next!'
(pp.96~98)

'I don't much care where —' said Alice.

'Then it doesn't matter which way you go,' said the Cat.

'—so long as I get *somewhere,*' Alice added as an explanation.

'Oh, you're sure to do that,'[1] said the Cat, 'if you only walk long enough.'

Alice felt that this could not be denied, so she tried another question. 'What sort of people live about here?'[2]

'In *that* direction,' the Cat said, waving its right paw round, 'lives a Hatter: and in *that* direction,' waving the other paw, 'lives a March Hare. Visit either you like:[3] they're both mad.'[4]

'But I don't want to go among mad people,' Alice remarked.

'Oh, you ca'n't help that,' said the Cat: 'we're all mad here. I'm mad. You're mad.'[5]

'How do you know I'm mad?' said Alice.

'You must be,' said the Cat, 'or[6] you wouldn't have come here.'

Alice didn't think that proved it at all: however, she went on : 'And how do you know that you're mad?'

'To begin with,' said the Cat, 'a dog's not mad. You grant[7] that?'

'I suppose so,' said Alice.

'Well, then,' the Cat went on, 'you see a dog growls when it's angry, and wags[8] its tail when it's pleased. Now *I* growl when I'm pleased, and wag my tail when I'm angry. Therefore I'm mad.'

1 **to do that** : to get somewhere

2 **about here** : 이 근처에, 이 근방에

3 **Visit either you like** : '둘 중 좋아하는 쪽을 방문해라'

   'either'는 대명사로 사용되었고 'you like'는 관계대명사절이다.

4 'hatter'는 보통 명사로는 '모자 장수'를 뜻하고 'March hare'는 보통 명사로는 '3
   월 토끼'를 뜻한다. 'Mad as a hatter'와 'Mad as a March hare'라는 속담이 있다.
   3월은 토끼가 짝짓는 시절이다. (이상 노턴판 주석 참조.)

5 '미치게 되기'(becoming-mad)는 철학자 들뢰즈가 언어의 의미와 관련하여 지적해
   내는 중요한 주제이다.

6 **or** : 여기서는 '그렇지 않으면'의 의미이다. = otherwise

7 **grant** : 여기서는 '인정하다'의 의미로 사용되었다.

8 **wag** : 꼬리를 흔들다

'I almost wish I hadn't gone down that rabbit-hole — and yet — and yet — it's
rather curious, you know, this sort of life!'

(p.102)

'*I* call it purring, not growling,' said Alice.

'Call it what you like,'[1] said the Cat. 'Do you play croquet with the Queen to-day?'

'I should like it very much,' said Alice, 'but I haven't been invited yet.'

'You'll see me there,' said the Cat, and vanished.

Alice was not much surprised at this, she was getting so well used to queer things happening.[2] While she was still looking at the place where it had been, it suddenly appeared again.

'By-the-bye,[3] what became of the baby?' said the Cat. 'I'd nearly forgotten to ask.'

'It turned into a pig,' Alice answered very quietly, just as if the Cat had come back in a natural way.[4]

'I thought it would,' said the Cat, and vanished again.

Alice waited a little, half expecting to see it again, but it did not appear, and after a minute or two she walked on in the

1　Call it what you like : '부르고 싶은 대로 불러라'

'like' 다음에 'to call'이 생략되어 있다고 보면 된다. 'what'은 이 'call'의 목적어로서 복합관계대
명사절을 이끈다.

2　she was getting so used to queer things happening : '앨리스는 이상

한 일들이 일어나는 것에 매우 익숙해지고 있었다'

'queer things happening'에서 'queer things'는 동명사 'happening'의 의미상의 주어이다. 보통
동명사의 의미상의 주어는 소유격을 사용하지만 이처럼 그 앞에 전치사 'to'의 목적어가 되는
경우에는 소유격이 아닌 형태로 그대로 사용할 수 있다.

3　By-the-bye : '그런데 (말이야)'

4　in a natural way : 자연스럽게, 자연스런 방식으로

'But then,' thought Alice, 'shall I never get any older than I am now? That'll be a
comfort, one way — never to be an old woman — but then — always to have
lessons to learn! Oh, I shouldn't like *that*!'

(p.102)

direction in which the March Hare was said to live. 'I've seen hatters before,' she said to herself; 'the March Hare will be much the most interesting,[1] and perhaps, as this is May,[2] it wo'n't be raving mad[3] — at least not so mad as it was in March.' As she said this, she looked up, and there was the Cat again, sitting on a branch of a tree.

'Did you say "pig", or "fig"?[4] said the Cat.

'I said "pig",' replied Alice; 'and I wish you wouldn't keep appearing and vanishing so suddenly; you make one quite giddy!'[5]

'All right,' said the Cat; and this time it vanished quite slowly, beginning with the end of the tail, and ending with the grin, which remained some time[6] after the rest of it had gone.

1 **much the most interesting** : 'much'가 최상급 'the most'를 강조하는 식으로 이루어져있다.

2 **as this is May** : '이번 달은 5월이므로'

3 **rave mad** : 미친 사람처럼 소리치며 날뛰다

4 **fig** : 무화과열매 혹은 나무

5 **you make one quite giddy!** : '당신을 사람을 매우 어지럽게 만들어요!' giddy : 어지러운, 현기증 나는

6 **(for) some time** : 얼마동안

'Then you should say what you mean,' the March Hare went on.
'I do,' Alice hastily replied 'at least — at least I mean what I say — that's the same thing, you know.'
'Not the same thing a bit!' said the Hatter.
(p.184)

'Well! I've often seen a cat without a grin,' thought Alice; 'but a grin without a cat! It's the most curious thing I ever saw in all my life!'

She had not gone much farther before[1] she came in sight of the house of the March Hare:[2] she thought it must be the right house,[3] because the chimneys were shaped like ears and the roof was thatched with fur. It was so large a house, that she did not like to go nearer till she had nibbled some more of the left-hand bit of mushroom, and raised herself to about two feet high: even then she walked up towards it rather timidly, saying to herself 'Suppose[4] it[5] should be raving mad after all! I almost wish I'd gone to see the Hatter instead!'

1  had not gone much farther before ∼ : ‘얼마가지 않아 ∼하였다’

2  she came in sight of the house of the March Hare : ‘앨리스는 3월 토
끼의 집이 보이는 곳에 이르렀다’ in sight of A : A가 보이는

3  the right house : 자기가 찾는 바의 집 즉 3월 토끼의 집

4  Suppose +절 : 여기서는 ‘∼하면 어쩌지’라는 의미로, 즉 걱정하는 말로 사용
되었다.

5  it : the March Hare

# CHAPTER VII

# A Mad Tea-Party

There was a table set out under a tree in front of the house, and the March Hare and the Hatter were having tea at it: a Dormouse[1] was sitting between them, fast asleep,[2] and the other two were using it as a cushion, resting their elbows on it, and talking over its head. 'Very uncomfortable for the Dormouse,' thought Alice; 'only as it's asleep, I suppose it doesn't mind.'[3]

1 **Dormouse** : 'dormouse'는 설치류로서 겨울에 동면하고 일 년 내내 낮에는
  잔다.

2 **fast asleep** : '깊이 잠들어있는'
  여기서 'fast'의 의미에 주목하자.

3 **mind** : 여기서는 '신경쓰다'의 의미로 사용되었다.

'If you knew Time as well as I do,' said the Hatter, 'you wouldn't talk about
wasting it. It's *him*.'

(p.188)

The table was a large one, but the three were all crowded together at one corner of it. 'No room! No room!'[1] they cried out when they saw Alice coming. 'There's *plenty of*[2] room!' said Alice indignantly, and she sat down in a large arm-chair at one end of the table.

'Have some wine,' the March Hare said in an encouraging tone.

Alice looked all round the table, but there was nothing on it but tea. 'I don't see any wine,' she remarked.

'There isn't any,' said the March Hare.

'Then it wasn't very civil[3] of you[4] to offer it,' said Alice angrily.

'It wasn't very civil of you to sit down without being invited,' said the March Hare.

'I didn't know it was *your* table,' said Alice; 'it's laid for a great many more than three.'[5]

'Your hair wants cutting,'[6] said the Hatter. He had been looking at Alice for some time with great curiosity, and this was his first speech.

'You should learn not to make personal remarks,'[7] Alice said with some severity:[8] 'it's very rude.'

The Hatter opened his eyes very wide on hearing this; but all he *said* was, 'Why is a raven[9] like a writing-desk?'[10]

'Come, we shall have some fun now!' thought Alice. 'I'm glad they've begun asking riddles — I believe I can guess that,'

1 **No room!** : 여기서 ‘room’은 ‘방’이라는 의미가 아니라 ‘공간, 여지’라는 의미이다. 앨리스가 와서 앉을 공간이 없다는 말이다.

2 **plenty of** : 많은, 충분한

‘plenty’는 ‘많음’을 의미하는 명사이다. 가끔 형용사와 부사로도 쓰인다. 일반적인 형용사형은 ‘plentiful’나 ‘plenteous’이다.

3 **civil** : 여기서는 ‘공손한, 예의 바른’의 의미이다.

4 **of you** : 부정사 ‘to offer it’의 의미상의 주어이다.

5 **a great many more than three** : ‘셋보다 훨씬 더 많은 수(의 사람 혹은 동물)’

옥스퍼드 사전에는 ‘many more~’나 ‘many less ~’ 혹은 ‘many fewer’의 패턴으로 사용되는 ‘many’가 부사로 분류되어 있다. 그런데 이 분류는 완전히 만족스럽지는 못한 듯하다. ‘many’가 부사라면 뒤에 오는 ‘more’나 ‘less’가 형용사라는 말인데(옥스퍼드 사전은 그렇게 설명하고 있다) 이는 많은 경우 타당하지만 옥스퍼드 사전이 예로 드는 다음과 같은 경우에는 ‘less’를 명사로 보는 것이 더 옳을 것이며 이런 경우라면 ‘many’는 형용사가 될 것이기 때문이다. ‘It takes one teaspoon of bacteria to infect a thousand cows; we have many less than that.’ 그런데 묘한 것은 여기서 이 ‘many’를 우리말로 옮겨보면 ‘훨씬’이라는 부사가 적절하다는 점이다. 이렇게 보면 ‘many’는 ‘less’ 속에 들어있는 형용사적 요소(‘더 적은’)를 꾸미는 부사라고 볼 수도 있다. ‘a great many more than three’도 이와 비슷한 경우이다. 전체 문장으로 보아서 ‘many’나 ‘more’ 중에서 하나는 명사가 되어 전치사 ‘for’의 목적어가 되어야 한다. ‘many’가 부사가 되려면 ‘more’를 명사로 보되 그 속에 들어있는 형용사적 요소(‘더 많은’)를 ‘many’(훨씬)가 꾸며주는 것으로 보면 된다. 그러나 이러한 복잡한 문법적인 분석의 결론이 어떤 쪽으로 나든 어구 전체가 전달하는 의미에 변화가 생기는 것은 아니다.

6 **Your hair wants cutting** : 여기서 ‘want’는 ‘need’의 의미로 사용되었다. 머리가 길거나 아니면 다른 이유로 자를 필요가 있다(‘cutting’을 필요로 한다)는 말이다.

7 **make personal remarks** : 여기서 ‘personal’은 ‘(특정) 개인에 관한, 남의 개인적인 일에 관한, 인신공격의’의 의미이다.

8 **with some severity** : ‘좀 엄하게’ severity 몡 severe (a)

9 **raven** : 갈가마귀, 큰 까마귀

10 **Why is a raven like a writing-desk?** : 지금 모자 장수는 수수께끼 문제 (riddle)를 낸 것이다.

she added aloud.

'Do you mean that you think you can find out the answer to it?' said the March Hare.

'Exactly so,' said Alice.

'Then you should say what you mean,' the March Hare went on.

'I do,' Alice hastily replied; 'at least — at least I mean what I say[1] — that's the same thing, you know.'

'Not the same thing a bit!' said the Hatter. 'Why, you might just as well[2] say that "I see what I eat" is the same thing as "I eat what I see"!'

'You might just as well say,' added the March Hare, 'that "I like what I get" is the same thing as "I get what I like"!'

'You might just as well say,' added the Dormouse, which seemed to be talking in its sleep, 'that "I breathe when I sleep" is the same thing as "I sleep when I breathe"!'

'It *is* the same thing with you,'[3] said the Hatter, and here the conversation dropped, and the party sat silent for a minute, while Alice thought over all she could remember about ravens and writing-desks,[4] which wasn't much.[5]

The Hatter was the first to break the silence. 'What day of the month is it?'[6] he said, turning to Alice: he had taken his watch out of his pocket, and was looking at it uneasily,[7] shaking it every now and then,[8] and holding it to his ear.[9]

Alice considered a little, and then said 'The fourth.'[10]

1 **I mean what I say** : 일반적으로 이 표현은 자신이 한 말이 허풍이거나 농담이 아니라 진담임을 말할 때 쓴다. 여기서 'mean'은 '의도하다'의 의미이다. 이에 비해 앞에 나온 3월 토끼의 말 'you should say what you mean'은 '너는 네가 의미한 것을 말해야 해'로 옮기는 것이 적절할 것이다.

2 **might (just) as well + 동사** : 앞에서 몇 번 나온 표현이다. '~하는 것이 더 낫다'의 의미이다.

3 **It is the same thing with you** : '그건 너에게는(with you) 마찬가지야(같은 것이야)'

4 **Alice thought over all she could remember about ravens and writing-desks** : 'all she could remember about ravens and writing-desks' ('갈가마귀와 책상에 대해서 기억할 수 있는 모든 것')이 'thought'의 목적어이다. 'think over'에 대해서는 23쪽 주석 9 참조.

5 **which wasn't much** : 기억할 수 있는 것이 많지 않았다는 말이다. 앞의 'all she could remember about ravens and writing-desks'가 선행사이다.

6 **What day of the month is it?** : '오늘이 몇 일이지?'
무슨 요일인지 물을 때에는 'What day of the week is it?'이라고 한다.

7 **uneasily** : 불안하게, 불안한 마음으로

8 **every now and then** : sometimes

9 **holding it to his ear** : '귀에 갖다 대며'

10  5월 4일은 Alice Liddell의 생일이라고 한다. (노턴판 주석 참조)

'Two days wrong!'[1] sighed the Hatter. 'I told you butter wouldn't suit the works!'[2] he added, looking angrily at the March Hare.

'It was the *best* butter,' the March Hare meekly[3] replied.

'Yes, but some crumbs must have got in as well,'[4] the Hatter grumbled: 'you shouldn't have put it in with the bread-knife.'[5]

The March Hare took the watch and looked at it gloomily:[6] then he dipped[7] it into his cup of tea, and looked at it again: but he could think of nothing better to say than[8] his first remark, 'It was the *best* butter, you know.'

Alice had been looking over his shoulder[9] with some curiosity. 'What a funny watch!' she remarked. 'It tells the day of the month, and doesn't tell what o'clock it is!'

'Why should it?' muttered the Hatter. 'Does *your* watch tell you what year it is?'

'Of course not,' Alice replied very readily: 'but that's because it stays the same year[10] for such a long time together.'[11]

'Which is just the case with *mine*,'[12] said the Hatter.

Alice felt dreadfully puzzled.[13] The Hatter's remark seemed to have no sort of meaning in it, and yet it was certainly English. 'I don't quite understand you,' she said, as politely as she could.

'The Dormouse is asleep again,' said the Hatter, and he poured a little hot tea upon its nose.

The Dormouse shook its head impatiently, and said, without

1 **Two days wrong!** : '이틀 틀렸어!'

'Two days'가 형용사 'wrong'를 꾸며주는 (그래서 틀린 정도가 얼마인지를 알려주는) 부사어구의 역할을 한다.

2 **suit the works** : '그 일(작업)에 적합하다.'

갑자기 나온 말이기에 앨리스나 독자는 아직 무슨 말인지 알지 못한다. 시계와 관련이 있는 것은 분명하다.

3 **meek** : 온순한

4 **some crumbs must have got in as well** : '빵부스러기 몇 개도 들어간 것이 틀림없어'

'must have + 과거분사'는 이미 지난 일에 대한 확신 있는 추측을 할 때 사용한다. 'as well'은 'too, also'의 의미이다.

5 **you shouldn't have put it in with the bread-knife** : 여기서 모자 장수는 빵 자르는 칼(bread-knife)로 버터를 썰어 넣는 바람에 빵부스러기가 따라 들어갔다고 질책하고 있다.

6 **gloomily** : 우울하게, 침울하게

7 **dip** : 담그다

27쪽에서의 의미와 비교해봐라.

8 **can think of nothing better to say than ~** : ~보다 더 좋은 말을 생각하지 못하다

9 **over his shoulder** : '그의 어깨 너머로'

10 **it stays the same year** : '같은 해로 머물러있다'

'the same year'는 동사 'stay'의 보어이다. 여기서 'stay'는 'remain'과 의미가 같다.

11 **for such a long time together** : '아주 긴 시간 동안 계속해서'

한 해는 일 년이라는 긴 시간 동안 계속되므로 시계를 통해 가르쳐 줄 필요가 없다는 말이다.

12 **Which is just the case with *mine*** : '내 것이 바로 그래'

여기서 'the case'는 실제적 상황, 상태, 사실을 나타낸다. 앨리스가 말한 '오랜 시간 동안 동일하게 머물러있는 상황'(이를 관계대명사 'Which'로 받았다)이 바로 자신의 시계(mine)에 해당되는(with mine) 상황(the case with mine)이라는 것이다.

13 **felt dreadfully puzzled** : '무서울 정도로 어리둥절해짐을 느꼈다'

opening its eyes, 'Of course, of course: just what I was going to remark myself.'

'Have you guessed the riddle yet?'[1] the Hatter said, turning to Alice again.

'No, I give it up,' Alice replied. 'What's the answer?'

'I haven't the slightest idea,' said the Hatter.

'Nor I,' said the March Hare.

Alice sighed wearily. 'I think you might do something better with the time,' she said, 'than wasting it in asking riddles that have no answers.'

'If you knew Time as well as I do,' said the Hatter, 'you wouldn't talk about wasting *it*. It's *him*.'[2]

'I don't know what you mean,' said Alice.

'Of course you don't!' the Hatter said, tossing his head contemptuously. 'I dare say you never even spoke to Time!'

'Perhaps not,' Alice cautiously replied; 'but I know I have to beat time[3] when I learn music.'

'Ah! That accounts for[4] it,' said the Hatter. 'He wo'n't stand beating.[5] Now, if you only kept on good terms with[6] him, he'd do almost anything you liked with the clock.[7] For instance, suppose it were nine o'clock in the morning, just time to begin lessons: you'd only have to whisper a hint to Time,[8] and round goes the clock[9] in a twinkling![10] Half-past one, time for dinner!'

('I only wish it was,' the March Hare said to itself in a whisper.)

1  **guess the riddle** : 수수께끼의 답을 추측하다

2  **It's** *him* : 'wasting it'이 아니라 'wasting him'이라는 말이다. 앨리스가 말한 시간은 그냥 시간이지만, 모자 장수가 말하는 시간은 대명사 'he'가 적용되는 의인화된 존재이다.

3  **beat time** : 일반적으로 '박자를 맞추다'라는 의미이지만 모자 장수에게는 '시간을 때리다'로 이해된다.

4  **account for A** : A를 설명하다

5  **He won't stand beating** : '그는 때리는 것을 참지 않을 거야'

6  **be on good terms with A** : A와 사이가 좋다
   'be' 대신에 'keep'를 쓰면 그런 좋은 사이를 계속 유지한다는 말이다.

7  **anything you liked with the clock** : '시계와 관련하여 네가 원하는 것이면 어느 것이든'

8  **whisper a hint to Time** : '(원하는 바를) 시간에게 슬쩍 속삭여 알려주다'

9  **round goes the clock** : 부사 'round'가 먼저 나오고 주어와 동사가 도치되었다.

10  **twinkling** : 순 깜빡할 사이, 순간

'That would be grand, certainly,' said Alice thoughtfully; 'but then — I shouldn't be hungry for it,[1] you know.'

'Not at first, perhaps,' said the Hatter: 'but you could keep it to half-past one as long as you liked.'

'Is that the way *you* manage?' Alice asked.

The Hatter shook his head mournfully.[2] 'Not I!' he replied. 'We quarrelled[3] last March — just before *he* went mad, you know —' (pointing with his teaspoon at the March Hare,) ' — it was at the great concert given by the Queen of Hearts, and I had to sing

> "Twinkle, twinkle, little bat![4]
> How I wonder what you're at!"[5] [6]

You know the song, perhaps?'

'I've heard something like it,' said Alice.

'It goes on, you know,' the Hatter continued, 'in this way: —

> "Up above the world you fly,
> Like a tea-tray[7] in the sky.
> Twinkle, twinkle —" '

Here the Dormouse shook itself,[8] and began singing in its sleep 'Twinkle, twinkle, twinkle, twinkle —' and went on so long that they had to *pinch*[9] it to make it stop.

1   **I shouldn't be hungry for it** : 1시 반이 되었으나 실제로 시간이 흐른 것
은 아니기에 배가고프지는 않을 것이라는 말이다.

2   **mournful** : 슬픔에 잠긴, 쓸쓸한(gloomy), 애처로운

3   **quarrel** : 말다툼하다

4   **bat** : 캐럴의 선생이기도 했던 옥스퍼드의 한 수학 교수의 별명이 'bat'(박쥐)이었
다고 한다. (노턴판 주석 참조)

5   **be at ~** : ~을 하고 있다, ~에 종사하고 있다

6   이 역시 원래의 노래를 바꾸었다. 원래의 노래는 다음과 같다.

    Twinkle, twinkle little star!

    How I wonder what you are.

    Up above the world so high,

    Like a diamond in the sky.

7   **tray** : 쟁반

8   **shake oneself** : 몸을 흔들다

9   **pinch** : 꼬집다

'You can draw water out of a water-well,' said the Hatter 'so I should think you
could draw treacle out of a treacle-well — eh, stupid?'

(p.198)

'Well, I'd hardly finished the first verse,'[1] said the Hatter, 'when the Queen bawled out,[2] "He's murdering the time! Off with his head!" '

'How dreadfully savage!' exclaimed Alice.

'And ever since that,' the Hatter went on in a mournful tone, 'he w'on't do a thing I ask! It's always six o'clock now.'[3]

A bright idea came into Alice's head. 'Is that the reason so many tea-things[4] are put out here?' she asked.

'Yes, that's it,' said the Hatter with a sigh: 'it's always tea-time, and we've no time to wash the things between whiles.'[5]

'Then you keep moving round, I suppose?' said Alice.

1  **the first verse** : 1절

2  **bawl out** : 고함치다, 외치다

3  6시면 저녁(tea)을 먹을 시간이다. 앞에서 나왔지만 만찬인 점심은 1시 30분경에 먹는다.

4  **tea-things** : 식탁에서 차를 마시는 데 필요한 도구들을 말한다. 찻주전자 (tea-pot), 차에 타는 우유를 담은 그릇(milk-jug), 설탕그릇(sugar-basin), 찻잔(cups), 찻잔받침접시(saucers), 접시(plates) 등등이 있다. 이것들이 모인 한 벌을 'tea-set' 혹은 'tea-service'라고 한다.

5  **between whiles** : '그 사이에'

전치사 + 명사(while)이지만 거의 한 단어(부사)로 간주되는 표현이다. 'while'은 일정한 길이의 시간을 말한다.

'—that begins with an M, such as mouse-traps, and the moon, and memory, and muchness — you know you say things are "much of a muchness" — did you ever see such a thing as a drawing of a muchness!'

(p.200)

'Exactly so,' said the Hatter: 'as the things[1] get used up.'[2]

'But what happens when you come to the beginning again?' Alice ventured to ask.

'Suppose we change the subject,'[3] the March Hare interrupted, yawning.[4] 'I'm getting tired of this. I vote[5] the young lady tells us a story.'

'I'm afraid I don't know one,' said Alice, rather alarmed at the proposal.[6]

'Then the Dormouse shall!' they both cried. 'Wake up, Dormouse!' And they pinched it on both sides at once.

The Dormouse slowly opened its eyes. 'I wasn't asleep,' it said in a hoarse, feeble voice: 'I heard every word you fellows were saying.'

'Tell us a story!' said the March Hare.

'Yes, please do!' pleaded Alice.

'And be quick about it,'[7] added the Hatter, 'or[8] you'll be asleep again before it's done.'

'Once upon a time there were three little sisters,' the Dormouse began in a great hurry; 'and their names were Elsie, Lacie, and Tillie;[9] and they lived at the bottom of a well —'

'What did they live on?'[10] said Alice, who always took a great interest in questions of eating and drinking.

'They lived on treacle,'[11] said the Dormouse, after thinking a minute or two.

'They couldn't have done that, you know,' Alice gently

1   the things : the tea-things

2   get used up : 다 사용되다

'get +과거분사'는 수동태가 되며, 부사 'up'은 여기서는 무언가가 완전히 소진되거나 파괴되는 것을 나타낸다.

3   Suppose we change the subject : '다른 이야기를 하는 게 어때'

이런 경우 'suppose'는 가정을 하는 기능이 아니라 제안을 하는 기능을 한다. 'change the subject'는 이미 앞에서 나온 바 있듯이, 대화를 주제를 바꾸는 것이다.

4   yawn : 하품하다

5   vote : suggest, propose

6   proposal : 제안 ☜ propose

7   be quick about it : '빨리 해'

8   or : 그렇지 않으면

'명령법 + or'의 패턴이다.

9   Elsie, Lacie, and Tillie : 'Elsie'는 'L. C.' 즉 세 Liddell 자매의 장녀인 'Lorina Charlotte'의 이니셜이고, 'Lacie'는 'Alice'의 'anagram'(어떤 단어의 철자들의 위치를 서로 바꾼 것)이며, 'Tillie'는 때때로 'Mathilda'라고 불렸던 'Edith'이다. ('Tillie'는 'Matilda'의 애칭이다.)

10   live on A : A를 먹고 살다

11   treacle : 당밀(糖蜜)(molasses)

remarked. 'They'd have been ill.'

'So they were,' said the Dormouse; '*very* ill.'

Alice tried a little to fancy to herself what such an extraordinary way of living would be like, but it puzzled her too much : so she went on: 'But why did they live at the bottom of a well?'

'Take some more tea,' the March Hare said to Alice, very earnestly.

'I've had nothing yet,' Alice replied in an offended tone: 'so I c'an't take more.'[1]

'You mean you ca'n't take *less*,' said the Hatter: 'it's very easy to take *more* than nothing.'[2]

'Nobody asked *your* opinion,' said Alice.

'Who's making personal remarks now?' the Hatter asked triumphantly.

Alice did not quite know what to say to this: so she helped herself to[3] some tea and bread-and-butter,[4] and then turned to the Dormouse, and repeated her question. 'Why did they live at the bottom of a well?'

The Dormouse again took a minute or two to think about it, and then said, 'It was a treacle-well.'

'There's no such thing!' Alice was beginning[5] very angrily, but the Hatter and the March Hare went 'Sh! Sh!'[6] and the Dormouse sulkily remarked, 'If you ca'n't be civil, you'd better finish the story for yourself.'

1 **so I c'an't take more** : '더'라는 말은 이미 차를 마셨을 때 사용할 수 있는 말인데, 자기는 아직 조금도 마시지를 않았으니 '더 먹는다'는 말은 불가능하다는 말이다.

2 모자 장수의 생각은, 아무 것도 마시지 않은 상태에서 그 상태보다 '더' 마시기는 쉬우며, 오히려 그 상태보다 '덜' 마시는 것이 불가능하다는 것이다. 앨리스는 일정한 양을 이미 마신 것을 전제하고 '그 보다 더'라는 의미로 'more'를 보지만, 모자 장수는 이런 전제 없이 '현재의 상태와 비교해서 더'라는 의미로 'more'를 본다.

3 **help oneself to A** : A를 마음대로 먹다

4 **bread-and-butter** : 버터 바른 빵

5 **beginning** : beginning to say

6 **went 'Sh! Sh!'** : 'go + 의성어' 패턴으로 이런 경우 'go'는 소리를 낸다는 의미이다. 이런 용법의 표현들로는 go bang, go clatter, go cluck, go crack, go crash, go patter, go smash, go snap, go tang, go whirr 등이 있다.

'Take care of the sense, and the sounds will take care of themselves.'
(p.238)

'No, please go on!' Alice said very humbly; 'I w'on't interrupt again. I dare say there may be *one*.'[1]

'One, indeed!' said the Dormouse indignantly. However, he consented to go on.[2] 'And so these three little sisters — they were learning to draw, you know —'

'What did they draw?' said Alice, quite forgetting her promise.

'Treacle,' said the Dormouse, without considering at all, this time.

'I want a clean cup,' interrupted the Hatter: 'let's all move one place on.'[3]

He moved on as he spoke, and the Dormouse followed him: the March Hare moved into the Dormouse's place, and Alice rather unwillingly took the place of[4] the March Hare. The Hatter was the only one who got any advantage from the change; and Alice was a good deal worse off[5] than before, as the March Hare had just upset[6] the milk-jug into his plate.

Alice did not wish to offend the Dormouse again, so she began very cautiously: 'But I don't understand. Where did they draw the treacle from?'[7]

'You can draw water out of a water-well,'[8] said the Hatter; 'so I should think you could draw treacle out of a treacle-well — eh, stupid?'[9]

1 **there may be *one*** : 여기서 'one'은 앞에 나온 'a treacle-well'을 단순히 대신하는 대명사로 이해된다면 '그런 것' 정도의 의미가 된다. 이럴 경우 '당밀우물' 같은 것은 없다고 말한 앞의 말을 번복하여, 그런 게 있을지도 모른다고 말한 것이 된다. 그런데 그냥 '하나'가 강조되는 명사라면 그런 것이 '하나'는 있을 수 있다는 말이 된다. 다소 인색하게 인정하는 셈이 된다. 여기서는 'one'이 이탤릭으로 강조된 것이나 도마우스의 반응으로 보아서는 후자로 보는 것이 적절할 듯하다.

2 **consent + to부정사** : ~할 것을 승낙하다

3 **move one place on** : 한 자리씩 옆으로 옮기다

여기서 'on'은 위치상의 전진이나 이동을 나타낸다. '옆'이라고 옮긴 것은 맥락을 고려한 것이며 다른 맥락에서라면 '앞으로' 등으로 옮겨지는 것이 적절할 수 있다.

4 **take the place of A** : A의 자리[위치]를 차지하다

이는 이 맥락에서의 의미이다. 맥락에 따라 'A를 대신하다'의 의미가 될 수 있다.

5 **be worse off** : 형편이 더 안 좋다

여기서 'off'는 (생활)형편 등이 어떻다는 것을 나타내는 부사이며, 보통 좋을 때에는 'well'을 사용하고(be well off) 나쁠 때에는 'ill'을 사용한다(be ill off). 'be worse off'는 'be ill off'의 비교급이다.

6 **upset** : 여기서는 '뒤엎(어서 내용물을 흘리)다'의 의미로 사용되었다.

7 **Where did they draw the treacle from?** : 앞에서 'learning'과 연결되어 처음 등장했다면 'draw'는 앨리스에게 '그리다'의 의미로 이해되었을 것이다. 그러면 이 말은 '어디서 당밀을 그리고 있었나요?'가 된다. 당밀을 그리려면 당밀 외부의 어떤 지점에 있어야 하기 때문이다. (다음 주석 참조.)

8 **You can draw water out of a water-well** : '우물로부터 물을 길을 수 있어'

여기서 도마우스는 'draw'가 '긷다(끌어오다)'의 의미로 사용된 말을 하고 있다. 도마우스는 한 단어가 여러 의미를 가질 수 있음을 활용하여 자신의 견해의 옳음을 입증하고 있다.

9 **you could draw treacle out of a treacle-well** : '우물에서 물을 긷듯이'에 대응되는 것은 '당밀우물에서 당밀을 길을 수 있다'이다. 그러나 'draw'는 여전히 '그리다'로 해석될 수 있으며, 또한 'out of'는 '~의 외부에서'로 해석될 수도 있고, 그리는 재료를 나타낼 수도 있다. 단어에는 변함이 없지만 의미가 달라진다.

'But they were *in* the well,'[1] Alice said to the Dormouse, not choosing to notice[2] this last remark.

'Of course they were', said the Dormouse; 'well in.'[3]

This answer so[4] confused poor Alice, that she let the Dormouse go on for some time without interrupting it.

'They were learning to draw,' the Dormouse went on, yawning and rubbing its eyes, for it was getting very sleepy; 'and they drew all manner[5] of things — everything that begins with an M —'

'Why with an M?' said Alice.

'Why not?' said the March Hare.

Alice was silent.

The Dormouse had closed its eyes by this time, and was going off into a doze;[6] but, on being pinched by the Hatter,[7] it woke up again with a little shriek, and went on: ' — that begins with an M, such as mouse-traps,[8] and the moon, and memory, and muchness — you know you say things are "much of a muchness"[9] — did you ever see such a thing as a drawing of a muchness!'[10]

'Really, now you ask me,' said Alice, very much confused, 'I don't think —'

'Then you shouldn't talk,' said the Hatter.

This piece of rudeness[11] was more than Alice could bear:[12] she got up in great disgust,[13] and walked off; the Dormouse

1 우물 안에 있는데 어떻게 'draw'할 수 있느냐는 말이다. 앨리스의 이 질문은 'draw'가 '그리다'로 해석되든 '긷다'로 해석되든 타당할 수 있다.

2 notice : '주목하다, 유의하다'의 의미이다.

3 well in : 여기서 도마우스는 'be in the well'(우물 안에 있다)라는 말을 'be well in'(안에 잘 있다, 안쪽 깊은 곳에 있다)라는 말로 슬쩍 바꾸었다.

4 so : 뒤의 'that' 함께 'so~that'용법을 이룬다.

5 manner : 여기서는 '종류'의 의미이다. = kind, sort

6 go off into a doze : 꾸벅꾸벅 졸기 시작하다

7 on being pinched by the Hatter : '모자 장수에 의해 꼬집히자(마자)' → '모자 장수가 꼬집자(마자)'

여기서 전치사 'on'은 어떤 일이 일어난 경우에, 직후에, 또는 그 결과로 다른 일이 일어나는 경우에 사용한다. 명사와 동명사를 주로 목적어로 한다. 여기서는 수동태의 동명사가 목적어이다.

8 mouse-trap : 쥐덫

9 much of a muchness : 직역하면 '많은 많음'이 된다. 그러나 지금도 구어적으로 영국에서 사용하는 말이며, 어떤 두 개가, 혹은 두 개 이상의 것들이 매우 유사하거나(비슷비슷하다) 같은 가치를 가지고 있을 때 사용한다. 주로 'be' 동사 뒤에서 서술적으로 사용한다. 예) Gifts seem to me much of a muchness. They are apt to create a sense of obligation. (선물들은 나에게 다 비슷비슷하다. 의무감을 만들기 십상이다.)

10 a drawing of a muchness : '많음을 그린 것'

이 옮김은 'drawing'을 '그림'으로 해석했을 경우의 것이다. 이것이 과연 도마우스가 '의도'하는(mean) 것인지는 알 수 없다.

11 This piece of rudeness : 이는 추상명사(rudeness)를 'piece'를 사용하여 그 구체적인 사례(구체적인 무례한 언동)를 지칭하도록 한 것이다. 'a piece of information'과 같은 식이다.

12 more than Alice could bear : '앨리스가 참을 수 있는 것 이상의 것' → '앨리스가 참을 수 없는 것'

13 in great disgust : '대단히 싫어져서, 대단히 정떨어져서'

fell asleep[1] instantly, and neither of the others took the least notice of[2] her going, though she looked back once or twice, half hoping that they would call after her: the last time she saw them,[3] they were trying to put the Dormouse into the teapot.[4]

'At any rate I'll never go *there* again!' said Alice as she picked her way through the wood.[5] 'It's the stupidest[6] tea-party I ever was at in all my life!'

Just as she said this, she noticed that one of the trees had a door leading right into it.[7] 'That's very curious!' she thought. 'But everything's curious today. I think I may as well go in at once.' And in she went.

Once more she found herself in the long hall, and close to the little glass table. 'Now, I'll manage better this time,'[8] she said to

1  fall asleep : 잠들다

2  take the least notice of  A : A를 조금도 마음에 두지 않다, A를 완전히 무시하다 ≒ take no notice of A

3  the last time she saw them : '마지막으로 앨리스가 그들을 보았을 때'

4  they were trying to put the Dormouse into the teapot : 빅토리아 시대의 아이들은 실제로 도마우스를 풀이나 건초로 채워진 찻잔에 넣어서 애완용으로 길렀다고 한다. 가드너의 주석 참조.

5  pick one's way : 발 딛기 좋은 곳을 찾아가며 천천히 조심스럽게 나아가는 것을 표현하는 어구이다. ≒ find one's way

6  stupidest : 'stupid'의 최상급이다.

7  a door leading right into it : '바로 그 안으로 들어가는 문'

8  I'll manage better this time : '이번에는 더 잘 해낼 거야'

'Why did you call him Tortoise, if he wasn't one?' Alice asked.
'We called him Tortoise because he taught us,' said the Mock Turtle angrily.
'Really you are very dull!'
(p.250)

herself, and began by taking the little golden key, and unlocking the door that led into the garden. Then she set to work nibbling at the mushroom (she had kept a piece of it in her pocket) till she was about a foot high:[1] then she walked down the little passage: and *then* — she found herself at last in the beautiful garden, among the bright flower-beds and the cool fountains.

1 **till she was about a foot high** : '대략 1피트의 높이가 될 때까지'

우리는 '피트'라고 하지만 이는 어디까지나 'foot'의 복수인 'feet'의 음역이고 영어로 1피트일 때에는 단수가 되므로 'a feet'이 아니라 'a foot'라고 해야 한다. 그리고 'a foot'는 다른 맥락에서는 길이의 단위가 아니라 그냥 '(하나의) 발'이 될 수 있으므로 맥락을 잘 살펴야 한다.

# The Queen's Croquet-Ground

A large rose-tree stood near the entrance of the garden: the roses growing on it were white, but there were three gardeners at it, busily painting them red. Alice thought this a very curious thing, and she went nearer to watch them, and just as she came up to them, she heard one of them say 'Look out[1] now, Five! Don't go splashing paint over me like that!'[2]

'I couldn't help it,'[3] said Five, in a sulky tone. 'Seven jogged[4]

1   **look out** : 조심하다

2   **Don't go splashing paint over me like that!** : '그렇게(like that) 나에게 페인트를 튀기는 짓 따위는 하지마!'

여기서 'go ~ing'는 비난이나 경멸 등의 뜻을 나타내어 '~ 따위의 짓을 하다'라는 의미를 갖는다. 부정문으로 많이 쓰인다. 'go fishing'('낚시하러 가다')과는 다른 용법이다. 'to go and (do something)'도 마찬가지의 의미로 사용된다. 옥스퍼드 사전은 이를 'to go and do something = to be so foolish, unreasonable, or unlucky as to do something'이라고 설명한다. 다른 예) Don't go breaking my heart. (내 가슴을 찢어놓는 일은 하지 마라.) You shouldn't go picking any more of those pears. (더 이상 그 배들을 따먹는 짓은 하지 말아야 한다.)

3   **I couldn't help it** : '어쩔 수가 없었어'

이 경우 'help'는 '피하다'의 의미이다.

4   **jog** : 살짝 밀다, 팔꿈치 따위로 가만히 찌르다

my elbow.'

On which Seven looked up and said, 'That's right, Five! Always lay the blame on others!'[1]

'*You'd* better not talk!' said Five. 'I heard the Queen say only yesterday you deserved to be beheaded!'[2]

'What for?'[3] said the one who had spoken first.

'That's none of *your* business,[4] Two!' said Seven.

'Yes, it *is* his business!' said Five, 'And I'll tell him — it was for bringing the cook tulip-roots[5] instead of onions.'

Seven flung[6] down his brush, and had just begun 'Well, of all the unjust things —'[7] when his eye[8] chanced to fall upon Alice, as she stood watching them, and he checked himself[9] suddenly: the others[10] looked round also, and all of them bowed low.

'Would you tell me, please,' said Alice, a little timidly, 'why you are painting those roses?'

Five and Seven said nothing, but looked at Two. Two began, in a low voice, 'Why the fact is, you see, Miss, this here ought to have been a *red* rose-tree,[11] and we put a white one[12] in[13] by mistake;[14] and if the Queen was to find it out,[15] we should all have our heads cut off,[16] you know. So you see, Miss, we're doing our best, afore[17] she comes, to —' At this moment, Five, who had been anxiously looking across the garden, called out 'The Queen! The Queen!' and the three gardeners instantly threw themselves flat upon their faces.[18] There was a sound of

1 **lay the blame on A** : A에게 책임을 씌우다

'Always lay the blame on others!'('항상 남에게 책임을 뒤집어 씌워라!')는 반어적인(ironical) 말이다. 자신에게 책임을 씌운 오(五)를 빈정대는 말이다.

2 **deserve to be beheaded** : 목이 잘려도 싸다

'deserve + 명사 상당 어구, deserve + 부정사구'는 '~할 만하다, 받을 가치가 있다, ~할 가치가 있다'의 의미인데, 뒤에 나오는 것이 처벌이거나 좋지 않은 것이며 이렇게 '~해도 싸다'로 옮길 수 있다.

3 **what for?** : 뭐 때문에?, 왜?

4 **That's none of *your* business** : '그건 네가 알 바 아니다.' ≒ Mind your own business.

5 **tulip-roots** : 튤립 뿌리

6 **fling** : 던지다, 내던지다

7 **of all the unjust things** : '모든 부당한 일들 중에서'

8 **his eye** : 여기서 'eye'는 '시선'의 의미이다.

9 **check oneself** : 여기서 'check'는 '저지하다, 방해하다'의 의미이다. 말을 하려던 것을 멈추었다는 말이다.

10 **the others** : 이(二)와 오(五)를 말한다.

11 **this here ought to have been a *red* rose-tree** : '여기 이것은 붉은 장미 나무였어야 했어요'

12 **a white one** : a white rose-tree

13 **put in** : 여기서는 '심다'라는 의미로 사용되었다. 'in'은 부사이다.

14 **by mistake** : 실수로

15 **if the Queen was to find it out** : '만일 여왕이 발견한다면'

'if + 주어 + be + to부정사'는 가정법 미래의 if절의 한 형태이다.

16 **have our heads cut off** : 머리가 잘리다

'have + 목적어 + 과거분사'의 패턴이다.

17 **afore** : before

18 **threw themselves flat upon their faces** : '몸을 던지듯이 납작 엎드렸다'

'upon their faces'가 동사와 결합하여 '엎드리다'는 의미를 갖는다.

many footsteps, and Alice looked round, eager to see the Queen.

First came ten soldiers carrying clubs:[1] these were all shaped like[2] the three gardeners, oblong[3] and flat, with their hands and feet at the corners:[4] next the ten courtiers:[5] these were ornamented all over with diamonds, and walked two and two,[6] as the soldiers did. After these came the royal children:[7] there were ten of them,[8] and the little dears[9] came jumping merrily along, hand in hand,[10] in couples:[11] they were all ornamented with hearts.[12] Next came the guests, mostly Kings and Queens, and among them Alice recognised the White

1  carrying clubs : '클럽 무늬(♣)를 달고 있는'
이는 '곤봉을 든'의 의미를 가질 수도 있다.

2  be shaped like ～ : ～처럼 생겼다

3  oblong : 직사각형의

4  with their hands and feet at the corners : '손과 발이 모서리에 달려있는'

5  courtier : 조신(朝臣)

6  walked two and two : '2열로 걸었다'

7  the royal children : 왕과 왕비의 자식들

8  there were ten of them : '모두 열 명이 있었다'

9  the little dears : the royal children

10  hand in hand : 서로 손을 잡고

11  in couples : 둘씩 = in twos

12  with hearts : 여기서는 당연히 하트 모양을 말한다. 정원사들이 스페이드 모양이므로 트럼프의 네 무늬가 다 등장하였다.

'Reeling and Writing, of course, to begin with,' the Mock Turtle replied 'and then the different branches of Arithmetic — Ambition, Distraction, Uglification, and Derision.'
(pp.252～54)

Rabbit: it was talking in a hurried nervous[1] manner,[2] smiling at everything that was said, and went by without noticing her.[3] Then followed the Knave[4] of Hearts, carrying the King's crown on a crimson velvet cushion;[5] and, last of all this grand procession,[6] came THE KING AND QUEEN OF HEARTS.

Alice was rather[7] doubtful whether[8] she ought not to lie down on her face[9] like the three gardeners, but she could not remember ever having heard of such a rule at processions; 'and besides, what would be the use of a procession,' thought she, 'if people had all to lie down on their faces, so that they couldn't see it?' So she stood where she was, and waited.

When the procession came opposite to Alice, they all stopped and looked at her, and the Queen said, severely, 'Who is this?' She said it to the Knave of Hearts, who only bowed and smiled in reply.

'Idiot!'[10] said the Queen, tossing[11] her head impatiently; and, turning to Alice, she went on: 'What's your name, child?'

'My name is Alice, so please your Majesty,'[12] said Alice very politely; but she added, to herself,[13] 'Why, they're only a pack of cards,[14] after all. I needn't be afraid of them!'

'And who are *these*?' said the Queen, pointing to the three gardeners who were lying round the rose-tree; for, you see, as they were lying on their faces, and the pattern[15] on their backs was the same as the rest of the pack,[16] she could not tell whether[17] they were gardeners, or soldiers, or courtiers, or

1  nervous : 앞의 'hurried'와 잘 어울리는 의미는 '신경이 과민한'이다.

2  manner : 여기서는 'way'(방식)의 의미이다.

3  without noticing her : '앨리스를 알아보지 못하고'

4  Knave : 보통명사로 '악한, 무뢰한, 악당'의 의미가 있으나 여기서는 카드놀이
   의 잭(jack)을 말한다. 디킨즈의 소설 『막대한 유산』(*Great Expectations*)에 따르면
   당시에 상류계급에서는 예의 카드를 'Knave'라고 불렀고 하층민들은 'Jack'이라
   고 불렀다.

5  carrying the King's crown on a crimson velvet cushion : '심홍색 벨
   벳 방석 위에 왕관을 들고 다니는'
   삽화 참조.

6  last of all this grand procession : '이 모든 성대한 행렬의 마지막으로'

7  rather : 다소

8  be doubtful whether ~ : ~인지 아닌지 의문을 갖다

9  to lie down on one's face : 엎드리다
   209쪽 주석 18 참조.

10  idiot : 천치, 바보

11  toss : 여기서는 '(머리 따위를) 갑자기 쳐들다, 뒤로 젖히다'의 의미이다.

12  so please your Majesty : 여왕에 대한 공손함을 나타내는 표현이다. 굳이
    옮기자면 '그러니 폐하께서 마음에 드셔 하시기를' 정도인데 굳이 이렇게 옮길
    필요는 없다.

13  she added, to herself : '앨리스는 혼잣말로 덧붙였다'

14  a pack of cards : 한 벌의 카드

15  pattern : 무늬

16  the pattern on their backs was the same as the rest of the pack :
    알다시피, 한 벌의 트럼프의 뒷면의 무늬는 모두 같다.

17  tell whether ~ : ~인지 ~인지 식별하다, 분간하다

three of her own children.

'How should *I* know?' said Alice, surprised at her own courage. 'It's no business of *mine*.'

The Queen turned crimson with fury,[1] and, after glaring at[2] her for a moment like a wild beast, began screaming 'Off with her head![3] Off with —'

'Nonsense!' said Alice, very loudly and decidedly,[4] and the Queen was silent.

The King laid his hand upon her arm, and timidly said 'Consider, my dear: she is only a child!'

The Queen turned angrily away from[5] him, and said to the Knave 'Turn them over!'[6]

The Knave did so, very carefully, with one foot.

'Get up!' said the Queen, in a shrill, loud voice, and the three gardeners instantly jumped up, and began bowing to the King, the Queen, the royal children, and everybody else.

'Leave off that!' screamed the Queen. 'You make me giddy.' And then, turning to the rose-tree, she went on, 'What *have* you been doing here?'

'May it please your Majesty,'[7] said Two, in a very humble tone, going down on one knee[8] as he spoke, 'we were trying —'

'*I* see!' said the Queen, who had meanwhile been examining the roses. 'Off with their heads!' and the procession moved on, three of the soldiers remaining behind to execute the unfortunate gardeners,[9] who ran to Alice for protection [10]

1  turned crimson with fury : '분노로(with fury) 얼굴이 벌겋게 되었다'

이런 경우 'turn'은 상태의 변화를 나타낸다.

2  glare at A : A를 노려보다

3  Off with her head! : '머리를 쳐라'

'부사(어구) + with + 명사'의 패턴이다. 명사(head)에 부사에 해당하는 상태(off)를 명령하거나 요구한다.

4  decidedly : 단호하게

5  turn away from A : A로부터 몸을 (다른 방향으로) 돌리다, A를 외면하다

6  turn A over = turn over A : A를 뒤집다

7  May it please your Majesty : 213쪽 주석 12처럼 여왕에 대한 공손함을 표현하는 말이다.

8  going down on one knee : '한 쪽 무릎을 꿇으며'

9  three of the soldiers remaining behind to execute the unfortunate gardeners : 주어('three of the soldiers')가 별도로 있는 분사구문이다. execute : 처형하다

10  ran to Alice for protection : '보호해달라고 앨리스에게 달려갔다'

'Well, there was Mystery,' the Mock Turtle replied, counting off the subjects on his flappers, — 'Mystery, ancient and modern, with Seaography: then Drawling — the Drawling-master was an old conger-eel, that used to come once a week: he taught us Drawling, Stretching, and Fainting in Coils.'

(p.254)

'You sha'n't be beheaded!' said Alice, and she put them into a large flower-pot[1] that stood near. The three soldiers wandered about for a minute or two, looking for them, and then quietly marched off after the others.

'Are their heads off?' shouted the Queen.

'Their heads are gone,[2] if it please your Majesty!'[3] the soldiers shouted in reply.

'That's right!' shouted the Queen. 'Can you play croquet?'

The soldiers were silent, and looked at Alice, as the question was evidently meant for her.

'Yes!' shouted Alice.

'Come on, then!' roared[4] the Queen, and Alice joined the procession, wondering very much what would happen next.

'It's — it's a very fine day!' said a timid voice at her side. She was walking by the White Rabbit, who was peeping[5] anxiously into her face.

'Very,'[6] said Alice: 'Where's the Duchess?'

'Hush! Hush!' said the Rabbit in a low hurried tone. He looked anxiously over his shoulder[7] as he spoke, and then raised himself upon tiptoe,[8] put his mouth close to her ear, and whispered 'She's under sentence of execution.'[9]

'What for?' said Alice.

'Did you say "What a pity!"?' the Rabbit asked.

'No, I didn't,' said Alice: 'I don't think it's at all a pity. I said "What for?" '

1  flower-pot : 화분

2  Their heads are gone : 이는 '목이 날아갔다'는 의미로 해석될 수도 있고 '사라졌다'는 의미로 해석될 수도 있다. 병사들은 '사라졌다'는 의미로 말을 한 것인데, 여왕은 '목이 날아갔다'는 의미로 받아들인 것이다. 병사들은 적어도 여왕에게 거짓말을 한 것은 아닌 셈이 된다.

3  if it please your Majesty : 역시 여왕에게 공손함을 표현하는 말이다.

4  roar : 고함치다, 소리 지르다

5  peep : 엿보다, 슬쩍 쳐다보다

6  Very : 앞의 'it's a very fine day!'라는 토끼의 말에 맞장구를 쳐준 것이다.

7  look over one's shoulder : 자신의 어깨 너머로 (뒤 쪽을) 쳐다보다

8  raised himself upon tiptoe : '발끝으로 서서 키를 키웠다, 발돋움을 하였다, 까치발로 섰다'

9  She's under sentence of execution : '공작부인은 사형 선고를 받은 상태야'

'That's the reason they're called lessons,' the Gryphon remarked: 'because they lessen from day to day.

(p.256)

'She boxed the Queen's ears — ' the Rabbit began. Alice gave a little scream of laughter. 'Oh, hush!' the Rabbit whispered in a frightened tone. 'The Queen will hear you! You see she came rather late, and the Queen said — '

'Get to your places![1] shouted the Queen in a voice of thunder, and people began running about in all directions, tumbling up against each other:[2] however, they got settled down in a minute or two, and the game began.

Alice thought she had never seen such a curious croquet-ground in her life: it was all ridges and furrows:[3] the croquet balls were live[4] hedgehogs,[5] the mallets live flamingoes,[6] and the soldiers had to double themselves up[7] and stand on their hands and feet,[8] to make the arches.[9]

The chief difficulty Alice found at first was in managing her flamingo: she succeeded in getting its body tucked away, comfortably enough, under her arm,[10] with its legs hanging down,[11] but generally, just as she had got its neck nicely straightened out,[12] and was going to give the hedgehog a blow with its head,[13] it *would*[14] twist itself round and look up in her face, with such a puzzled expression[15] that she could not help bursting out laughing;[16] and, when she had got its head down,[17] and was

1  Get to your places! : '각자 자기 위치로 갈 것'

2  tumbling up against each other : '서로 충돌하다시피 서두르며'

'tumble up'은 '서두르다'는 의미이고, 'against'는 서로 가는 방향이 달라서 서로 충돌할 정도로 방해가 됨을 나타낸다.

3  be all ridges and furrows : 온통 울퉁불퉁하다

'ridge'는 밭에서 두둑하게 솟아있는 부분(두둑)이고, 'furrow'는 그사이의 움푹 파인 곳(밭고랑)이다.

4  live : 여기서는 형용사이다.

5  hedgehog : 고슴도치

6  the mallets live flamingoes : 'the mallets were live flamingoes'에서 'were'가 생략된 것이다. mallet : (croquet나 polo의) 타구봉

7  double oneself up : 자신의 몸을 접듯이 구부리다

8  to stand on their hands and feet : 손과 발을 땅에 모두 대고 있다

여기서 병사들의 자세는 '엎드려뻗쳐' 자세에 해당한다.

9  arch : 크로케 경기에서는 공을 타구봉으로 쳐서 풀밭에 박아놓은 고리 모양의 문(hoop) 아래로 지나가게 한다. 여기서 'arch'는 바로 이 문을 말한다.

10  getting its body tucked away, comfortably enough, under her arm : '홍학(플라밍고)의 몸을 팔 아래 충분히 편안하게 끼기'

tuck : (좁은 곳 등에) 챙겨넣다

11  with its legs hanging down : '다리를 늘어뜨린 채'

12  just as she had got its neck nicely straightened out : '홍학의 목을 훌륭하게 곧게 폈을 바로 그 때에'

13  was going to give the hedgehog a blow with its head : '홍학의 머리로 고슴도치를 칠 작정이었다'

14  would : 여기서는 의지, 고집을 나타낸다.

15  with such a puzzled expression : '매우 어리둥절한 표정으로'

16  burst out laughing : 갑자기 웃기 시작하다.

17  get A down : A를 내리다

going to begin again, it[1] was very provoking[2] to find that the hedgehog had unrolled itself,[3] and was in the act of[4] crawling away: besides all this, there was generally a ridge or a furrow in the way[5] wherever she wanted to send the hedgehog to, and, as the doubled-up soldiers[6] were always getting up and walking off to other parts of the ground, Alice soon came to the conclusion that it was a very difficult game indeed.

The players all played at once, without waiting for turns,[7] quarrelling all the while, and fighting for the hedgehogs; and in a very short time the Queen was in a furious passion, and went stamping about,[8] and shouting 'Off with his head!' or 'Off with

1   it : 가주어이다. 진주어는 'to find that the hedgehog had unrolled itself'이다.

2   provoking : 약오르게 하는 ☜ provoke (v)

3   unrolled itself : '(고슴도치가) 둥그렇게 말았던 몸을 폈다'

4   be in the act of ~ing : 막 ~하려고 하다

   'in the act of ~ing'에는 '~하는 중에'라는 의미도 있다. 맥락을 잘 보아서 의미를 선택해야 한다.

5   in the way : 길을 막는[막고], 방해가 되는[되고]

6   the doubled-up soldiers : '몸을 구부려서 아치를 만들고 있는 병사들'

7   turn : 여기서는 '차례'의 의미이다.

8   went stamping about : '쿵쿵거리며 이리저리 돌아다녔다' stamp : 힘껏 밟다, 쿵쿵 구르다

<br>

'No wise fish would go anywhere without a porpoise.'

(p.270)

her head!' about once in a minute.[1]

Alice began to feel very uneasy: to be sure, she had not as yet had any dispute[2] with the Queen, but she knew that it might happen any minute,[3] 'and then,' thought she, 'what would become of me? They're dreadfully fond of beheading people here: the great wonder is, that there's any one left alive!'[4]

She was looking about for some way of escape, and wondering whether she could get away without being seen, when she noticed a curious appearance in the air:[5] it puzzled her very much at first, but after watching it a minute or two she made it out to be a grin,[6] and she said to herself 'It's the Cheshire-Cat: now I shall have somebody to talk to.'

'How are you getting on?' said the Cat, as soon as there was mouth enough for it to speak with.[7]

Alice waited till the eyes appeared, and then nodded. 'It's no use speaking to it,' she thought, 'till its ears have come, or at least one of them.'[8] In another minute the whole head appeared, and then Alice put down her flamingo, and began an account of the game,[9] feeling very glad she had some one to listen to her. The Cat seemed to think that there was enough of it now in sight, and no more of it appeared.[10]

'I don't think they play at all fairly,' Alice began, in rather a complaining tone,' and they all quarrel so dreadfully one ca'n't hear oneself speak — and they don't seem to have any rules in particular; at least, if there are, nobody attends to them — and

1    about once in a minute : '대략 1분에 한 번'

2    dispute : 논쟁, 말다툼

3    it might happen any minute : '언제라도 일어날 수 있었다'

4    the great wonder is, that there's any one left alive! : '살아남은 사람들
     이 있기는 있다는 것이 매우 놀랍구나!'

5    when she noticed a curious appearance in the air : '그때 허공에 이상
     한 것이 나타난 것을 알아차렸다'
     'when'을 계속적인 용법으로 보고 옮긴 것이다.

6    she made it out to be a grin : '앨리스는 그것이 웃음이라는 것을 식별해냈다'

7    as soon as there was mouth enough for it to speak with : '말하기에
     충분한 만큼의 입이 생기자마자'
     지금 허공에 점차로 고양이의 얼굴 모습이 생기는 중이다.

8    till its ears have come, or at least one of them : '귀가, 적어도 두 귀 중
     하나가 생기기 전까지는'

9    began an account of the game : '크로케 게임에 대해 말하기 시작했다'
     account : 이야기, 서술, 보고

10   no more of it appeared : 얼굴이 생긴 상태에서 멈추었다는 말이다. 몸통
     은 없이.

you've no idea how confusing it is all the things being alive:[1] for instance, there's the arch I've got to go through next walking about at the other end of the ground[2] — and I should have croqueted[3] the Queen's hedgehog just now, only it ran away when it saw mine[4] coming!'

'How do you like the Queen?' said the Cat in a low voice.

'Not at all,' said Alice: 'she's so extremely —' Just then she noticed that the Queen was close behind her, listening: so she went on, '—likely to win,[5] that[6] it's hardly worth while finishing the game.'[7]

The Queen smiled and passed on.[8]

'Who *are* you talking to?' said the King, coming up to Alice,[9] and looking at the Cat's head with great curiosity.

'It's a friend of mine — a Cheshire Cat,' said Alice: 'allow me to introduce it.'

'I don't like the look of it at all,'[10] said the King: 'however, it may kiss my hand if it likes.'

'I'd rather not,' the Cat remarked.

'Don't be impertinent,'[11] said the King, 'and don't look at me like that!' He got behind Alice as he spoke.

'A cat may look at a king,'[12] said Alice. 'I've read that in some book, but I don't remember where.'

1　you've no idea how confusing it is all the things being alive : '모든 것들이 살아있다는 것이 얼마나 혼란스럽게 하는지 모를 거야' have no idea of ~ : ~를 모르다

'idea'와 'how' 사이에 전치사 'of'를 넣어보면 how절과 'idea'의 관계를 알 수 있다. 'it'은 가주어이며 진주어는 'all the things being alive'('모든 것들이 살아있다는 것')이다 'all the things'가 동명사 'being'의 의미상의 주어이다. 공, 타구봉, 아치가 모두 살아있는 것들로 이루어져 있다는 말이다.

2　there's the arch I've got to go through next walking about at the other end of the ground : 'I've got to go through next'(다음번에 통과해야 할)는 'arch'를 꾸며주는 관계대명사절이다. 이 부분을 빼면 나머지는 이렇다 — 'there's the arch walking about at the other end of the ground'('아치가 경기장의 다른 쪽 끝에서 왔다 갔다 하고 있다')

3　croquet : 여기서는 동사이다. 크로케 경기 용어로서, 자기 공과 다른 공을 붙여놓고 자기 공을 타구봉으로 쳐서 다른 공을 멀리 보내는 행동을 말한다.

4　mine : my hedgehog

5　—likely to win : 앞의 'she's so extremely'에 연결해서 파악해야 한다. 앨리스가 원래 하려던 말을 바꾼 것이다.

6　that : 'so extremely'의 'so'와 함께 'so ~ that~' 용법을 이룬다.

7　it is worth while ~ing : ~하는 것은 가치가 있다

'it'은 가주어이고 동명사 '~ing'가 진주어이다. 'worth while'은 'worth + 명사while'에서 온 것이지만 '가치있다'는 의미를 갖는 하나의 단어처럼 생각하면 된다.

8　pass on : 지나쳐서 가던 길을 계속 가다

9　coming up to Alice : '앨리스에게 다가가며'

여기서 부사 'up'은 접근을 나타낸다.

10　I don't like the look of it at all : '표정이 마음에 안 드는군'

11　impertinent : 주제넘다, 건방지다

12　A cat may look at a king : 부하도 상관이 있는 곳에서 일정한 특권을 가질 수 있다는 취지의 속담이다. (가드너의 주석 참조)

'Well, it must be removed,' said the King very decidedly, and he called the Queen, who was passing at the moment,[1] 'My dear! I wish you would have this cat removed!'

The Queen had only one way of settling all difficulties,[2] great or small.[3] 'Off with his head!' she said, without even looking round.[4]

'I'll fetch the executioner[5] myself,' said the King eagerly, and he hurried off.

Alice thought she might as well go back and see how the game was going on, as she heard the Queen's voice in the distance, screaming with passion. She had already heard her sentence[6] three of the players to be executed for having missed their turns,[7] and she did not like the look of things[8] at all, as the game was in such confusion that she never knew whether it was her turn or not. So she went off in search of her hedgehog.[9]

The hedgehog was engaged in a fight with[10] another hedgehog, which[11] seemed to Alice an excellent opportunity for croqueting one of them with the other: the only difficulty was, that her flamingo was gone across to the other side of the garden, where Alice could see it trying in a helpless[12] sort of way to fly up into a tree.

By the time[13] she had caught the flamingo and brought it back, the fight was over, and both the hedgehogs were out of sight: 'but it doesn't matter much,' thought Alice, 'as all the arches are gone from this side of the ground.' So she tucked it

1  who was passing at the moment : '그때 지나가고 있던'

2  settle the difficulties : 어려움을 해결하다

3  great or small : 크든 작든

앞의 'all the difficulties'를 꾸며준다. 형용어가 이렇게 대구법(對句法)으로 사용되면 꾸밈을 받는 명사의 뒤에 위치한다.

4  without even looking round : '돌아보지도 않고'

5  executioner : 사형집행인

6  sentence : 여기서는 '선고하다'의 의미이다.

7  for having missed their turns : '자기 차례를 놓친 죄로'

8  the look of things : '일이 진행되는 모습'

9  went off in search of her hedgehog : '자기 고슴도치를 찾아 나섰다'

10  be engaged in a fight with A : A와 싸우고 있다

11  which : 앞의 문장 전체의 내용을 받는다.

12  helpless : 무력한 쓸모없는, 헛된

13  by the time + 절 : ~할 때쯤에는

'They're putting down their names,' the Gryphon whispered in reply, 'for fear they should forget them before the end of the trial.'

(p.286)

away under her arm, that it might not escape again, and went back to have a little more conversation with her friend.

When she got back to the Cheshire-Cat, she was surprised to find quite a large crowd collected round it:[1] there was a dispute going on between the executioner, the King, and the Queen, who were all talking at once, while all the rest were quite silent, and looked very uncomfortable.

The moment Alice appeared, she was appealed to[2] by all three to settle the question, and they repeated their arguments[3] to her, though, as they all spoke at once,[4] she found it very hard indeed to make out exactly what they said.

The executioner's argument was, that you couldn't cut off a head unless there was a body to cut it off from: that he had never had to do such a thing before,[5] and he wasn't going to begin at *his* time of life.[6]

The King's argument was that anything that had a head could be beheaded, and that you weren't to talk nonsense.[7]

The Queen's argument was that, if something wasn't done about it in less than no time,[8] she'd have everybody executed, all round.[9] (It was this last remark that had made the whole party[10] look so grave and anxious.)

Alice could think of nothing else to say but 'It[11] belongs to the Duchess: you'd better ask *her* about it.'

'She's in prison,' the Queen said to the executioner: 'fetch[12] her here.' And the executioner went off like an arrow.

1  to find quite a large crowd collected round it : '매우 많은 군중이 고양
   이의 주위에 몰려 있음을 발견하고는'

   'find+ 목적어 + 과거분사'의 패턴이다.

2  appeal A + to부정사 : A에게 ~해 달라고 간청[호소]하다

3  repeated their arguments : '자신의 주장을 되풀이해서 말했다'

4  at once : 여기서는 '동시에'의 의미이다.

5  he had never had to do such a thing before : '그가 이전에 그런 일을
   해야만 했던 적이 없었다'

6  at *his* time of life : '자신의 나이에'

   'time of life'는 나이(age)를 의미하는데, 그중에서도 중년, 혹은 갱년기를 가리킨다. 'at one's
   time of life'는 '이 나이에 내가 이 짓을 해야 하겠어'라고 말할 때 적합한 표현이다. 'at' 대신에
   'in'을 사용하면 의미가 달라진다.

7  you are not to talk nonsense : '엉터리 같은 말을 해서는 안 된다'

   'be + to부정사' 용법 중에서 의무나 금지를 나타내는 데 해당한다.

8  in less than no time : 당장

9  all round : 주위의 모두에 대하여 = all around

10  the whole party : 그곳에 모여 있는 사람들 모두

11  It : the Cheshire-Cat

12  fetch : 데리고 오다 ≒ bring

The Cat's head began fading away the moment he was gone, and, by the time he had come back with the Duchess, it had entirely disappeared: so the King and the executioner ran wildly[1] up and down, looking for it, while the rest of the party[2] went back to the game.

1   wildly : 무턱대고, 마구

2   the rest of the party : 모인 사람들 중 왕과 사형집행인을 제외한 나머지

# CHAPTER IX

# The Mock-Turtle's Story

'You ca'n't think how glad I am to see you again, you dear old thing!' said the Duchess, as she tucked her arm affectionately into Alice's,[1] and they walked off together.

Alice was very glad to find her in such a pleasant temper,[2] and thought to herself that perhaps it was only the pepper that had made her so savage when they met in the kitchen.[3]

'When *I'm* a Duchess,' she[4] said to herself, (not in a very

1 as she tucked her arm affectionately into Alice's : '자신의 팔을 다정
  스럽게 앨리스의 팔에 끼면서' ; Alice's = Alice's arm

2 temper : 여기서는 '기분'의 의미이다.

3 when they met in the kitchen : 6장에서 일어난 일을 말한다.

4 she : Alice를 받는다.

캐럴의 짝패는 '미치게 되기'(becoming-mad)의 두 의미 혹은 두 방향을 나타낸다. 『앨리스의 모험』에 나오는 모자 장수와 3월 토끼라는 짝패를 먼저 보자. 각각 서로 다른 한 방향으로 살지만 두 방향은 분리가 불가능하다. 각 방향은 다른 방향으로 세분되며, 각자가 다른 것 속에서 발견되는 지점에 이르게 된다. 미치는 데에는 둘이 필요하다. 우리는 항상 짝으로 미친다. 모자 장수와 토끼는 '시간을 살해한' 날 즉 척도를 파괴하고 성질을 고정된 것과 연관시키는 중지들과 정지들을 억누른 날 같이 미쳤다. 모자 장수와 토끼는 그들에게 시달림당하는 도마우스의 졸린 이미지에서 말고는 그들 사이에서 더 이상 살아남지 못하는 현재를 죽였다. 그러나 또한 이 현재는 과거와 미래로 무한히 세분되는, 저녁 시간 (tea-time)이라는 추상적 시간에만 존속한다. 그 결과 그들은 끊임없이 자리를 바꾸며 항상 늦는 동시에 이르며 동시에 두 방향으로 가지만 결코 정시에 도달하지는 않는다.

—질 들뢰즈

hopeful tone, though), 'I wo'n't have any pepper in my kitchen *at all*. Soup does[1] very well without[2] — Maybe it's always pepper that makes people hot-tempered,'[3] she went on, very much pleased at having found out a new kind of rule,[4] 'and vinegar[5] that makes them sour[6] — and camomile[7] that makes them bitter[8] — and — and barley-sugar[9] and such things that make children sweet-tempered.[10] I only wish people knew *that* : then they wouldn't be so stingy about it,[11] you know — '

She had quite forgotten the Duchess by this time,[12] and was a little startled when she heard her voice close to her ear. 'You're thinking about something, my dear, and that makes you forget to talk. I c'an't tell you just now what the moral[13] of that is, but I

1　does : 이 'do'의 의미에 대해서는 33쪽 주석 4 참조.

2　without : without pepper

이미 나온 목적어 'pepper'가 생략된 용법으로 볼 수도 있고, 아니면 앨리스가 말을 하려다 중도에서 그만 둔 것으로 볼 수도 있다.

3　hot-tempered : 성 잘 내는, 신경질적인

4　a new kind of rule : 기존의 규칙의 파괴나 새로운 규칙의 발견은 이 작품의 주제들 중의 하나이다.

5　vinegar : 식초

6　sour : 사람의 성격을 나타낼 때에는 '까다로운, 찌무룩한, 뚱한, 심술궂은'의 의미이다.

7　camomile : 카밀레(꽃)에서 추출되는 쓴 맛이 강한 약제로서 빅토리아 시대 영국에서 널리 사용되었다고 한다. 차로도 복용한다.

8　bitter : 여기서는 어떤 말이나 그 말을 하는 사람에게 사용되어 '호된, 가차없세 없는, 신랄한'의 의미로 사용되었다. ≒ Stinging, cutting, harsh, keenly or cruelly reproachful, virulent

9　barley-sugar : 보리물엿 즉 조청이라고 나와 있는 사전이 있으나, 영국에서 아직도 팔리고 있는 투명하고 잘 부서지는 캔디이다(가드너의 주석 및 기타 인터넷 싸이트들 참조). 보통 꽈배기 형태라고 가드너는 말하는데, 일반적인 사탕 형태의 것들도 있다.

10　sweet-tempered : 상냥한, 얌전한, 사랑스러운

11　stingy about it : 'stingy about A'는 A와 관련하여 인색하다, 너무 아낀다는 말이다. 여기서 'it'은 앞에 나온 'barley-sugar'를 받는다고 보면 무난할 것이다. 사탕이 아이들의 성품을 착하게 만드니 (어른들이) 사탕을 아끼지 말고 많이 주었으면 좋겠다는 말이다.

12　She had quite forgotten the Duchess by this time : 사탕 생각에 빠져서 공작부인에 대해서는 잠깐 잊은 것이다.

13　moral : 여기서는 '교훈'의 의미로 사용되었다.

shall remember it in a bit.'[1]

'Perhaps it hasn't one,'[2] Alice ventured to remark.

'Tut,[3] tut, child!' said the Duchess. 'Every thing's got a moral, if only you can find it.' And she squeezed herself up closer to Alice's side[4] as she spoke.

Alice did not much like her keeping so close to her:[5] first, because the Duchess was *very* ugly; and secondly, because she was exactly the right height to rest her chin upon Alice's shoulder,[6] and it was an uncomfortably sharp chin. However, she did not like to be rude: so she bore[7] it as well as she could.

'The game's going on rather better now,' she said, by way of[8] keeping up[9] the conversation a little.[10]

''Tis[11] so,' said the Duchess: 'and the moral of that is — "Oh, 'tis love, 'tis love, that makes the world go round!"' '

'Somebody[12] said,' Alice whispered, 'that it's done by everybody minding their own business!'[13]

1   **in a bit** : '조금 있으면, 곧'

여기서 'bit'은 짧은 시간(a short while, a short space of time)을 의미한다.

2   **one** : a moral

3   **tut** : 감탄사로서 경멸, 불만, 초조 등을 나타낸다. 명사로서는 '쯧쯧'하고 혀를 차는 소리이다.

4   **she squeezed herself up closer to Alice's side** : '공작부인은 앨리스의 옆으로 자신을 더욱 밀착시켰다'

5   **her keeping so close to her** : '공작부인이 그렇게 자기 가까이에 계속 있는 것' 동명사구로서 앞의 동사 'like'의 목적어이다. 앞의 'her'는 공작부인을 받은 것이고 뒤의 'her'는 앨리스를 받은 것이다. 앞의 'her'는 동명사구의 의미상의 목적어이다.

6   **exactly the right height to rest her chin upon Alice's shoulder** : '턱을 앨리스의 어깨에 올려놓기에 딱 맞는 키' rest : 여기서는 '놓다, 두다'(put, place)의 의미이다.

7   **bore** : 'bear'의 과거형이다. 여기서의 의미는 '참다, 견디다'이다.

8   **by way of ~** : ~할 셈으로, ~할 목적으로

9   **keep up A** : A를 유지하다

10   **a little** : a little while

11   **'Tis** : 'It is'가 준 것이다. 'T' 앞의 아포스트로피(')가 모음 'I'가 생략되었음을 표시한다.

12   **Somebody** : 다른 사람이 아닌 공작부인을 둘러서 말한 것이다. 공작부인은 6장에서는 모두 자기 일에만 신경을 써야 세상이 잘 돌아간다는 말을 한 바 있는데, 여기서는 사랑이 세상을 돌아가게 한다는, 표면상으로 반대되는 말을 하고 있다.

13   **by everybody minding their own business** : '모두가 자기 일에만 신경을 씀으로써' 'everybody'는 동명사 'minding'의 의미상의 주어이다. 전치사 'by'의 목적어이기도 하기 때문에 's의 형태를 취하지 않았다.

'Ah, well! It means much the same thing,' said the Duchess, digging her sharp little chin into Alice's shoulder as she added 'and the moral of *that* is — "Take care of the sense, and the sounds will take care of themselves." '[1]

'How fond she is of[2] finding morals in things!' Alice thought to herself.

'I dare say you're wondering why I don't put my arm round your waist,' the Duchess said, after a pause: 'the reason is, that I'm doubtful about the temper of your flamingo. Shall I try the experiment?'[3]

'He might bite,' Alice cautiously replied, not feeling at all anxious[4] to have the experiment tried.

'Very true,' said the Duchess: 'flamingoes and mustard[5] both bite.[6] And the moral of that is — "Birds of a feather flock together." '[7]

'Only mustard isn't a bird,' Alice remarked.

'Right, as usual,' said the Duchess: 'what a clear way you have of putting things!'[8]

'It's a mineral, I *think*,' said Alice.

'Of course it is,' said the Duchess, who seemed ready to agree to everything that Alice said:[9] 'there's a large mustard-mine[10] near here. And the moral of that is — "The more there is of mine, the less there is of yours." '[11]

'Oh, I know!' exclaimed Alice, who had not attended to this

1 Take care of the sense, and the sounds will take care of
themselves : '의미에 신경을 쓰면 소리는 저절로 될 것이다'

'Take care of the pence, and the pounds will take care of themselves'('잔돈에 신경을 쓰면
큰돈은 저절로 모일 것이다')라는 속담을 변형한 것이다. 이 속담은 모두 '명령문 + and + 절'
의 패턴('~하라, 그러면 ~할 것이다')로 되어 있다.

2 of : 앞의 'fond'에 이어져서 'be fond of ~ing'를 이룬다.

3 Shall I try the experiment? : '한번 실험해 볼까?'

'한번 실험적으로 팔을 네 허리에 둘러볼까?'라는 의미이다.

4 anxious : 여기서는 '열망하는, 하고 싶어하는'의 의미이다. 앞의 'feeling'의 보
어로 사용되었다.

5 mustard : 겨자

6 flamingoes and mustard both bite : 이 속담에서 동사 'bite'는 'flamingoes'
에 적용되면 '물다'의 의미이지만 'mustard'에 적용되면 '(맛이) 톡 쏘다, 자극하다'
의 의미가 된다.

7 Birds of a feather flock together : 유유상종(類類相從)

8 what a clear way you have of putting things! : ' 너 참 똑 부러지게 말
하는구나!' ; have a clear way of ~ing : 분명하게 ~를 하다 ; put : 여기서는
'표현하다, 말하다,'의 의미이다.

9 겨자가 광물이라고 앨리스가 말한 것이 틀렸는데도 공작부인은 무조건 앨리스의
말에 동의하고 있다.

10 mustard-mine : 겨자 광산

겨자가 광물이라는 앨리스의 말을 받아서 이렇게 말한 것이다.

11 The more there is of mine, the less there is of yours : 이는 캐럴이 창
안한 속담이다. 여기서는 'mine'이 '광산'이 아니라 '나의 것'('I'의 소유대명사)이라
는 의미여야 전체적으로 말이 된다. '내 것이 더 많을수록, 너의 것이 더 적어
진다.'

last remark, 'It's a vegetable. It doesn't look like one,[1] but it is.'[2]

'I quite agree with you,' said the Duchess; 'and the moral of that is — "Be what you would seem to be" — or, if you'd like it put more simply — "Never imagine yourself not to be otherwise than[3] what it might appear to others that what you were or might have been was not otherwise than what you had been would have appeared to them to be otherwise." '[4]

'I think I should understand that better,' Alice said very politely, 'if I had it written down:[5] but I ca'n't quite follow[6] it as you say it.'

'That's nothing to what I could say if I chose,'[7] the Duchess replied, in a pleased tone.[8]

'Pray don't trouble yourself to[9] say it any longer than that,' said Alice.

'Oh, don't talk about trouble!' said the Duchess. 'I make you a present of[10] everything I've said as yet.'[11]

'A cheap sort of present!' thought Alice. 'I'm glad people don't give birthday presents like that!' But she did not venture to say it out loud.

'Thinking again?' the Duchess asked, with another dig of her sharp little chin.

'I've a right to think' said Alice sharply, for she was beginning to feel a little worried.

'Just about as much right,' said the Duchess, 'as pigs have to fly;[12] and the m ——'

1   **one** : a vegetable

2   앨리스는 겨자가 동물(새)이 아니라는 데서 시작하여, 광물(mineral)이라고 했다가 다시 식물(vegetable)이라고 했다. '동물, 식물, 광물'은 빅토리아 시대의 실내 게임으로서 우리나라의 스무고개 비슷하게 상대방이 생각하는 바를 추측하는 게임이었다고 한다. (가드너의 주석 참조.)

3   **be otherwise than ~** : ~과 다르다

4   **Never imagine yourself ~ would have appeared to them to be otherwise** : 이 대목은 문장의 구조도 명확하지 않고 의미도 명확하지 않다. 다만 겉으로 보이는 것과 실제의 관계를 놓고 말하고 있다는 것은 분명하다.

5   **if I had it written down** : '써놓으면'

공작부인의 말을 들어서는 종잡을 수가 없으므로 써놓은 형태로 보면 더 잘 이해할 것이라는 말이다.

6   **follow** : 여기서는 '(말을) 이해하다'의 의미로 사용되었다.

7   **That's nothing to what I could say if I chose** : '그건 내가 마음먹으면 말할 수 있는 것에 비하면 아무 것도 아니야'

'That'은 앞의 의미를 종잡을 수 없는 긴 말('Never imagine yourself ~ would have appeared to them to be otherwise')을 받으며, 전치사 'to'는 '~에 비하면'의 의미이다.

8   **in a pleased tone** : '기분 좋은 어조로'

9   **trouble oneself + to부정사** : 신경 써서[애써서] ~하다, 수고를 아끼지 않고 ~하다

10   **make A a present of B** : A에게 B를 선물[선새하다 = make a present of B to A

11   **as yet** : '이제껏'

12   **Just about as much right as pigs have to fly** : '오직(just) 돼지가 날 권리 정도의 권리를 (가질 뿐이지)'

돼지가 날 수는 없으므로 이 권리가 어느 만큼의 권리인지가 모호해진다. 'about'은 '대략'의 의미를 가진 부사로서 여기서는 직역하지 않고 명사인 '권리' 뒤에 '정도'라는 말로 옮겼다. 두 번째 'as'는 관계대명사로서 'right'를 선행사로 하며 'have'의 목적어이다.

But here, to Alice's great surprise, the Duchess's voice died away,[1] even in the middle of her favourite word 'moral', and the arm that was linked into hers began to tremble. Alice looked up, and there stood the Queen in front of them, with her arms folded, frowning like a thunderstorm.

'A fine day, your Majesty!' the Duchess began in a low, weak voice.

'Now, I give you fair warning,'[2] shouted the Queen, stamping on the ground as she spoke; 'either you or your head must be off, and that in about half no time![3] Take your choice!'

The Duchess took her choice, and was gone in a moment.

'Let's go on with the game,' the Queen said to Alice; and Alice was too much frightened to say a word, but slowly followed her back to the croquet-ground.

The other guests had taken advantage of[4] the Queen's absence, and were resting[5] in the shade: however, the moment they saw her, they hurried back to the game, the Queen merely remarking that[6] a moment's delay would cost them their lives.[7]

All the time they were playing the Queen never left off quarrelling with the other players, and shouting 'Off with his head!' or 'Off with her head!' Those whom she sentenced[8] were taken into custody[9] by the soldiers, who of course had to leave off being arches[10] to do this, so that, by the end of half an hour or so, there were no arches left,[11] and all the players, except the King, the Queen, and Alice, were in custody[12] and

1　die away : 점점 약해져 없어지다

2　I give you fair warning : '그대에게 공명정대하게 경고하노라'

3　and that in about half no time! : '그것도 즉시! (그렇게 해야 한다)'

[1] 'in (less than) no time'은 '즉시'라는 의미의 관용구이다. 'half'는 'less than'과 통하므로 'in less than no time'은 'in half no time'와 의미가 거의 같다. 'about'은 241쪽 주석 12에서처럼 '대략'의 의미이다.

[2] 'and that'은 선행하는 부분(여기서는 'either you or your head must be off'이다)을 다시 받으면서 거기에 'in about half no time'라는 부사구를 덧붙이는 용법이다. '그것도, 게다가' 등으로 옮겨지는데, 굳이 옮기지 않아도 되는 경우들도 있다. 다른 예) It was necessary to act, and that promptly (행동하는 것이 필요했다. 그것도 즉각적으로 말이다.)

4　take advantage of  A : A를 이용하다

5　resting : 여기서 'rest'는 '쉬다, 휴식하다'의 의미이다.

6　the Queen merely remarking that ～ : 전체적으로 'the Queen'이라는 주어가 따로 있는 분사구문이다. remark : 말하다

7　a moment's delay would cost them their lives : '한시라도 지체하며 목숨이 날아갈 것이다'

cost A A's life : A에게 A의 목숨을 대가로 치르게 하다

8　sentence : 여기서는 단순히 '판결하다, 선고하다'의 의미가 아니라 '처형을 선고하다'의 의미이다.

9　take A into custody : A를 구류[구금]하다

10　arches : 219쪽 주석 9 참조.

11　there is A left : A가 남아있다

12　be in custody : 구류(구금)되어 있다

under sentence of execution.[1]

Then the Queen left off, quite out of breath,[2] and said to Alice 'Have you seen the Mock Turtle yet?'[3]

'No,' said Alice. 'I don't even know what a Mock Turtle is.'

'It's the thing Mock Turtle Soup is made from,'[4] said the Queen.

'I never saw one,[5] or heard of one,' said Alice.

'Come on, then,' said the Queen, 'and he shall tell you his history,'

As they walked off together, Alice heard the King say in a low voice, to the company generally,[6] 'You are all pardoned.'[7] 'Come,[8] *that's* a good thing!' she said to herself, for she had felt quite unhappy at the number of executions the Queen had ordered.

They very soon came upon a Gryphon,[9] lying fast asleep[10] in the sun.[11] (If you don't know what a Gryphon is, look at the picture.) 'Up, lazy thing!'[12] said the Queen, 'and take this young lady to see the Mock Turtle, and to hear his history. I must go back and see after[13] some executions I have ordered'; and she walked off, leaving Alice alone with the Gryphon. Alice did not quite like the look of the creature, but on the whole[14] she thought

1 **be under sentence of execution** : 처형을 선고받은 상태에 있다

2 **out of breath** : 숨이 차서

3 **the Mock Turtle** : 보통명사라면 '가짜 바다거북'이라는 의미이다. 실존하는 거북이의 종류가 아니라 가상의 동물이다. '바다거북이 수프'(turtle soup)는 거북이 고기로 만들고 'mock turtle soup'은 보통 송아지고기(veal)로 만든다. 그런데 마치 'mock turtle'이라는 동물이 따로 있고 이것으로 'mock turtle soup'을 만드는 것처럼 본 것이다. 한국의 음식으로 설명해보자. 개고기로 만든 탕이 개장국이고 육개장은 개고기 대신 소고기('육')로 만든 개장국이다. 그런데 '육개'라는 동물이 마치 따로 있고 이것으로 육개장을 만드는 것처럼 보는 것에 해당하는 것이 바로 'mock turtle'과 'mock turtle soup'의 관계이다.

4 **A is made from B** : B를 재료로 하여 A가 만들어지다

'from' 자리에 'of'가들어가는 경우와 다른 점을 굳이 구분한다면, 'of'는 주로 물리적 변화를 나타내고, 'from'는 화학적인 변화를 나타낸다.

5 **one** : a Mock Turtle

6 **to the company generally** : '모인 사람들 전부에게'

'the company'는 크로케 경기장에 모인 사람들의 무리를 의미하고, 'generally'는 그 '전부'에 해당됨을 의미하는 부사이다.

7 **You are all pardoned** : '그대들을 모두 사면하노라' pardon : 사면하다

8 **Come** : 171쪽 주석 9 참조.

9 **Gryphon** : 'gryphon' 혹은 'griffin'은 그리스 신화에 나오는 괴물로서 독수리의 머리와 날개를 하고 사자 몸뚱이를 하고 있다.

10 **fast asleep** : 곤히 잠들어 있는(잠든)

11 **in the sun** : 양지(陽地)에서

12 **Up, lazy thing!** : '일어나라, 게으른 것아!'

13 **see after ~** : ~을 돌보다

14 **on the whole** : ① 전체적으로 ② 대체로

it would be quite as safe to stay with it as to go after that savage Queen:[1] so she waited.

The Gryphon sat up and rubbed its eyes:[2] then it watched the Queen till she was out of sight: then it chuckled. 'What fun!'[3] said the Gryphon, half to itself, half to Alice.

'What *is* the fun?'[4] said Alice.

'Why, *she*,'[5] said the Gryphon. 'It's all her fancy, that:[6] they never executes nobody,[7] you know. Come on!'

'Everybody says "come on!" here,' thought Alice, as she went slowly after it: 'I never was so ordered about before, in all my life, never!'

They had not gone far before[8] they saw the Mock Turtle in the distance, sitting sad and lonely on a little ledge[9] of rock,

1 it would be quite as safe to stay with it as to go after that savage
  Queen : 맨 앞의 'it'은 가주어이다. 진주어는 'to stay with it'이다. 가주어를 빼
  고 다시 쓰면 다음과 같다. To stay with it(A) would be quite as safe as to go
  after that savage Queen(B) = A would be quite as safe as B(A는 정말 B만큼이
  나 안전할 것이다); A : '그리펀과 함께 있는 것' / B : '포악한 여왕을 따라가는 것'

2 rub one's eyes : (잠이 덜 깨거나 해서) 눈을 비비다

3 What fun! : '정말 우스워!'

  '정말 재미있어!'로 옮길 수도 있다. 둘 중에 더 좋다고 생각되는 것을 택하면 된다.

4 What *is* the fun? : '뭐가 그렇게 우스워?'

5 Why, *she* : '물론 , 여왕이 우습지'

6 It's all her fancy that : '저거 다 여왕의 공상이야'

  여기서 'it'은 가주어이고 'that'이 진주어인데, 'that'은 여왕이 처형에 집착한다는 앞의 내용을
  받은 것이다.

7 they never executes nobody : '그들은 결코 아무도 처형하지 않아'

  이중부정이지만 긍정이 되는 것은 아니고 부정의 강조가 된다.

8 They had not gone far before ~ : '그들은 얼마 가지 않아서 ~했다'

  이런 패턴은 'before'에 선행하는 부분을 이렇게 먼저 옮기는 것이 우리말로 자연스럽다.

9 ledge : 선반 모양의 것. 여기서는 바위에 조그마하게 앉거나 설 수 있는 자리
  가 수평으로 생긴 것을 말한다.

and, as they came nearer, Alice could hear him sighing as if his heart would break. She pitied him deeply. 'What is his sorrow?' she asked the Gryphon. And the Gryphon answered, very nearly in the same words as before,[1] 'It's all his fancy, that :[2] he hasn't got no sorrow,[3] you know. Come on!'

So they went up to the Mock Turtle, who looked at them with large eyes full of tears, but said nothing.

'This here young lady,' said the Gryphon, 'she[4] wants for to know[5] your history, she do.'[6]

'I'll tell it her,'[7] said the Mock Turtle in a deep, hollow[8] tone. 'Sit down, both of you, and don't speak a word till I've finished.'

So they sat down, and nobody spoke for some minutes. Alice thought to herself, 'I don't see how he can *ever* finish, if he doesn't begin.' But she waited patiently.

'Once,' said the Mock Turtle at last, with a deep sigh, 'I was a real Turtle.'

These words were followed by a very long silence, broken only by an occasional exclamation of 'Hjckrrh!'[9] from the Gryphon, and the constant heavy sobbing of the Mock Turtle. Alice was very nearly getting up and saying,[10] 'Thank you, Sir, for your interesting story,' but she could not help thinking there *must* be more to come, so she sat still[11] and said nothing.

1  very nearly in the same words as before : '이전과 거의 같은 말로'

2  It's all his fancy, that : 247쪽 주석 6 참조.

3  he hasn't got no sorrow : 역시 이중부정이지만, 긍정이 아니라 강한 부정을 나타낸다.

4  she : 바로 앞의 'This here young lady'를 받은 것이다. 명사구를 먼저 던져 놓고 바로 이어서 대명사로 받은 것이다. 이런 식으로 반복적으로 말하는 것이 바로 그리펀의 말투이다.

5  wants for to know = wants to know
   이런 경우 'for to'는 부정사 앞에 그냥 'to'를 쓰는 경우와 동일하다. 지금은 방언에서 말고는 잘 사용하지 않는 용법이다.

6  she do : 역시 그리펀의 말투로서 앞에 말을 대동사 'do'를 사용하여 반복한 것이다. 물론 'do'는 현재표준영어로는 'does'가 되어야 한다.

7  tell it her : 'tell it to her'나 'tell her it'로 되어야 할 것을 이렇게 말하는 것은 가짜 바다거북 특유의 말투이다.

8  hollow : (소리, 목소리가) 공허한, 둔탁한, 힘없는

9  Hjckrrh : 캐럴이 창안한 감탄사이다.

10  was very nearly getting up and saying~ : '거의 일어나서 ~라고 말할 뻔했다'

11  still : 여기서는 '가만히, 조용히'의 의미이다.

'When we were little,'[1] the Mock Turtle went on at last, more calmly, though still sobbing a little[2] now and then, 'we went to school in the sea. The master was an old Turtle — we used to call him Tortoise — '[3]

'Why did you call him Tortoise, if he wasn't one?'[4] Alice asked.

'We called him Tortoise because he taught us,'[5] said the Mock Turtle angrily. 'Really you are very dull!'

'You ought to be ashamed of yourself for asking such a simple question,' added the Gryphon; and then they both sat silent and looked at poor Alice, who felt ready to sink into the earth. At last the Gryphon said to the Mock Turtle, 'Drive on,[6]

1 When we were little : '우리가 아직 조그마했을 때에'

2 still sobbing a little : '여전히 조금 흐느끼며'

3 Tortoise : 'tortoise'는 넓게 '거북이'를 총칭하며, 좁게는 '육지거북이'를 지칭한다. 옥스퍼드 사전의 설명에 따르면 'tortoises'는 '육지거북이'(Land-tortoises, Testudinidæ), 늪지 거북이(Marsh-tortoises, Emydæ), 강거북이(River-tortoises, Trionycidæ), 바다거북이(Marine tortoises, Chelonidæ)로 나뉘는데, 이 중 바다거북이(Marine tortoises)가 보통 'turtle'로 불린다고 한다.

4 one : a tortoise
여기서 앨리스는 'tortoise'와 'turtle'의 통상적 차이를 염두에 두고 말한 것이다.

5 taught us : 'Tortoise'와 'taught us'는 발음이 유사하다. 발음의 유사성을 이용한 말장난(pun)의 사례이다.

6 Drive on : '계속 하라'

'What size do you want to be?' it asked. 'Oh, I'm not particular as to size,' Alice
hastily replied 'only one doesn't like changing so often, you know.'
(p.138)

old fellow! Don't be all day about it!'[1] and he went on in these words: —

'Yes, we went to school in the sea, though you mayn't believe it —— '

'I never said I didn't!' interrupted Alice.

'You did,' said the Mock Turtle.

'Hold your tongue!' added the Gryphon, before Alice could speak again. The Mock Turtle went on.

'We had the best of educations — in fact, we went to school every day ——

'*I've* been to a day-school, too,'[2] said Alice. 'You needn't be so proud as all that.'

'With extras?'[3] asked the Mock Turtle, a little anxiously.

'Yes,' said Alice: 'we learned French and music.'

'And washing?' said the Mock Turtle.

'Certainly not!' said Alice indignantly.[4]

'Ah! then yours[5] wasn't a really good school,' said the Mock Turtle in a tone of great relief. 'Now at *ours*, they had, at the end of the bill,[6] "French, music, *and washing* — extra." '

'You couldn't have wanted[7] it[8] much,' said Alice; 'living at the bottom of the sea.'

'I couldn't afford to[9] learn it.' said the Mock Turtle, with a sigh. 'I only took the regular course.'[10]

'What was that?' inquired Alice.[11]

'Reeling[12] and Writhing,[13] of course, to begin with,' the Mock

1 **Don't be all day about it!** : '하루 종일 그 얘길 하질 말고!'
여기서 'about'은 어떤 일에 종사하는 것을 나타낸다.

2 **_I've_ been to a day-school, too** : '나도 평일학교에 다녀본 적이 있어' ;
day-school : 수업이 끝나면 학생들이 집으로 돌아가는 학교(↔ boarding school)

3 **With extras?** : 위의 'a day-school'에 걸리는 것으로 해석하면 된다. 'extras'가
있는 학교냐는 물음이다. 'extras'에 대해서는 아래 주석을 참조하라.

4 당시 기숙학교의 청구서에는 종종 'French, music, and washing — extra'라고
쓰여 있었다고 한다. 여기서 앞의 'French, music'은 추가 비용을 받고 더 가르
치는 과목을 말하고 'washing'은 이와 달리 학교에서 추가 비용을 받고 학생들
의 세탁 써비스를 해주는 것을 말한다. 가짜 바다거북은 이 대목을 묻고 있는
것이다. (바로 이어지는 문장 참조.) 앨리스는 기숙학교에 다닌 것이 아니므로 이
항목이 해당될 수 없다

5 **yours** : your school

6 **bill** : 청구서

7 **wanted** : 여기서 'want'는 '필요로 하다'의 의미로 사용되었다.

8 **it** : washing

9 **cannot afford + to부정사** : ~할 (재정적인) 여유가 없다

10 **I only took the regular course** : '나는 기본과정만 이수했어'

11 **inquire** : 묻다 = enquire

12 **Reeling** : 비틀거리기, 휘청거리기
'Reading'(독본)에 대한 말장난이다.

13 **Writhing** : 몸을 뒤틀기
'Writing'(작문)에 대한 말장난이다.

Turtle replied; 'and then the different branches of Arithmetic — Ambition, Distraction, Uglification, and Derision.'[1]

'I never heard of "Uglification," ' Alice ventured to say. 'What is it?'

The Gryphon lifted up both its paws in surprise. 'Never heard of uglifying!'[2] it exclaimed. 'You know what to beautify is,[3] I suppose?'

'Yes,' said Alice doubtfully: 'it means — to — make — anything — prettier.'

'Well, then,' the Gryphon went on, 'if you don't know what to uglify is, you *are* a simpleton.'[4]

Alice did not feel encouraged to ask any more questions about it: so she turned to the Mock Turtle, and said 'What else had you to learn?'

'Well, there was Mystery,'[5] the Mock Turtle replied, counting off the subjects on his flappers,[6] — 'Mystery, ancient and modern, with Seaography:[7] then Drawling[8] — the Drawling-master was an old conger-eel,[9] that used to come once a week: *he* taught us Drawling, Stretching,[10] and Fainting in Coils.'[11]

'What was *that* like?' said Alice.

'Well, I ca'n't show it you,[12] myself,' the Mock Turtle said: 'I'm too stiff.[13] And the Gryphon never learnt it.'

'Hadn't time,' said the Gryphon: 'I went to the Classics master,[14] though.[15] He was an old crab, *he* was.'

1 **Ambition, Distraction, Uglification, and Derision** : 각각 'Addition'
(더하기), 'Subtraction'(빼기), 'Multiplication'(곱하기), 'Division'(나누기)에 대한 말
장난이다. 'Distraction'은 '산만하게 하기'의 의미가 있으며, 'Derision'은 '조롱'의
의미이다. 'Uglification'은 '추하게 하기'이다.

2 **Never heard of uglifying!** : '추하게 하기에 대해 들어본 적이 없다니!'

3 **what to beautify is** : '미화하다(to beautify)가 무엇인지를'

4 **simpleton** : 얼간이

5 **Mystery** : 'history'에 대한 말장난이다.

6 **count off the subjects on his flappers** : '그의 앞발을 꼽아가며 과목들을
열거하다'

'flapper'는 바다거북 등의 지느러미 모양의 앞발이다. 마치 사람이 손가락을 꼽아가며 어떤 것
을 세는 경우에 해당한다. 물론 사람 같은 손가락이 없으므로 한 손에 다섯 씩 열거하지는 못
하리라고 추측된다. 'count off'에는 다른 의미도 있으므로 맥락에 유의해야 한다.

7 **Seaography** : 'Geography'에 대한 말장난이다. 바다를 의미하는 'sea'를 'geo'
에 맞추어 'seao'로 변형시켜 사용하였다.

8 **Drawling** : '점잔빼며 천천히 이야기하기'의 의미로서, 'Drawing'에 대한 말장
난이다.

9 **conger-eel** : 붕장어

10 **Stretching** : '몸펴기'라는 의미로서 'Sketching'(스케치하기)에 대한 말장난이다.

11 **Fainting in Coils** : '몸을 감으며(in coils) 기절하기'의 의미로서 'Painting in
oils'(유화 그리기)에 대한 말장난이다.

12 **show it you** : 앞의 'tell her it'처럼 가짜 바다거북 특유의 말투이다. 'show it
to you'나 'show you it'로 써야 할 것을 이렇게 썼다.

13 **I'm too stiff** : 몸이 너무 뻣뻣하다는 말이다. 붕장어가 가르쳐 준 것을 하려
면 몸이 유연해야 한다.

14 **I went to the Classics master** : '나는 고전 선생님께 (배우러) 갔다'

15 **though** : '그러나'의 의미인데 이렇게 문장 맨 뒤에 온다.

'I never went to him,' the Mock Turtle said with a sigh: 'he taught Laughing and Grief,[1] they used to say.'

'So he did, so he did,' said the Gryphon, sighing in his turn;[2] and both creatures hid their faces in their paws.[3]

'And how many hours a day did you do lessons?'[4] said Alice, in a hurry to change the subject.

'Ten hours the first day,'[5] said the Mock Turtle: 'nine the next, and so on.'

'What a curious plan!' exclaimed Alice.

'That's the reason they're called lessons,' the Gryphon remarked: 'because they lessen from day to day.'[6]

This was quite a new idea to Alice, and she thought it over[7] a little before she made her next remark.[8] 'Then the eleventh day must have been a holiday?'

'Of course it was,' said the Mock Turtle.

'And how did you manage[9] on the twelfth?' Alice went on eagerly.

'That's enough about lessons,'[10] the Gryphon interrupted in a very decided[11] tone: 'Tell her something about the games now.'

1   Laughing and Grief : '웃기와 비탄'의 의미인데, 'Latin and Greek'(라틴어와
    그리스어)에 대한 말장난이다.

2   sighing in his turn : '이번에는 자기가 한숨을 쉬면서' in one's turn : 자기
    차례가 되어

3   hid their faces in their paws : '앞발로 얼굴을 가렸다'

4   do lessons : 학과공부를 하다

5   Ten hours the first day : '첫 날에는 10시간(을 하고)'

6   'lesson'과 'lessen'(줄어들다)이 발음이 같은 것을 이용한 말장난이다.

7   thought it over : 23쪽 주석 9 참조.

8   make a remark = remark (v) : 말하다

9   manage : 여기서는 자동사로서 '해나가다'의 의미이다.

10   That's enough about lessons : '학과공부에 대해서는 이제 됐어'
     충분히 말할 만큼 말했으니 그만 하자는 말이다.

11   decided : 단호한

# CHAPTER X

# The Lobster–Quadrille[1]

The Mock Turtle sighed deeply, and drew the back of one flapper across his eyes.[2] He looked at Alice and tried to speak, but, for a minute or two, sobs[3] choked his voice. 'Same as if he had a bone in his throat,'[4] said the Gryphon; and it set to work shaking him and punching him in the back.[5] At last the Mock Turtle recovered his voice, and, with tears running down his cheeks,[6] he went on again: —

1 Quadrille : 카드릴(네 사람이 한 조로 추는 춤)

2 drew the back of one flapper across his eyes : '앞발의 등으로 눈을 닦았다'

   직역하자면 '앞발의 등으로 하여금 눈을 가로질러 가도록 했다'이다 ; the back of one flapper : 앞발의 등(사람이라면 손등)

3 sobs : 여기서는 앞에서와 달리 명사로 사용되었다.

4 Same as if he had a bone in his throat : '목에 뼈가 걸린 것과 똑같아'

5 set to work ~ing : ~하기 시작하다

6 with tears running down his cheeks : '두 빰에 눈물이 줄줄 흘러내리며'

'You're looking for eggs, I know that well enough and what does it matter to me
whether you're a little girl or a serpent?'

(p.146)

'You may not have lived much under the sea —' ('I haven't,' said Alice) — 'and perhaps you were never even introduced to a lobster —' (Alice began to say 'I once tasted ——' but checked herself hastily, and said 'No, never')[1] ' —— so you can have no idea what a delightful thing a Lobster Quadrille is!'

'No, indeed,' said Alice. 'What sort of a dance is it?'

'Why,' said the Gryphon, 'you first form into a line[2] along the sea-shore ——'

'Two lines!' cried the Mock Turtle. 'Seals,[3] turtles, salmon,[4] and so on : then, when you've cleared all the jelly-fish[5] out of the way[6] ——'

'*That* generally takes some time,'[7] interrupted the Gryphon.

' —— you advance twice ——'

'Each with a lobster as a partner!' cried the Gryphon.

'Of course,' the Mock Turtle said: 'advance twice, set to partners[8] ——'

' —— change lobsters, and retire in same order,' continued the Gryphon.

'Then, you know,' the Mock Turtle went on, 'you throw the ____ ,'

'The lobsters!' shouted the Gryphon, with a bound into the air.[9]

' —as far out to sea as you can[10] ——'

'Swim after them!' screamed the Gryphon.

'Turn a somersault in the sea!'[11] cried the Mock Turtle, capering

1 앨리스는 바닷가재를 먹어보았다는 말을 하려다가 이 발언이 상대를 기분 나쁘게 할 것을 깨닫고는 재빨리 멈추고 거짓말을 한 것이다. 5장에서 앨리스는 알을 먹어본 적이 있다고 사실대로 말했다가 뱀으로 취급받았다. 앨리스가 평소에 먹는 것들이 이 원더랜드에서는 어엿한 캐릭터들로 등장하므로 앨리스가 평소대로 말하면 문제가 되는 경우가 많다.

2 form into a line : 열을 짓다

3 seal : 물개

4 salmon : 연어

5 jelly-fish : 해파리

6 clear A out of the way : A를 방해가 안 되게 치우다

7 takes some time : '시간이 좀 걸린다'

8 set to one's partner : 파트너와 마주 서다

여기서는 앞에서 그리펀이 끼어들어서 한 말인 'Each with a lobster as a partner!'를 받아서 한 말이므로 말의 흐름상 'set'은 과거분사로 쓰였다고 보는 것이 적절하다. 그래서 'Of course, advance twice, set to partners'는 '물론 파트너와 마주 서서 두 번 앞으로'로 옮기면 무난하다.

9 with a bound into the air : '공중으로 뛰어오르며'

10 as far out to sea as you can : '바다로 가능한 한 멀리'

11 turn a somersault : 공중제비를 넘다, 재주넘다

wildly about.[1]

'Change lobsters again!' yelled the Gryphon at the top of its voice.[2]

'Back to land again, and that's all the first figure,'[3] said the Mock Turtle, suddenly dropping his voice; and the two creatures, who had been jumping about[4] like mad things all this time, sat down again very sadly and quietly, and looked at Alice.

'It must be a very pretty dance,' said Alice timidly.

'Would you like to see a little of it?'[5] said the Mock Turtle.

'Very much indeed,' said Alice.

'Come, let's try the first figure!' said the Mock Turtle to the Gryphon. 'We can do it without lobsters, you know. Which[6] shall sing?'

'Oh, *you* sing,' said the Gryphon. 'I've forgotten the words.'

So they began solemnly dancing round and round Alice, every now and then treading[7] on her toes[8] when they passed too close, and waving their fore-paws[9] to mark the time[10], while the Mock Turtle sang this, very slowly and sadly: — [11]

"Will you walk a little faster?" said a whiting[12] to a snail.
"There's a porpoise[13] close behind us, and he's treading on my tail.
See how eagerly the lobsters and the turtles all advance!
They are waiting on the shingle[14] — will you come and

1 **capering wildly about** : '마구 이리저리 뛰어다니며' ; caper : 뛰어돌아다니다; wildly : 마구, 격렬하게, 심하게

2 **at the top of its voice** : '목소리를 한껏 높여서'

3 **the first figure** : 여기서 'figure'는 춤을 구성하는 일단의 동작들을 말한다. 노래의 '절'에 해당하고 무술의 '초식'에 해당한다고 보면 된다.

4 **jumping about** : capering about

5 **see a little of it** : '그것을 조금 보다'

   'a little' 자리에 'something, much, nothing'이 들어가면 차례대로 '상당히 보다(see something of it), 많이 보다(see much of it), 못 보다(see nothing of it)'의 의미가 되며, 'a little'의 'a'가 빠지면 '거의 못 보다'(see little of it)가 된다.

6 **Which** : '우리 둘 중 누가'

7 **tread** : 밟다

8 **treading on her toes** : 여기서는 말 그대로 '앨리스의 발가락을 밟으며'이겠지만, 'tread on one's toes'에는 숙어로 '성나게 하다, 권리를 침해하다'의 의미도 있다.

9 **fore-paw** : 앞발

10 **to mark the time** : '박자를 표시하기 위하여'

11 가짜 바다거북의 이 노래는 하우위트(Mary Howitt)의 시 "The Spider and the Fly"의 첫 행을 패러디한 것이다.

12 **whiting** : 대구과(科)의 일종.

13 **porpoise** : 돌고래

14 **shingle** : 해변에 깔린 둥글고 작은 돌.

join the dance?

    Will you, wo'n't you, will you, wo'n't you, will you join
the dance?

    Will you, wo'n't you, will you, wo'n't you, wo'n't you
join the dance?


"You can really have no notion how delightful it will be[1]
When they take us up and throw us, with the lobsters, out
to sea!"

But the snail replied "Too far, too far!" and gave a look
askance[2] —

Said he thanked the whiting kindly, but he would not join
the dance.

    Would not, could not, would not, could not, would not
join the dance.

    Would not, could not, would not, could not, could not
join the dance.


"What matters it how far we go?"[3] his scaly friend[4]
replied.

"There is another shore, you know, upon the other side.

The further off from England the nearer is to France[5] —

Then turn not pale, beloved snail, but come and join the
dance.

1 have no notion how delightful it will be = have no idea how delightful it will be : 그것이 얼마나 즐거운지 모르다

'have no idea[notion] of ~'(~을 모르다) 패턴을 사용한 것이다. 'of' 다음에 이렇게 절이 오면 'of'가 생략되는 경우가 많다.

2 askance : 비스듬히, 곁눈질로

3 What matters it how far we go? : '얼마나 멀리 가느냐 하는 것이 뭐 중요한가?'

'it'은 가주어이고 'how far we go'가 진주어이다 ; What matters it? = What does it matter?

4 his scaly friend : 'whiting'을 말한다; scaly : 비늘이 있는

5 The further off from England the nearer is to France : '영국에서 멀리 떨어질수록 프랑스에 더 가까워진다'

'Talking of axes,' said the Duchess, 'chop off her head!'
(p.162)

Will you, wo'n't you, will you, wo'n't you, will you join the dance?

Will you, wo'n't you, will you, wo'n't you, wo'n't you join the dance?"

'Thank you, it's a very interesting dance to watch,' said Alice, feeling very glad that it was over at last: 'and I do[1] so like that curious song about the whiting!'

'Oh, as to[2] the whiting,' said the Mock Turtle, 'they — you've seen them, of course?'

'Yes,' said Alice, 'I've often seen them at dinn ——'[3] she checked herself hastily.

'I don't know where Dinn[4] may be,' said the Mock Turtle; 'but, if you've seen them so often, of course you know what they're like?'

'I believe so,' Alice replied thoughtfully. 'They have their tails in their mouths[5] — and they're all over crumbs.'[6]

'You're wrong about the crumbs,' said the Mock Turtle: 'crumbs would all wash off[7] in the sea. But they have their tails in their mouths; and the reason is ——' here the Mock Turtle yawned and shut his eyes. 'Tell her about the reason and all that,'[8] he said to the Gryphon.

'The reason is,' said the Gryphon, 'that they would go with the lobsters to the dance. So they got thrown out to sea. So they had to fall a long way.[9] So they got their tails fast in their mouths.[10]

1 **do** : 강조를 나타내는 조동사이다.

2 **as to ～** : ～에 관해서 (말하자면)

3 **dinn** : 앨리스는 'dinner'라고 말하려다 멈춘 것이다. 앞의 216쪽 주석 1과 비슷한 상황이다.

4 **Dinn** : 가짜 바다거북은 'dinn'이 어떤 지명이라고 생각한 것이다.

5 **They have their tails in their mouths** : '꼬리가 입 속에 들어가 있다'
'whiting'은 꼬리를 입이나 눈에 끼어 넣은 채로 판매했다고 한다.

6 **they're all over crumbs** : '온통 빵가루가 묻어 있다'
앨리스는 빵가루를 묻혀 요리한 'whiting'을 먹어 본 적이 있는 것이다.

7 **wash off** : (물 같은 것에) 씻겨 나가다

8 **and all that** : 그 밖의 전부, 따위(등등) 여러 가지

9 **fall a long way** : 먼 거리를 떨어져 내리다(낙하하다), 한참 떨어져 내리다

10 **got their tails fast in their mouths** : '꼬리를 입에 단단하게 넣었다' ; fast : 여기서는 '(잘 안 빠지게) 꽉, 단단하게'의 의미이다.

'Did you say "pig", or "fig"?' said the Cat.

(p.176)

So they couldn't get them out again.[1] That's all.'[2]

'Thank you,' said Alice, 'it's very interesting. I never knew so much about a whiting before.'

'I can tell you more than that, if you like,' said the Gryphon. 'Do you know why it's called a whiting?'

'I never thought about it,' said Alice. 'Why?'

'*It does the boots and shoes.*'[3] the Gryphon replied very solemnly.

Alice was thoroughly[4] puzzled. 'Does the boots and shoes!' she repeated in a wondering tone.

'Why, what are *your* shoes done with?'[5] said the Gryphon. 'I mean, what makes them so shiny?'

Alice looked down at them, and considered a little before she gave her answer. 'They're done with blacking,[6] I believe.'

'Boots and shoes under the sea,' the Gryphon went on in a deep voice, 'are done with whiting.[7] Now you know.'

'And what are they[8] made of?' Alice asked in a tone of great curiosity.

'Soles and eels,[9] of course,' the Gryphon replied, rather impatiently:[10] 'any shrimp[11] could have told you that.'

'If I'd been the whiting,' said Alice, whose thoughts were still running on the song,[12] 'I'd have said to the porpoise, "Keep back, please![13] we don't want *you* with us!" '[14]

1 **couldn't get them out again** : '(단단하게 넣었기에) 꼬리를 다시 꺼낼 수가 없었다'

2 **That's all** : 그것으로 끝이야, 그것뿐이야, 그것이 다야

3 *It does the boots and shoes* : 이런 경우의 'do'는 어떤 대상과 일반적으로 관련된 작업(수리, 준비, 청소, 정돈, 장식 등등)을 한다는 의미이다. 구두와 신발의 경우에는 먼지 등을 떨어내고 구두약 같은 것을 발라서 상태를 좋게 하면서 광을 내는 것이 이에 해당된다.

4 **thorough** : complete, perfect, downright, entire

5 **what are *your* shoes done with?** = with what do you do your shoes?

6 **blacking** : 여기서는 '검정 구두약'의 의미이다.

7 **are done with whiting** : 생선 대구를 의미하는 'whiting'을 'blacking'(검정구두약)과 대조되는 'whiting'(하얀구두약)으로 설정한 것이다.

8 **they** : Boots and shoes under the sea

9 **Soles and eels** : 'sole'은 '신발의 바닥, 구두의 창'을 뜻하는 단어도 되고 '혀가자미, 혀넙치'를 뜻하는 단어도 된다. 'eel'(뱀장어)은 'heel'(신발의 뒤축)과 발음이 유사하다.

10 **rather impatiently** : '다소 성마르게'
'그것도 몰라?'라는 식의 답답해하는 태도가 전달된다. 물론 앨리스로서는 모르는 것이 당연하다.

11 **shrimp** : 작은 새우

12 **whose thoughts were still running on the song** : '아직 그 노래에 대해서 생각하고 있던'
여기서 'run'은 계속적인 진행을 나타내며 전치사 'on'은 '~에 관하여'의 의미로 사용되었다.

13 **Keep back, please!** : '물러서 있으세요!'

14 **we don't want *you* with us!** : '우리는(we) 당신이(you) 우리와 함께 있는 것(with us)을 원하지 않아요(don't want)!'

'They were obliged to have him with them,'[1] the Mock Turtle said: 'No wise fish would go anywhere without a porpoise.'

'Wouldn't it really?' said Alice, in a tone of great surprise.

'Of course not,' said the Mock Turtle. 'Why, if a fish came to *me*, and told me he was going a journey, I should say "With what porpoise?" '

'Don't you mean "purpose"?'[2] said Alice.

'I mean what I say,'[3] the Mock Turtle replied, in an offended tone. And the Gryphon added 'Come, let's hear some of *your* adventures.'

'I could tell you my adventures — beginning from this morning,' said Alice a little timidly; 'but it's no use going back to yesterday, because I was a different person then.'

'Explain all that,' said the Mock Turtle.

'No, no! The adventures first,' said the Gryphon in an impatient tone: 'explanations take such a dreadful time.'

So Alice began telling them her adventures from the time when she first saw the White Rabbit. She was a little nervous about it,[4] just at first,[5] the two creatures got so close to her, one on each side,[6] and opened their eyes and mouths so *very* wide; but she gained courage[7] as she went on. Her listeners were perfectly quiet till she got to the part about[8] her repeating[9] "*You are old, Father William,*" ' to the Caterpillar, and the words all coming different,[10] and then the Mock Turtle drew a long breath,[11] and said 'That's very curious.'

1  **were obliged to have him with them** : '돌고래와 함께 있을 수밖에 없어' ;
be obliged + to부정사 : 어쩔 수 없이 ~하다

2  **Don't you mean "purpose"?** : ' "목적"을 의미한 거 아녜요?'
'without a porpoise'('돌고래 없이')는 'without a purpose'('목적 없이')와 발음이 유사하다.

3  **I mean what I say** : 일반적으로 이 말은 '나는 진심으로 말하는 거야'의 의미
로 사용된다. 그러나 여기에서는 '나는 내가 말한 바를 의미해'라는 의미이다. 일
반적으로 우리는 '의미'의 이름 아래 어떤 진술을 ① 사물, ② 화자의 의도, ③
어떤 개념과 대응시키는데, '나는 내가 말한 바를 의미해'는 이 세 가지와는 다른
어떤 것에 해당한다. 이는 프랑스의 철학자 들뢰즈가 그의 저서 『의미의 논리』
(*A Logic of Sense*)에서 다루는 중요한 논점들 중 하나이다.

4  **was a little nervous about it** : '이야기하는 것에 대해 조금 자신이 없었다
(주눅이 들어있었다)'

5  **just at first** : '처음에는'

6  **one on each side** : '한 쪽에 한 명이' 즉 '각기 서로 다른 쪽에서'
그리펀과 가짜 바다거북이 앨리스를 중심으로 서로 다른 쪽에 있다.

7  **gained courage** : '용기를 얻었다'

8  **the part about ~** : ~에 관한 대목

9  **her repeating ~** : 의미상의 주어(her)를 가진 동명사구로서 바로 앞의 전치
사 'about'의 목적어이다.

10  **the words all coming different** : 마찬가지로 의미상의 주어 'the words'
가 있는 동명사구로서 앞의 전치사 'about'의 두 번째 목적어이다. 'come'을 이
렇게 '말이 나오다'의 의미로 사용하면 부사형(differently)를 동반하지 않고 형용
사형(different)를 동반한다. 다른 예) Words don't come easy. (말이 쉽게 나오지
않는다.) 시가 배운 것과 다르게 암송된 것에 대해서는 5장 참조.

11  **drew a long breath** : '숨을 길게 들이쉬었다'

'It's all[1] about[2] as curious as it can be,' said the Gryphon.

'It all came different!'[3] the Mock Turtle repeated thoughtfully. 'I should like to hear her try and repeat something now. Tell her to begin.' He looked at the Gryphon as if he thought it had some kind of authority over[4] Alice.

'Stand up and repeat "'*Tis the voice of the sluggard*," '[5] said the Gryphon.

'How the creatures order one about, and make one repeat lessons!' thought Alice. 'I might just as well be at school at once.' However, she got up, and began to repeat it, but her head was so full of the Lobster-Quadrille, that she hardly knew what she was saying; and the words came very queer indeed: — [6]

'Tis the voice of the Lobster: I heard him declare,
"You have baked me too brown,[7] I must sugar my hair."[8]
As a duck with its eyelids,[9] so he with his nose
Trims[10] his belt and his buttons, and turns out his toes.[11]
When the sands are all dry, he is gay as a lark,[12]
And will talk in contemptuous tones of the Shark:
But, when the tide rises and sharks are around,
His voice has a timid and tremulous[13] sound.

'That's different from what *I* used to say when I was a child,' said the Gryphon.

'Well, *I* never heard it before,' said the Mock Turtle; 'but

1  all : 부사로 사용되었다.

2  about : 여기서는 '대략'의 뜻을 가진 부사로 사용되었다.

3  It all came different! : 여기서 'It'은 시 전체 즉 단어들 전체를 받은 것이다.

4  over A : 이런 경우 전치사 'over'는 A에 대한 지배나 우위를 나타낸다.

5  sluggard : 게으름뱅이

6  이후에 나오는 시는 와트(Isaac Watts)의 시 "The Sluggard"의 패러디이다.

7  have baked me too brown : '너무 갈색으로(노릇노릇한 정도가 지나치게) 구웠다'

8  sugar my hair : 머리털에 설탕을 뿌리거나 입히는 것을 말한다. 가발에 파우더를 바르듯이.

9  As a duck with its eyelids : 'so'로 이어지는 주절의 서술 부분(동사 + 목적어)이 생략되었다.

10  trim : 정돈하다, 손질하다

11  turn out one's toes : 발끝을 바깥으로 하다
안짱다리와 반대되는 형태인 밭장다리를 한다는 말이다. 삽화를 참조하라.

12  gay as a lark : '(종다리처럼) 몹시 즐거운' ≒ (as) happy as a lark

13  tremulous : 떠는, 전율하는

it sounds uncommon nonsense.'[1]

Alice said nothing: she had sat down with her face in her hands,[2] wondering if anything would *ever* happen in a natural way again.[3]

'I should like to have it explained,'[4] said the Mock Turtle.

'She ca'n't explain it,' said the Gryphon hastily. 'Go on with the next verse.'

'But about his toes?' the Mock Turtle persisted.[5] 'How *could* he turn them out with his nose, you know?'

1  **it sounds uncommon nonsense** : '그건 보기 드문 넌센스처럼 들린다'

2  **with her face in her hands** : '손으로 얼굴을 가리고'

3  **wondering if anything would *ever* happen in a natural way again** : '과연 어떤 일이라도 다시 자연스런 방식으로 일어나게 될까 하고 생각하면서'

4  **have it explained** : 'have+목적어+과거분사'의 패턴이다.

5  **persist** : 계속 주장하다, 고집을 피우다

272쪽과 276쪽에 나누어져 나온 시는 아이작 와츠의 시 "The Sluggard"의 패러디다.
아래는 이 시의 전문이다.

'Tis the voice of the sluggard; I heard him complain,
"You have wak'd me too soon, I must slumber again."
As the door on its hinges, so he on his bed,
Turns his sides and his shoulders and his heavy head.

"A little more sleep, and a little more slumber;"
Thus he wastes half his days, and his hours without number,
And when he gets up, he sits folding his hands,
Or walks about sauntering, or trifling he stands.

I pass'd by his garden, and saw the wild brier,
The thorn and the thistle grown broader and higher;

The clothes that hang on him are turning to rags;
And his money still wastes till be starves or he begs.

I made him a visit, still hoping to find
That he took better care for improving his mind:
He told me his dream, talked of eating and drinking;
But he scarce reads his Bible, and never loves thinking.

Said I then to my heart, "Here's a lesson for me,"
This man's a picture of what I might be:
But thanks to my friends for their care in my breeding,
Who taught me betimes to love working and reading

'It's the first position[1] in dancing.' Alice said; but she was dreadfully puzzled by the whole thing, and longed to change the subject.

'Go on with[2] the next verse,'[3] the Gryphon repeated: 'it begins "*I passed by his garden.*" '

Alice did not dare to disobey, though she felt sure it would all come wrong, and she went on in a trembling voice: —

> 'I passed by his garden, and marked,[4] with one eye,
> How the Owl[5] and the Panther[6] were sharing a pie :
> The Panther took pie-crust,[7] and gravy,[8] and meat,
> While the Owl had the dish[9] as its share of the treat.[10]
> When the pie was all finished, the Owl, as a boon,[11]
> Was kindly permitted to pocket the spoon:[12]
> While the Panther received knife and fork with a growl,
> And concluded the banquet by —— '

'What *is* the use of repeating all that stuff,'[13] the Mock Turtle interrupted, 'if you don't explain it as you go on? It's by far the most confusing[14] thing *I* ever heard!'

'Yes, I think you'd better leave off,' said the Gryphon, and Alice was only too glad to do so.[15]

'Shall we try another figure[16] of the Lobster-Quadrille?' the Gryphon went on. 'Or would you like the Mock Turtle to sing you another song?'

1   the first position : '첫 번째 자세'

2   go on with  A : A를 계속하다

3   the next verse : 여기서는 '다음 연'(the next stanza)에 해당한다. 노래로 따지면 '다음 절'이다.

4   marked : 여기서 'mark'는 '주목하다, 주의해서 보다'의 의미이다.

5   owl : 올빼미

6   panther : 표범

7   pie-crust : 파이 껍질

8   gravy : 고깃국물

9   dish : 이 단어에는 '요리, 음식'이라는 의미도 있고 '접시'라는 의미도 있다.

10   as its share of the treat : '한턱 낸 음식의 자기 몫으로서'

여기서 'treat'는 '한턱내다' 할 때 그 '한턱'의 의미이다. 어떤 사람에게 한턱을 낼 때에는 이 단어를 동사로 사용하여 'treat +사람 +to + 음식'의 패턴으로 사용한다.

11   boon : 선물

12   pocket the spoon : 숟가락을 호주머니에 챙겨 넣다

13   all that stuff : '그 모든 것'

이런 경우 'stuff'은 'thing'과 거의 유사하게 쓰인다고 보면 된다.

14   by far the most confusing : 'be far'는 최상급 'most'를 강조한다.

15   was only too glad to do so : 이 경우에는 'too ～ to～'(너무 ～해서 ～할 수 없다) 용법이 아니다. 'only too'는 강조하는 기능을 할 뿐이다. 따라서 '그렇게 하게 되어서(to do so) 무척이나 기뻤다'와 같은 식으로 옮겨야 한다. 'to do so'는 시를 암송하는 것을 그만두는(leave off) 것을 말한다.

16   another figure : 263쪽 주석 3 참조.

'Oh, a song, please, if the Mock Turtle would be so kind,'[1] Alice replied, so eagerly that the Gryphon said, in a rather offended tone, 'Hm! No accounting for tastes![2] Sing her "*Turtle Soup*," will you, old fellow?'

The Mock Turtle sighed deeply, and began, in a voice choked with sobs, to sing this: —[3]

'Beautiful Soup, so rich[4] and green,
Waiting in a hot tureen![5]
Who for such dainties[6] would not stoop?[7]
Soup of the evening, beautiful Soup!
Soup of the evening, beautiful Soup!
    Beau —— ootiful Soo —— oop!
    Beau —— ootiful Soo —— oop!
Soo —— oop of the e —— e —— evening,
    Beautiful, beautiful Soup!

'Beautiful Soup! Who cares for fish,
Game,[8] or any other dish?[9]
Who would not give all else for two p
ennyworth only of beautiful Soup?[10]
Pennyworth only of beautiful Soup?
    Beau —— ootiful Soo —— oop!
    Beau —— ootiful Soo —— oop!
Soo —— oop of the e —— e —— evening,

1  if the Mock Turtle would be so kind : 굳이 옮기자면 '만일 가짜 바다거
북이 노래를 하나 더 불러줄 정도로 친절하시다면' 정도인데, 'if A would be so
kind'는 공손하게 부탁을 할 때 쓰는 말이다.

2  No accounting for tastes! : 'There is no accounting for tastes'라는 속담을
짧게 말한 것이다. 취향은 말로 설명할 수 없다는 말 즉 사람마다 취향은 다르
게 마련이라는 말이다. 앨리스가 춤에 비해 노래를 훨씬 더 선호하는 것을 보고
한 말이다.

3  이 노래는 당시에 널리 불렸던 쎄일즈(J. M. Sayles)의 노래 "Beautiful Star"의 패
러디이다.

4  rich : 음식에 대해서 쓰이며 '영양분이 풍부한' 정도의 의미이다.

5  tureen : (수프 따위를 담는) 뚜껑 달린 움푹한 그릇

6  dainty : 맛좋은 것, 진미

7  stoop : 몸을 구부리다

여기서는 맛있는 음식을 먹기 위해('for such dainties') 머리를 숙이는 것을 말한다. 'stoop'에는
'굴복하다'라는 의미도 있다.

8  game : 여기서는 '사냥해서 잡은 짐승이나 새 따위의 고기'를 말한다.

9  dish : 여기서는 '음식'의 의미이다.

10  Who would not give all else for two p/ennyworth only of
beautiful Soup? : '누가 2페니밖에 안 하는 훌륭한 수프를 먹기 위해 다른
모든 것을 주지 않을 것인가?'

'Who would not give all else for A'는 누구나 다른 모든 것을 줄 정도로 A를 열망한다는
말이다. 원문에서 p와 ennyworth 사이에 행가름이 되어있다. 그럼으로써 'two⌒p'과 'soup'
이 각운(rhyme)이 맞도록 해놓았다.

Beautiful, beauti —— FUL SOUP!'

'Chorus again!'[1] cried the Gryphon, and the Mock Turtle had just begun to repeat it, when a cry of 'The trial's[2] beginning!' was heard in the distance.

'Come on!' cried the Gryphon, and, taking Alice by the hand,[3] it hurried off, without waiting for the end of the song.

'What trial is it?' Alice panted[4] as she ran; but the Gryphon only answered 'Come on!' and ran the faster,[5] while more and more faintly came,[6] carried on the breeze that followed them,[7] the melancholy words: —

    'Soo —— oop of the e —— e —— evening,
      Beautiful, beautiful Soup!'

1   **Chorus again!** : 여기서 'chorus'는 '후렴'의 의미이다. 후렴부분을 한 번 더 하자는 말이다.

2   **trial** : 재판

3   **taking Alice by the hand** : '앨리스의 손을 잡고는'

이렇게 사람을 우선 목적어로 쓰고 나서 잡는 부위를 전치사로 말해주는 것이 영어다운 표현이다.

4   **panted** : 여기서 'pant'는 '숨을 헐떡이면서 말하다'의 의미이다.

5   **the faster** : '(대답을 길게 안 한 만큼) 그만큼 더 빠르게'

이 경우의 'the'는 부사로서 비교급 앞에 붙어서 '그 만큼 더'의 의미를 갖는다. 보통은 이유나 조건을 나타내는 절(because~, as~, for~, if~ 등)이나 구(for~, because of~ 등)를 동반한다. 현재의 경우에는 그 이유가 맥락에 들어있다.

6   **more and more faintly came** : 'more and more faintly'('점점 더 희미하게')는 부사어구이고 'came'('들렸다')은 동사이다. 'came'의 주어는 저 뒤의 'the melancholy words'('우울한 단어들이')이다. 부사어구가 나온 후 동사와 주어가 도치된 문장인데, 주어가 오기 전에 바로 다음 번 주석의 분사구문이 삽입된 것이다.

7   **carried on the breeze that followed them** : '그들을 뒤쫓는 미풍에 실려서'

앞의 주석에서 말한 위치에 삽입된, 과거분사 'carried'를 사용한 분사구문이다.

---

'가짜 바다거북'의 노래는 당시에 유행했던, 쎄일즈(James M. Sayles) 작사, 작곡의 노래 "The Star of the Evening"의 패러디이다. 아래는 이 노래의 가사이다

Beautiful star in heav'n so bright,
Softly falls thy silv'ry light,
As thou movest from earth afar,
Star of the evening, beautiful star.

Chorus:

Beautiful star,
Beautiful star,
Star of the evening, beautiful star.

In Fancy's eye thou seem'st to say,
Follow me, come from earth away.
Upward thy spirit's pinions try,
To realms of love beyond the sky.

Shine on, oh star of love divine,
And may our soul's affection twine
Around thee as thou movest afar,
Star of the twilight, beautiful star

# CHAPTER XI

# Who Stole the Tarts?

The King and Queen of Hearts were seated on their throne[1] when they arrived, with a great crowd assembled about them[2] —all sorts of little birds and beasts, as well as the whole pack of cards: the Knave was standing before them, in chains,[3] with a soldier on each side to guard him; and near the King was the White Rabbit, with a trumpet in one hand, and a scroll of parchment[4] in the other.[5] In the very middle of the court was a

1   throne : 왕좌, 옥좌

2   with a great crowd assembled about them : '많은 군중이 그들 주변에 모여 있고'

    부대상황을 서술하는 'with + 명사어구 + 과거분사 + …'의 형태이다.

3   in chains : 사슬에 묶인 채로, 속박된 채로

4   a scroll of parchment : '양피지(parchment) 두루마리'

5   the other : the other hand

'He's murdering the time! Off with his head!'

(p.192)

table, with a large dish of tarts upon it: they looked so good, that it[1] made Alice quite hungry to look at them — 'I wish they'd get the trial done,'[2] she thought, 'and hand round the refreshments!'[3] But there seemed to be no chance[4] of this; so she began looking at everything about her to pass away the time.[5]

Alice had never been in a court of justice before, but she had read about them in books, and she was quite pleased to find that she knew the name of nearly everything there. 'That's the judge,' she said to herself, 'because of his great wig.'[6]

The judge, by the way, was the King; and, as he wore[7] his crown over the wig (look at the frontispiece[8] if you want to see how he did it),[9] he did not look at all comfortable, and it was certainly not becoming.[10]

'And that's the jury-box,'[11] thought Alice; 'and those twelve creatures,' (she was obliged to say 'creatures,' you see, because some of them were animals, and some were birds,) 'I suppose they are the jurors.' She said this last word two or three times over[12] to herself, being rather proud of it:[13] for she thought, and rightly too,[14] that very few little girls of her age knew the meaning of it[15] at all. However, 'jurymen' would have done just as well.[16]

The twelve jurors were all writing very busily on slates. 'What are they doing?' Alice whispered to the Gryphon. 'They ca'n't have anything to put down[17] yet, before the trial's begun.'[18]

1  it : 가주어이다. 진주어는 뒤에 나오는 'to look at them'이다.

2  get the trial done : 재판을 끝내다

3  hand round the refreshments : '다과를 차례로 주다'

4  chance : 여기서는 '가능성'의 의미로 사용되었다.

5  to pass away the time : '시간을 보내기 위해서'

6  because of his great wig : '큰 가발을 쓰고 있는 것을 보니'

7  wore : 'wear'의 과거형. 이런 경우 'wear'는 '(가발, 모자, 안경 등을) 쓰다'의 의미
   이다.

8  frontispiece : 권두(卷頭)의 그림
   독자들에게 하는 말이다.

9  how he did it : '어떻게 가발 위에 왕관을 썼는지를'

10  becoming : [형용사] 어울리는 ☜ become (v)

11  jury-box : 배심원단석 ; jury: (통칭) 배심원단 ; juror : 배심원

12  two or three times over : '두세 번 반복해서'

13  it : 'jurors'라는 단어.

14  and rightly too : 이는 쉼표와 'and'를 통해 'rightly too'라는 부사어구를 삽
   입한 것이다. 이 부사어구는 물론 동사 'thought'에 걸린다. 앨리스가 이렇게 생
   각한 것이 '옳기도 하다'라는 말이다.

15  it : 앞의 주석 13과 마찬가지로 'jurors'라는 단어를 말한다.

16  'jurymen' would have done just as well : 'jurymen'이라고 말했어도
   'jurors'라고 말한 것과 마찬가지로 자부심을 느꼈을 것이라는 말이다. 'do'는 앞
   에서도 많이 나온 '어떤 목적에 부합하다, 쓸모가 있다, 충분하다'라는 의미의
   자동사이다. 다시 말해서 앨리스가 자부심을 느끼게 하기에 충분했을 것이라는
   의미이다. 'do'에 대한 더 상세한 설명은 33쪽 주석 4 참조.

17  put down : 적다, 쓰다 = write down

18  They ca'n't have anything to put down yet, before the trial's begun :
   아직 재판을 시작하기 전이기 때문에 무엇인가를 적는 일은 있을 수 없다는 말이다.

'They're putting down their names,' the Gryphon whispered in reply, 'for fear they should[1] forget them before the end of the trial.'

'Stupid things!' Alice began in a loud indignant voice; but she stopped hastily, for the White Rabbit cried out 'Silence in the court!', and the King put on his spectacles[2] and looked anxiously round, to make out who was talking.

Alice could see, as well as if she were looking over their shoulders,[3] that all the jurors were writing down 'Stupid things!' on their slates, and she could even make out that one of them didn't know how to spell 'stupid,' and that he had to ask his neighbour to tell him. 'A nice muddle their slates'll be in,[4] before the trial's over!' thought Alice.

One of the jurors had a pencil that squeaked. This, of course, Alice could *not* stand,[5] and she went round the court and got behind him, and very soon found an opportunity of taking it away. She did it so quickly that the poor little juror (it was Bill, the Lizard) could not make out at all what had become of it;[6] so, after hunting all about for it, he was obliged to write with one finger for the rest of the day;[7] and this was of very little use,[8] as it left no mark on the slate.

'Herald,[9] read the accusation!'[10] said the King.

On this[11] the White Rabbit blew three blasts on the trumpet,[12] and then unrolled[13] the parchment scroll, and read as follows: —

1   for fear ~ should : ~할까봐 두려워서

2   spectacles : 안경

3   over their shoulders : '그들의 어깨 너머로'

4   be in a nice muddle : '엉망진창이다'

여기서 'nice'는 반어적으로(ironically) 사용되었다.

5   stand : 여기서는 '참다'의 의미이다. 목적어는 문두의 'This'이다.

6   it : the pencil

7   for the rest of the day : '하루 중 나머지 시간 동안'

8   was of very little use : '거의 소용이 없었다'

9   herald : 고지(告知)자, 포고자

10   accusation : 죄, 죄목, 기소사실

11   On this : '그러자' 즉 '왕이 이 말을 하자'

12   blew three blasts on the trumpet : '트럼펫을 세 번 불었다' ; blast : (나팔·피리의) 소리

13   unrolled : '(둘둘 만 것을) 폈다'

For instance, suppose it were nine o'clock in the morning, just time to begin lessons: you'd only have to whisper a hint to Time, and round goes the clock in a twinkling! Half-past one, time for dinner!

(p.188)

'The Queen of Hearts, she made some tarts,
All on a summer day:
The Knave of Hearts, he stole those tarts
And took them quite away!'

'Consider your verdict,'[1] the King said to the jury.

'Not yet, not yet!' the Rabbit hastily interrupted. 'There's a great deal to come before that!'

'Call the first witness,' said the King; and the White Rabbit blew three blasts on the trumpet, and called out, 'First witness!'

The first witness was the Hatter. He came in with a teacup in one hand and a piece of bread-and-butter in the other. 'I beg pardon, your Majesty,' he began, 'for bringing these in; but I hadn't quite finished my tea when I was sent for.'[2]

'You ought to have finished,' said the King. 'When did you begin?'

The Hatter looked at the March Hare, who had followed him into the court, arm-in-arm with the Dormouse. 'Fourteenth of March, I *think* it was,' he said.

'Fifteenth,' said the March Hare.

'Sixteenth,' said the Dormouse.

'Write that down,' the King said to the jury; and the jury eagerly wrote down all three dates on their slates, and then added them up,[3] and reduced the answer to shillings and pence.[4]

1 **Consider your verdict** : '평결을 숙의하시오'

'평결'은 배심원단이 어떤 피의자의 유·무죄에 관해 내린 결론을 말한다.

2 **when I was sent for** : '나를 부르러 사람이 보내졌을 때' → '나를 (증인으로) 부르러 왔을 때'

이 수동태 문장을 능동태로 바꾸자면 'when A sent B for me'가 된다. 여기서 A는 왕이거나 법원이고 B는 생략되어 있다. 'send ~ for ~'의 패턴에서는 'send'의 목적어가 중요하지 않으면 보통 생략된다.

3 **added them up** : '다 합했다'

14+15+16=45

4 **reduced the answer to shillings and pence** : '답을 실링과 펜스로 환산했다'

합계인 45를 펜스로 본다면 1실링이 12펜스이므로 45펜스는 3실링 9펜스가 된다.

'··· and they don't seem to have any rules in particular at least, if there are,

nobody attends to them ···'

(p.222)

'Take off your hat,' the King said to the Hatter.

'It isn't mine,' said the Hatter.

'*Stolen!*' the King exclaimed, turning to the jury, who instantly made a memorandum of[1] the fact.

'I keep them to sell,' the Hatter added as an explanation. 'I've none of my own. I'm a hatter.'

Here the Queen put on her spectacles, and began staring hard at[2] the Hatter, who turned pale and fidgeted.[3]

'Give your evidence,' said the King; 'and don't be nervous,[4] or I'll have you executed[5] on the spot.'[6]

This did not seem to encourage the witness at all: he kept shifting from one foot to the other,[7] looking uneasily at the Queen, and in his confusion he bit a large piece out of his teacup[8] instead of the bread-and-butter.

Just at this moment Alice felt a very curious sensation, which puzzled her a good deal until she made out what it was: she was beginning to grow larger again, and she thought at first she would get up and leave the court; but on second thoughts[9] she decided to remain where she was[10] as long as there was room[11] for her.

'I wish you wouldn't squeeze so.' said the Dormouse, who was sitting next to her.[12] 'I can hardly breathe.'

'I ca'n't help it,' said Alice very meekly: 'I'm growing.'

'You've no right to grow *here*,' said the Dormouse.

1 **made a memorandum of A** : A를 메모하다

2 **stare hard at** ～ : ～를 심하게 노려보다

3 **fidget** : 안절부절 못하다, 불안해하다

4 **nervous** : 여기서는 '겁많은, 불안한'의 의미이다.

5 **have you executed** : 'have + 목적어 + 과거분사'의 패턴이다.

6 **on the spot** : '즉석에서'

7 **kept shifting from one foot to the other** : 불안감으로 인해서 가만히 서 있지를 못하고 자꾸 무게를 싣는 발을 바꾸는 모습을 이렇게 표현했다. keep ～ ing : 자꾸 ～하다

8 **he bit a large piece out of his teacup** : '찻잔을 크게 한 입 베어 물었다'

9 **on second thoughts** : '다시 생각해보고는[생각해보니]'

10 **decided to remain where she was** : '지금 있는 곳에 계속 있기로 결정했다'

11 **room** : '공간, 여지'의 의미이다.

12 **next to her** : '앨리스의 옆에'

'Every thing's got a moral, if only you can find it.'
(p.236)

'Don't talk nonsense,' said Alice more boldly: 'you know you're growing too.'

'Yes, but *I* grow at a reasonable pace,'[1] said the Dormouse: 'not in that ridiculous fashion.'[2] And he got up very sulkily and crossed over to the other side of the court.

All this time the Queen had never left off staring at the Hatter, and, just as the Dormouse crossed the court, she said, to one of the officers of the court, 'Bring me the list of the singers in the last concert!'[3] on which the wretched Hatter trembled so, that he shook off both his shoes.[4]

'Give your evidence,' the King repeated angrily, 'or I'll have you executed, whether you're nervous or not.'

1  at a reasonable pace : '합리적인 속도로'

2  in that ridiculous fashion : '저렇게 우스꽝스런 방식으로'

이런 경우 'fashion'은 'way'와 의미가 같다.

3  지금 여왕은 7장에서 언급된 음악회에서의 사건을 기억해내려고 하고 있다.

4  trembled so, that he shook both his shoes off : '너무나도 몸을 떨어서
양쪽 신발이 다 벗겨졌다' ; shake A off : 흔들어서 A를 떨치다[벗어나게 하다]

'Oh, 'tis love, 'tis love, that makes the world go round!'

(p.236)

'I'm a poor man, your Majesty,' the Hatter began, in a trembling voice, 'and I hadn't begun my tea — not[1] above a week or so — and what with the bread-and-butter getting so thin — and the twinkling of the tea —— '[2]

'The twinkling of *what*?' said the King.

'It *began* with the tea,' the Hatter replied.[3]

'Of course twinkling *begins* with a T!'[4] said the King sharply. 'Do you take me for a dunce?[5] Go on!'

'I'm a poor man,' the Hatter went on, 'and most things twinkled after that — only the March Hare said —— '

'I didn't!' the March Hare interrupted in a great hurry.

'You did!' said the Hatter.

'I deny it!' said the March Hare.

'He denies it,' said the King: 'leave out that part.'[6]

'Well, at any rate, the Dormouse said —— ' the Hatter went on, looking anxiously round to see if he would deny it too; but the Dormouse denied nothing, being fast asleep.[7]

'After that,' continued the Hatter, 'I cut some more bread-and-butter —— '

'But what did the Dormouse say?' one of the jury asked.

'That I ca'n't remember,' said the Hatter.

'You *must* remember,' remarked the King, 'or I'll have you executed.'

1  **not** : 여기서는 이 하나가 'hadn't begun my tea' 전체를 대신하는 기능을 한다.

2  **what with A and (what with) B** : A이거나 B이거나 하여

여기서는 의미상의 주어가 있는 동명사구인 'the bread-and-butter getting so thin'(버터 바른 빵이 너무 얇아진 것)이 A이고 'the twinkling of the tea ——'가 B이다. 모자 장수는 'tea-tray'(찻쟁반)라고 말하려다가 중도에서 멈춘 것이다. 이에 대해서는 7장에 나온 모자 장수의 노래 참조.

3  **It *began* with the tea** : 'tea'라는 단어로 시작하는 단어였다는 말이다.

4  **Of course twinkling *begins* with a T!** : '물론 "twinkling"이란 단어는 티(T)자로 시작하지!'

왕은 모자 장수가 말한 'tea'를 알파벳 'T'로 잘못 듣고 이렇게 말한 것이다.

5  **dunce** : 바보 ; take A for B : A를 B로 (잘못) 알다

6  **leave out A = leave A out** : A를 빼다, 배제하다 ; that part : '그 대목'

자기는 말한 바 없다고 부인한 대목을 말한다.

7  **being fast asleep** : '깊이 잠들어 있기에'

'flamingoes and mustard both bite'

(p.238)

The miserable Hatter dropped his teacup and bread-and-butter, and went down on one knee.[1] 'I'm a poor man, your Majesty,' he began.

'You're a *very* poor *speaker*,'[2] said the King.

Here one of the guinea-pigs cheered,[3] and was immediately suppressed[4] by the officers of the court. (As that is rather a hard word,[5] I will just explain to you how it was done. They had a large canvas bag,[6] which tied up at the mouth with strings:[7] into this they slipped the guinea-pig, head first,[8] and then sat upon it.)

'I'm glad I've seen that done,'[9] thought Alice. 'I've so often read in the newspapers, at the end of trials, "There was some attempt at applause,[10] which was immediately suppressed by the officers of the court," and I never understood what it meant till now.'

'If that's all you know about it, you may stand down,' continued the King.

'I ca'n't go no lower,' said the Hatter: 'I'm on the floor,[11] as it is.'[12]

'Then you may *sit* down,' the King replied.

Here the other guinea-pig cheered, and was suppressed.

'Come, that finished the guinea-pigs!' thought Alice. 'Now we shall get on better.'[13]

'I'd rather finish my tea,' said the Hatter, with an anxious look at the Queen, who was reading the list of singers.

1  **went down on one knee** : '한 쪽 무릎을 꿇었다'

2  **a very poor** *speaker* : '말을 매우 못하는 자'

3  **cheer (v)** : 갈채하다, 환호하다

4  **suppress** : 진압하다, 억누르다

5  **As that is rather a hard word** : '그 말은 다소 이해하기 어려운 말이었으므로'

   '그 말'은 'suppress'라는 말을 가리킨다. 'hard'는 이렇게 단어에 쓰이면 '이해하거나 설명하기 어려운'의 의미로 사용된다. 'hard word'라는 어구는 '비밀번호, 욕, 스캔들, 청혼, 거절' 등의 의미로 사용되기도 하지만 지금의 경우에는 해당되지 않는다.

6  **a large canvas bag** : '범포로 된 큰 자루'

   'canvas'(범포)는 돛, 텐트, 화포 등을 만드는 데 사용되는 천이다.

7  **which tied up at the mouth with strings** : '입구 부분이(at the mouth) 끈으로(with strings) 묶여 있는(tied up)'

   'tied up'의 동사 'tie'는 여기서 자동사로 사용되었다.

8  **head first** : '머리부터, 거꾸로, 곤두박이로' = head foremost 예) head first sliding : 야구에서 머리부터 들어가는 슬라이딩

9  **have seen that done** : '동사(have seen) + 목적어(that) + 과거분사(done)'의 패턴이다.

10  **some attempts at applause** : '박수갈채를 하려는 몇몇 시도들'

   'attempt'는 명사로 사용되면 뒤에 부정사구가 오거나 아니면 이렇게 'at + 명사'가 온다.

11  왕은 내려가라(stand down)고 명령을 했지만, 바닥에 있으니 더 이상 내려갈 곳이 없다는 말이다.

12  **as it is** : 실상은, 실정을 말한다면

   보통 가정법 문장에 이어져서 가정된 현실이 아니라 실제 현실을 말하는 데 사용되지만, 여기서는 가정법 문장과 관계없이 문맥상 예상되는 것과는 다른 현황을 설명하기 위해서 사용되었다.

13  **get on** : 여기서는 '(어떤 일을) 진행시키다 진척시키다'의 의미이다. 여기서 'get'은 자동사이고 'on'은 부사이므로 진행시키는 바의 일은 전치사 'with'를 사용하여 나타낸다. to get on with A = to advance, make progress, continue with A. 여기서는 A에 해당하는 부분이 생략되어있는데, 문맥상 재판과정이 이에 해당한다.

'You may go,' said the King, and the Hatter hurriedly left the court, without even waiting to put his shoes on.

' —— and just take his head off outside,' the Queen added to one of the officers: but the Hatter was out of sight before the officer could get to the door.

'Call the next witness!' said the King.

The next witness was the Duchess's cook. She carried the pepper-box in her hand, and Alice guessed who it was,[1] even before she[2] got into the court, by the way the people near the door began sneezing all at once.[3]

'Give your evidence,' said the King.

'Sha'n't,' said the cook.

The King looked anxiously at the White Rabbit, who said, in a low voice, 'Your Majesty must cross-examine[4] *this* witness.'

**1** **who it was** : '그게 누구인지를'

여기서 'it'은 문제가 되고 있는 사람, 관심의 대상이 된 사람을 가리키는 지시대명사이다.

**2** **she** : the Duchess's cook

**3** **by the way the people near the door began sneezing all at once** :

'문 가까이 있는 사람들이 갑자기 재채기를 하기 시작하는 것으로 보아'

'the way (that) + 절'은 크게 두 가지 용법으로 나뉜다. ① 'the way'('~하는 식, 모습, 꼴')가 명사로 사용되는 경우이다. 예) I don't like the ~ he laughs. (나는 그가 웃는 꼴이 마음에 들지 않는다.) ② 'the way'가 접속사적으로 사용되는 경우이다 예1) They will fail the way others did. (다른 사람들이 하는 식으로는 그들도 실패할 것이다.) 예2) The way they proposed the problem, we can assume that none of them are thinking of changing their mind. (그들이 문제를 제안한 방식으로 보아, 그들 중 누구도 견해를 바꿀 마음이 없는 걸로 봐도 되겠다.) 판단이나 추측의 근거를 나타낼 때 사용하는 전치사 'by'가 'the way' 앞에 붙었으므로 여기서는 ①의 용법으로 사용된 것에 해당한다. 그런데 묘하게도 그 결과적인 의미('~하는 것으로 보아')는 용법 ②의 예2)와 같다.

**4** **cross-examine** : 반대 신문(訊問)하다

'The more there is of mine, the less there is of yours.'

(p.238)

'Well, if I must, I must,'[1] the King said, with a melancholy air, and, after folding his arms and frowning at[2] the cook till his eyes were nearly out of sight,[3] he said, in a deep voice, 'What are tarts made of?'

'Pepper, mostly,' said the cook.

'Treacle,' said a sleepy voice behind her.

'Collar that Dormouse!'[4] the Queen shrieked out. 'Behead that Dormouse! Turn that Dormouse out of court! Suppress him! Pinch[5] him! Off with his whiskers!'[6]

For some minutes the whole court was in confusion, getting the Dormouse turned out,[7] and, by the time they had settled down again, the cook had disappeared.

'Never mind!' said the King, with an air of great relief.[8] 'Call the next witness.' And, he added, in an undertone to the Queen, 'Really, my dear, *you* must cross-examine the next witness. It quite makes my forehead ache!'[9]

Alice watched the White Rabbit as he fumbled over the list,[10] feeling very curious to see what the next witness would be like, ' — for they haven't got much evidence *yet*,' she said to herself. Imagine her surprise, when the White Rabbit read out,[11] at the top of his shrill little voice,[12] the name 'Alice!'

1 if I must, I must : '해야 한다면, 해야지'

2 frown at A : 얼굴을 찡그리고 A를 쳐다보다

3 till his eyes were nearly out of sight : '그의 눈동자가 거의 안 보이게 될 때까지'

지금 왕은 'cross-examine'(반대 신문하다)이라는 말을 '눈을 교차하여(cross) 살피다(examine)' 의 의미로 이해한 것이다. 즉 왼쪽 눈으로는 오른쪽을 살피고 오른쪽 눈으로는 왼쪽을 살피는 식으로. 따라서 아마 왕의 눈은 사팔뜨기처럼 되었을 것이다.

4 collar (v) : 목덜미를 잡다, 체포하다 ; color (n) : 깃(칼라)

5 pinch : 가장 흔하게는 '꼬집다'의 의미이지만, '체포하다'의 의미도 있다.

6 Off with his whiskers! : '그의 수염을 뽑아버려라' '부사(어구) + with + 명 사어구'의 패턴에 대해서는 215쪽 주석 3 참조.

7 getting the Dormouse turned out : 'get + 목적어 + 과거분사'의 패턴을 사용한 것이다.

8 with an air of great relief : '크게 안도하는 태도로'

'air'는 여기서는 '태도'의 의미이다.

9 It quite makes my forehead ache! : 앞의 주석 81 참조.

10 fumbled over the list : '더듬더듬 (증인)명부를 살펴보았다'

'fumble'은 서투르게 더듬듯이 무엇을 하는 것을 나타내고 전치사 'over'는 어떤 것을 죽 훑어 본다는 의미이다.

11 read out : 소리내어 읽다

여기서는 과거형이며, 저 뒤의 'the name "Alice!"'가 'read'의 목적어이다.

12 at the top of his shrill little voice : 263쪽 주석 2 참조.

# CHAPTER XII

# Alice's Evidence

'Here!'[1] cried Alice, quite forgetting in the flurry of the moment[2] how large she had grown in the last few minutes, and she jumped up in such a hurry that[3] she tipped over[4] the jury-box with the edge of her skirt, upsetting all the jurymen on to the heads of the crowd below,[5] and there they lay sprawling about,[6] reminding her very much of[7] a globe[8] of gold-fish she had accidentally upset[9] the week before.[10]

1  Here! : '여기 있습니다!'

출석을 부를 때처럼 이름을 부를 때 대답하는 말이다.

2  in the flurry of the moment : '그 당시의 당황스러움 속에서' → '그 당시의
당황스러움으로 인해'

3  in such a hurry that ∼ : '너무 서둘러서 ∼하다'의 패턴이다.

4  tip A over = tip over A : A를 쓰러뜨리다

5  upsetting all the jurymen on to the heads of the crowd below : '모
든 배심원들을 아래 있는 청중(the crowd below)의 머리 위로(on to the heads) 뒤
집어엎으며' ; upset : 여기서는 '뒤집어엎다'의 의미이다.

6  lay sprawling about : '여기저기(about) 버둥거리며(sprawling) 있었다(lay)'

'sprawl'의 의미 중에서 어항을 엎질렀을 때 금붕어들이 보여주는 모습에 가장 적당한 것은
'버둥거리다, 허우적거리다'이다. 개구리를 잡았을 때에 사지를 버둥거리는 모습을 생각하면
된다. 이 이외에 'sprawl'에는 '볼품없이 (예컨대 큰대자로) 드러눕다'의 의미도 있고 '볼품없이
기어가다'의 의미도 있으며, '불규칙적으로 뻗어가다[확장하다]'의 의미도 있다. 'lay'는 물론 자
동사 'lie'([놓여]있다)의 과거형이다.

7  remind A of B : A에게 B를 상기시키다

8  globe : 여기서는 '어항'(유리로 공 모양으로 만든 것)을 의미한다.

9  upset : 과거완료형이다. 'upset'은 'set'과 마찬가지로 'upset-upset-upset'으로
변화한다.

10  the week before : '지난주에'

이는 특유의 관용적 표현으로 보아야 한다. 일반적으로는 예컨대 'three weeks before'(3주
전에)와 같이 쓰인다. 'ago'는 지금부터 계산하여 '∼전에' 라는 의미이고 'before'는 특정 시점
에서 계산하여 '∼전에' 라는 의미이다.

'Oh, I *beg* your pardon!' she exclaimed in a tone of great dismay,[1] and began picking them up again as quickly as she could, for the accident of the gold-fish kept running in her head, and she had a vague sort of idea that they must be collected[2] at once and put back into the jury-box, or[3] they would die.

'The trial cannot proceed,' said the King, in a very grave voice, 'until all the jurymen are back in their proper places — *all*,' he repeated with great emphasis, looking hard[4] at Alice as he said do.

Alice looked at the jury-box, and saw that, in her haste, she had put the Lizard in head downwards,[5] and the poor little thing was waving its tail about[6] in a melancholy way, being quite unable to move. She soon got it out again, and put it right;[7] 'not that it signifies much,'[8] she said to herself; 'I should think it would be *quite* as much use in the trial one way up as the other.'[9]

'Be what you would seem to be'
(p.240)

1   dismay : 당황, 경악

2   collect : 여기서는 '줍다'(pick up)의 의미로 사용되었다.

3   or : 여기서는 '그렇지 않으면'의 의미이다.

4   hard : (때로는 적의를 품고) 집중적으로 맹렬하게 쳐다보는 경우에 사용하는 부사이다. 291쪽 주석 2 참조.

5   head downwards : '머리를 아래로' 즉 '거꾸로'

6   was waving its tail about : '꼬리를 이리저리 흔들고 있었다'

7   put it right : '제대로 놓았다'

8   not that it signifies much : '이게 상당히 중요하다는 것은 아니야'

'it'은 도마뱀 빌을 바로 놓은 것을 말한다. 'signify'는 자동사로서 '중요하다'의 의미이다. 'not + that절' 패턴은 'not'에 걸리는 주어와 동사를 생략하여 쓰는 용법으로서 자신이 한 말이나 행동의 의미에 제한을 두고 싶을 때 사용한다. 옥스퍼드 사전은 이 패턴을 다음과 같이 설명한다 : Not that ~ = I do not say this because ~(~이기 때문에 이 말을 하는 것은 아니야); It is not the fact that ~(하지만 ~는 사실이 아니야), One must not suppose that ~(그렇다고 해서 ~라고 생각해서는 안 돼) 이러한 의미에 해당하는 우리말을 적절한 것으로 선택하여 옮기면 된다.

9   it would be *quite* as much use in the trial one way up as the other

: '이쪽을 위로 하든 저쪽을 위로 하든 재판에서는 정말 마찬가지일 거야'

앞에서도 많이 나오는 'it is much use'(크게 소용이 있다)라는 표현이 복잡하게 변한 것이다. 우선 이것이 가정법으로 바뀌면 'it would be much use'(크게 소용이 있을 것이다)가 된다. 여기에 부사구 'one way up'(한 쪽을 위로)을 삽입하면 'it would be much use one way up'(한 쪽을 위로 하면 크게 소용이 있을 것이다)가 된다. (사실 'it'은 가주어라고 할 수 있는데, 부사구 'one way up'에 들어있는 동사적 내용인 '한 쪽을 위로 하기'가 진주어라고 볼 수 있다.) 여기서 'as +형용사(much) ~ as' 패턴을 사용하여 부사구 'one way up'(한 쪽을 위로)을 'the other way up'(다른 쪽을 위로)과 동등비교하는 문장으로 바꾸면 'it would be as much use one way up as the other way up'(한 쪽을 위로 하는 것은 다른 쪽을 위로 하는 것과 동일한 만큼의 소용이 있을 것이다)가 된다. 'as the other way up'에서 앞과 중복되는 'way up'은 생략하고 'as' 앞에는 부사 'quite'(강조하는 기능을 가짐)를, 그리고 'one way up' 앞에는 부사구 'in the trial'(재판에서)을 삽입하면 소설 본문에서와 같은 'it would be quite as much use in the trial one way up as the other'(한 쪽을 위로 하는 것은 다른 쪽을 위로 하는 것과 재판에서 정말 동일한 만큼의 소용이 있을 것이다)가 된다. 이것은 우리말로는 부자연스러우므로 자연스럽게 고친다면 그 중의 한 사례가 앞에서 제시한 '이쪽을 위로 하든 저쪽을 위로 하든 재판에서는 정말 마찬가지일 거야'이다.

As soon as the jury had a little recovered from the shock of being upset, and their slates and pencils had been found and handed back to them, they set to work very diligently to write out[1] a history of the accident, all except the Lizard, who seemed too much overcome[2] to do anything but[3] sit with its mouth open, gazing up into the roof of the court.

'What do you know about this business?' the King said to Alice.

'Nothing,' said Alice.

'Nothing *whatever*?'[4] persisted the King.

'Nothing whatever,' said Alice.

'That's very important,' the King said, turning to the jury. They were just beginning to write this down on their slates, when the White Rabbit interrupted: '*Un*important, your Majesty means, of course,' he said in a very respectful tone, but frowning and making faces at[5] him as he spoke.

'*Un*important, of course, I meant,' the King hastily said, and went on to himself in an undertone, 'important — unimportant — unimportant — important ——' as if he were trying which word sounded best.[6]

Some of the jury wrote it down 'important,' and some 'unimportant.'[7] Alice could see this, as she was near enough to look over[8] their slates; 'but it doesn't matter a bit,'[9] she thought to herself.

At this moment the King, who had been for some time busily

1 write out : 자세히 정서하다

2 be overcome : 압도되다

3 be too ～ to do anything but ～ : 너무 ～해서 ～할 수밖에 없었다

4 Nothing whatever : 'whatever'는 주로 부정문이나 의문문에 쓰이며 '조금의 ～도'의 의미이다. 부정문에 쓰이면 부정을 강조하는 기능을 하게 된다.

5 make faces at ～ : ～에게 얼굴을 찌푸리다

'make faces'는 넓게 보면 평소의 얼굴과는 다른 표정을 짓는 것을 말한다. 이 경우의 'face'는 '얼굴표정'이라는 의미이며 그 앞에 'crooked, pitiful, wry'와 같은 형용사를 써서 표정을 구체적으로 말하기도 한다. 'make a face'로도 사용한다.

6 as if he were trying which word sounded best : '어떤 단어가 소리가 가장 좋은지를 시험해보는 듯이'

7 some 'unimportant' : 두 단어 사이에 'of the jury wrote it down'가 생략되었다.

8 look over A : 여기서는 '대략 훑어보다'의 의미이다. 다른 의미들도 있다. A가 앞에서 나온 것처럼 '어깨'와 같은 것이면 '어깨 너머로 보다'가 된다.

9 not ～ a bit : 조금도 ～ 않다

writing in his note-book, called out[1] 'Silence!' and read out from his book, 'Rule Forty-two. All persons more than a mile high to leave the court.'[2]

Everybody looked at Alice.

'*I'm* not a mile high,' said Alice.

'You are,' said the King.

'Nearly two miles high,' added the Queen.

'Well, I sha'n't go, at any rate,' said Alice: 'besides, that's not a regular rule:[3] you invented it just now.'

'It's the oldest rule in the book,' said the King.

'Then it ought to be Number One,' said Alice.

The King turned pale, and shut his note-book hastily. 'Consider your verdict,' he said to the jury, in a low trembling voice.

'There's more evidence to come yet,[4] please your Majesty,' said the White Rabbit, jumping up in a great hurry: 'this paper has just been picked up.'[5]

'What's in it?'[6] said the Queen.

'I haven't opened it yet,' said the White Rabbit; 'but it seems to be a letter, written by the prisoner to — to somebody.'

'It must have been that,'[7] said the King, 'unless it was written to nobody, which[8] isn't usual, you know.'

'Who is it directed to?'[9] said one of the jurymen.

'It isn't directed at all,'[10] said the White Rabbit; 'in fact, there's nothing written on the *outside*.' He unfolded the paper as he

1  call out : 소리 지르다, 소리쳐 부르다

2  All persons more than a mile high to leave the court : '키가 1마일 이상인(more than a mile high) 모든 사람은(all persons) 법원을 떠날 것(to leave the court)'

3  a regular rule : 정식 규정

4  there is more + 명사 + to부정사 yet : 아직 ~할 게 더 있다

5  pick up : 이 경우에는 '입수하다'의 의미이다.

6  What's in it? : '그 안에 무슨 내용이 들어있느냐'

7  that : 'somebody'를 받은 것이다.

8  which : '아무도 아닌 이(nobody)에게 편지를 쓰는 일'이라는 내용을 받은 관계대명사이다.

9  Who is it directed to? : '누구에게로 보내졌는가?' → '수취인이 누구인가?' 'Who'가 전치사 'to'의 목적어이다.

10  It isn't directed at all : '수취인이 없습니다'

'Well! I've often seen a cat without a grin,' thought Alice 'but a grin without a cat!
It's the most curious thing I ever saw in all my life!'
(p.178)

spoke, and added 'It isn't a letter, after all:[1] it's a set of verses.'

'Are they in the prisoner's handwriting?'[2] asked another of the jurymen.

'No, they're not,' said the White Rabbit, 'and that's the queerest thing about it.' (The jury all looked puzzled.)

'He must have imitated somebody else's hand,'[3] said the King. (The jury all brightened up[4] again.)

'Please your Majesty,' said the Knave, 'I didn't write it, and they ca'n't prove that I did: there's no name signed at the end.'

'If you didn't sign it,' said the King, 'that only makes the matter worse. You *must* have meant some mischief,[5] or else[6] you'd have signed your name like an honest man.'

There was a general clapping of hands[7] at this: it was the first really clever thing the King had said that day.

'That *proves* his guilt, of course,' said the Queen; 'so, off with —— .'

'It doesn't prove anything of the sort!' said Alice. 'Why, you don't even know what they're[8] about!'

'Read them,' said the King.

The White Rabbit put on his spectacles. 'Where shall I begin, please your Majesty?' he asked.

'Begin at the beginning,' the King said, very gravely, 'and go on till you come to the end: then stop.'

These was dead silence in the court, whilst the White Rabbit read out these verses: ——

1   **after all** : 옥스퍼드 사전은 이 어구의 의미를 'after considering everything to the contrary, nevertheless'라고 설명한다. 'everything to the contrary'란 내려진 결론 — 여기서는 '편지가 아니다' — 과 반대되는 모든 것 — 여기서는 입수된 증거가 편지임을 말해주는 것들 — 을 말한다. 실제로 우리말로 옮길 때에는 '요컨대' 혹은 '어찌 되었든' 정도로 옮기면 무난할 듯하다.

2   **Are they in the prisoner's handwriting?** : '그 시는 죄수의 글씨[필체]로 되어[쓰여] 있는가?'

여기서 'they'는 앞의 'a set of verses'를 받은 것이다.

3   **hand** : handwriting

4   **brightened up** : '얼굴이 밝아졌다'

5   **mean (A) B = mean B (to A)** : A(사람)에게 B(이익이나 손해)를 가할 속셈(의도)이다

여기서는 A가 생략되었으며, 'some mischief'가 B에 해당한다. 여기서 'mischief'은 '위해, 손해'의 의미이다.

6   **or else** : 그렇지 않으면

'else'가 없어도 의미는 같다.

7   **a general clapping of hands** : 'clapping'은 '박수(치기)'이고 'general'은 장내 전체에 걸쳐 박수가 일었음을 나타낸다.

8   **they're** : 여기서 'they'는 앞의 'a set of verses'를 받는다.

'They told me you had been to her,
    And mentioned me to him:
She gave me a good character,[1]
    But said I could not swim.

He sent them word I had not gone[2]
    (We know it to be true):
If she should push the matter on,[3]
    What would become of you?

I gave her one, they gave him two,
    You gave us three or more;
They all returned from him to you,
    Though they were mine before.

If I or she should chance to[4] be
    Involved in this affair,
He trusts to you to set them free,
    Exactly as we were.

My notion was that you had been
    (Before she had this fit)[5]
An obstacle that came between
    Him, and ourselves, and it.

1   give A a good[bad] character : A를 칭찬하다[헐뜯다]

2   send (A) word : (A에게) 말을 전하다

전하는 내용은 'to부정사'나 'that절'로 표현한다. 본문에서는 'I had not gone'이 'that'이 생략된 절이다.

3   push A on : A를 밀어붙이다, A를 서두르다

4   chance + to부정사 : 우연히 ~하다

5   fit : 발작

'It's really dreadful,' she muttered to herself, 'the way all the creatures argue. It's

enough to drive one crazy!'

(p.156)

Don't let him know she liked them best,
    For this must ever be
A secret, kept[1] from all the rest,
    Between yourself and me.'[2]

'That's the most important piece of evidence we've heard yet,' said the King, rubbing his hands; 'so now let the jury ——'

'If any one of them can explain it,' said Alice, (she had grown so large in the last few minutes that she wasn't a bit afraid of interrupting him,) 'I'll give him sixpence. *I* don't believe there's an atom of meaning in it.'[3]

The jury all wrote down, on their slates, '*She* doesn't believe there's an atom of meaning in it,' but none of them attempted to explain the paper.[4]

'If there's no meaning in it,' said the King, 'that saves a world of trouble,[5] you know, as we needn't try to find any. And yet I don't know,' he went on, spreading out the verses on his knee, and looking at them with one eye; 'I seem to see some meaning in them, after all. " — *said I could not swim* — " you ca'n't swim, can you?' he added, turning to the Knave.

The Knave shook his head sadly. 'Do I look like it?' he said. (Which[6] he certainly did[7] not, being made entirely of cardboard.)[8]

'All right, so far,'[9] said the King; and he went on muttering over the verses to himself:[10] ' "*We know it to be true*" — that's the jury, of course — "*If she should push the matter on*" ' — that must

1 **kept** : which is kept

2 **Between yourself and me** : 이는 앞의 'A secret'에 걸린다. 당신과 나 사이의 비밀이라는 말이다.

3 **there's not an atom of A** : A가 조금도 없다

4 **the paper** : 흰 토끼가 읽은 증거문서

5 **that saves a world of trouble** : 여기서 'save'는 '덜어주다'의 의미이고 'a world of'는 '많은'의 의미이다.

6 **Which** : 앞의 'it'(헤엄칠 수 있음)을 받은 것이다.

7 **did** : 앞의 'look like'를 받은 대동사이다.

8 **cardboard** : 판지

9 **so far** : 지금까지(는)

10 **went on muttering over the verses to himself** : '그 시 구절들을 혼잣말로 계속해서 중얼거렸다'

be the queen — "*what would become of you?*" — What indeed! — "*I gave her one, they gave him two*" — why, that must be what he did with the tarts,[1] you know — '

'But, it goes on "*they all returned from him to you,*" ' said Alice.

'Why, there they are![2] said the King triumphantly, pointing to the tarts on the table. 'Nothing can be clearer than *that*. Then again — "*before she had this fit*" — you never had *fits*, my dear, I think?' he said to the Queen.

'Never!' said the Queen, furiously, throwing an inkstand at the Lizard as she spoke. (The unfortunate little Bill had left off

writing on his slate with one finger, as he found it made no mark;[3] but he now hastily began again, using the ink, that was trickling down his face,[4] as long as it[5] lasted.)

'Then the words don't *fit* you,' said the King, looking round the court with a smile. There was a dead silence.

'It's a pun!' the King added in an

1   what he did with the tarts : '그가 과일파이와 관련하여 한 일,' '그가 과일
파이를 가지고 한 일'

2   there they are! : '저기 있네!'

3   it made no mark : 글을 써도 손가락으로 쓰기 때문에 글자 표시가 나지 않
는다는 말이다.

4   trickle : 똑똑 떨어지다, 흘러내리다 ; trickling down his face : '그의 뺨을 타
고 흘러내리는'

5   it : the ink

'A cat may look at a king,' said Alice. 'I've read that in some book, but I don't
remember where.'

(p.224)

offended tone, and everybody laughed, 'Let the jury consider their verdict,' the King said, for about the twentieth time that day.[1]

'No, no!' said the Queen. 'Sentence first — verdict afterwards.'

'Stuff and nonsense!'[2] said Alice loudly. 'The idea of having the sentence first!'[3]

'Hold your tongue!'[4] said the Queen, turning purple.

'I wo'n't!' said Alice.

'Off with her head!' the Queen shouted at the top of her voice. Nobody moved.

'Who cares for *you*?'[5] said Alice (she had grown to her full size by this time.) 'You're nothing but a pack of cards!'

At this the whole pack rose up into the air, and came flying down upon her; she gave a little scream, half of fright and half of anger,[6] and tried to beat them off,[7] and found herself lying on the bank, with her head in the lap of her sister, who was gently brushing away some dead leaves[8] that had fluttered down[9] from the trees upon her face.

'Wake up, Alice dear!' said her sister; 'Why, what a long sleep you've had!'

'Oh, I've had such a curious dream!' said Alice. And she told her sister, as well as she could remember them, all these strange Adventures of hers that you have just been reading about; and, when she had finished, her sister kissed her, and

1 for about the twentieth time that day : '그날 하루 약 스무 번 정도'
이런 경우에 전치사 'for'를 사용한다는 점에 유의하자.

2 Stuff and nonsense! : 여기서 'stuff'은 'nonsense'와 같은 의미로 사용된 것
이다.

3 The idea of having the sentence first! : 'the idea of ~ing'(~한다는 생각)
을 사용하여 감탄문으로 만들었다. 평결보다 선고를 먼저 한다는 생각(the idea
of having the sentence first)은 말도 안 된다는 말이다. 실제로 자연스럽게 옮길
때에는 그 앞에 '말도 안 된다'는 의미의 말을 이미 했으므로 '선고를 먼저 하다
니!' 정도로 옮기면 될 것이다.

4 hold one's tongue : 입을 다물다

5 Who cares for *you*? : '누가 당신들한테 신경이나 쓴대?'
여기서 'care for'는 '좋아하다'가 아니라 '관심을 갖다, 신경을 쓰다'의 의미이다.

6 a little scream, half of fright and half of anger : 'half'는 부사이고 'of
fright'와 'of anger'는 앞의 'scream'에 걸린다. 즉 'a little scream of fright and
of anger'에 부사 'half'가 각각 삽입된 것이다. 반은 공포에서 나오고 반은 화가
나서 나온 비명이라는 말이다.

7 beat off : 쳐서(beat) 떨어내다(off) → 격퇴하다

8 dead leaves : 낙엽

9 flutter down : 팔랑거리며 떨어지다

said 'It *was* a curious dream, dear, certainly; but now run in to your tea:[1] it's getting late.' So Alice got up and ran off, thinking while she ran, as well she might, what a wonderful dream it had been.

But her sister sat still just as she left her, leaning her head on her hand,[2] watching the setting sun, and thinking of little Alice and all her wonderful Adventures, till she too began dreaming after a fashion,[3] and this was her dream: —

First, she dreamed about little Alice herself: once again the tiny hands were clasped upon her knee, and the bright eager

1  **run in to your tea** : '집으로 (달려) 들어가서 저녁 먹어라'

이미 설명한 바 있듯이 'tea'는 '저녁'을 의미한다. 저녁에는 보통 음료로 차(tea)를 마시지만 때에 따라서는 코코아나 커피 등을 마시기도 한다고 한다.

2  **leaning her head on her hand** : '한 손으로 머리를 괴고는'

이는 의역한 것이다. 'lean'은 '기대다, 의지하다'의 의미로서 전치사 'against, on, over'와 함께 사용되며 자동사로도, 타동사로도 사용된다.

3  **after a fashion** : 여기서는 '그럭저럭, 그런 대로, 그 나름으로' 정도로 옮기면 무난하다. 어떤 일을 썩 잘 하지는 않고 그럭저럭 할 때 사용할 수 있는 표현이다. 옥스퍼드 사전에서는 이렇게 설명한다 : somehow or another, in a sort, tolerably, not too well

'Who are *you?*' said the Caterpillar.

This was not an encouraging opening for a conversation. Alice replied, rather shyly, 'I — I hardly know, Sir, just at present — at least I know who I was when I got up this morning, but I think I must have been changed several times since then.'

(pp.124~26)

eyes were looking up into hers — she could hear the very tones of her voice, and see that queer little toss of her head to keep back the wandering hair that *would* always get into her eyes[1] — and still as she listened, or seemed to listen, the whole place around her became alive with[2] the strange creatures of her little sister's dream.

The long grass rustled[3] at her feet as the White Rabbit hurried by — the frightened Mouse splashed his way through the neighbouring[4] pool — she could hear the rattle of the teacups as the March Hare and his friends shared their never-ending meal, and the shrill voice of the Queen ordering off her unfortunate guests to execution[5] — once more the pig-baby was sneezing on the Duchess's knee, while plates and dishes crashed around it — once more the shriek of the Gryphon, the squeaking of the Lizard's slate-pencil, and the choking of the suppressed guinea-pigs, filled the air, mixed up with the distant sob of the miserable Mock Turtle.

So she sat on, with closed eyes, and half believed herself in Wonderland, though she knew she had but to open them again, and all would change to dull reality[6] — the grass would be only rustling in the wind, and the pool rippling to the waving of the reeds[7] — the rattling teacups would change to tinkling[8] sheep-bells,[9] and the Queen's shrill cries to the voice

1 to keep back the wandering hair that *would* always get into her
eyes : '제 멋대로 흘러내려서(wandering) 항상 눈을 찌르려고 하는(that would
always get into her eyes) 머리를 흘러내리지 않게 하기 위해서(to keep back)'
'keep back'은 계속 뒤에 있도록 한다는 말이다. 목적어는 'hair'이고 'back'은 부사이다.

2 become alive with A : A로 활기를 띠게 되다, A가 가득하여 활기를 띠게
되다 ← be alive with A

3 rustle : (나뭇잎이나 비단 등이) 바스락거리다

4 neighbouring : 근처에 있는

5 order off A to execution : A의 처형을 명령하다

6 knew she had but to open them again, and all would change to
dull reality : '눈을 다시 열기만 하면 모든 것이 지루한 현실로 바뀌리라는 것
을 알고 있었다'

7 the pool rippling to the waving of the reeds : the pool would be
rippling to the waving of the reeds('연못에는 갈대의 흔들림에 따라 잔물결이 일 것
이다') ; ripple : '잔물결이 일다, 파문이 일다' ; reed : 갈대

8 tinkle : 딸랑거리다

9 sheep-bell : 양의 목에 단 방울

『거울을 지나 앨리스가 그곳에서 발견한 것』은 『원더랜드에서의 앨
리스의 모험』의 속편으로서 여기서 앨리스는 거울 반대편의 세상으
로 가서 전편에서보다 더 신기하고 재미있는 경험을 한다.

of the shepherd boy — and the sneeze of the baby, the shriek
of the Gryphon, and all the other queer noises, would change
(she knew) to the confused clamour of the busy farm-yard[1] —
while the lowing[2] of the cattle in the distance would take the
place of the Mock Turtle's heavy sobs.

Lastly, she pictured to herself[3] how this same little sister of
hers[4] would, in the after-time,[5] be herself a grown woman; and
how she would keep, through all her riper years, the simple
and loving heart of her childhood; and how she would gather
about her other little children,[6] and make *their* eyes bright and
eager with many a strange tale,[7] perhaps even with the dream
of Wonderland of long ago; and how she would feel with[8] all
their simple sorrows, and find a pleasure in all their simple
joys, remembering her own child-life, and the happy summer
days. ♠

1 the confused clamour of the busy farm-yard : '바쁜 농가(마당)의 시끌
벅적 뒤섞인 소리'

2 low (v) : (소가) 음매 울다 = moo

3 picture A to oneself : A를 마음에 그리다, 상상하다
여기서는 A가 긴 절이므로 'to herself'의 뒤로 자리를 옮겼다.

4 this same little sister of hers : '(그녀의) 바로 이(this same) 꼬마 여동생'

5 after-time : 미래

6 gather about her other little children : '자신의 주위에 다른 꼬마 아이들
을 모으다'

7 make *their* eyes bright and eager with many a strange tale : '많은
신기한 이야기를 들려주어 그 아이들의 눈을 초롱초롱하게 만들다'

8 feel with A : A를[A에] 공감하다
A의 자리에는 어떤 사람이 오거나 그 사람의 고통스럽거나 슬픈 감정 등이 온다.

동사는 특별한 경우를 제외하고는 원형으로, 부사는 특별한 경우를 제외하고는 형용사형으로 표시하였다.